SUPERNATURAL

CORAÇÃO DO DRAGÃO

Keith R. A. DeCandido

SUPERNATURAL
CORAÇÃO DO DRAGÃO

Baseado na série SUPERNATURAL,
sucesso da CW, criada por Eric Kripke

Tradução de
Gilson B. Soares

GRYPHUS

Rio de Janeiro

Título original
Supernatural: Heart of the Dragon

Design de capa
Axel Sande – www.gabinetedeartes.com.br

Foto de capa
Cortesia da Warner Bros.

Editoração Eletrônica
Rejane Megale

Copy-desk
Miguel Damian Ribeiro Pessoa

Revisão
Vera Villar

Adequado ao novo acordo ortográfico da língua portuguesa
CIP-BRASIL. CATALOGAÇÃO-NA-FONTE
SINDICATO NACIONAL DOS EDITORES DE LIVROS, RJ

D343s

DeCandido, Keith R. A.
Supernatural : coração do dragão / Keith R. A. DeCandido ; [tradução de Gilson B. Soares]. - 1.ed. - Rio de Janeiro : Gryphus, 2015.
236 p. : il. ; 21 cm.

Tradução de: Supernatural: heart of the dragon
'Baseado na série SUPERNATURAL, sucesso da CW, criada por Eric Kripke'
ISBN 978-85-8311-045-3

1. Romance americano. I. Soares, Gilson B. II. Título.

15-24765. CDD: 813
CDU: 821.111(73)-3

Gryphus Editora
Rua Major Rubens Vaz, 456 – Gávea – 22470-070
Rio de Janeiro – RJ – Tel: (0XX21) 2533-2508
www.gryphus.com.br– e-mail: gryphus@gryphus.com.br

Dedicado ao *Shihan* Paul e a todos os demais no *dojo*.

A escrita deste romance coincidiu com a preparação para minha primeira promoção a faixa-preta, o que considero uma das grandes realizações de minha vida. O estudo do caratê provou ser uma experiência iluminadora e gloriosa, e sempre serei grato aos meus companheiros caratecas por seu encorajamento, sabedoria e espírito.

Osu, Shiha; osu, senpais; osu, meus caros amigos.
Este livro é pra vocês, caras.

Nota Histórica

As partes de 2009 desta obra têm lugar pouco depois do episódio "Changing Channels" da quinta temporada.

1859

UM

Já estava chovendo havia quase uma hora. Yoshio Nakadai se ajoelhou no abrigo à beira da estrada na posição *sei-za* – joelhos e canelas no chão, pés cruzados debaixo das nádegas – para esperar a chuva estiar. Não estava com pressa. Este abrigo havia sido construído exatamente para proteger os viajantes das tempestades. O ritmo repetitivo da chuva batendo no telhado lhe dava um foco para suas meditações.

Mas estava sendo difícil alcançar este foco ultimamente. Mesmo agora, esvaziar a mente provava-se algo complicado ou impossível.

Em outros tempos, um samurai como Nakadai teria cometido *seppuku* – suicídio ritual – quando as posses de seu senhor fossem confiscadas, suas terras tomadas, seu título cancelado. Mas esses dias eram coisa do passado. Ninguém mais conhecia os preceitos da honra, e o código do *bushido* tornara-se uma história para crianças escutarem em volta da fogueira, ao invés de ser um modo de vida como deveria.

Nakadai agora era mais um dos muitos *ronins*, samurais sem senhor, que vagavam pelo interior do país na esperança de utilizar suas habilidades para sobreviver. Durante o ano que havia passado desde que o seu suserano caíra em desgraça com a capital Edo, ele havia trabalhado como espadachim de aluguel para proteger pessoas e caravanas, assumido a tarefa de investigador, atuado como árbitro num litígio entre dois mercadores, trabalhado em construções e sido professor de defesa pessoal do filho de um homem rico.

Sua reputação havia-lhe servido bem, principalmente nas cidades mais próximas a Edo. Ao contrário de muitos *ronins*, Nakadai sempre agia com honra.

Ele não sabia como fazer isso de uma forma diferente. Além disso, se uma pessoa o contratasse e ele executasse sua tarefa adequadamente e bem, era muito provável que o contratassem de novo.

Contudo, mesmo sendo capaz de ganhar o bastante para viver, não conseguia obter a satisfação pela qual ansiava. Tivesse ele cometido *seppuku*, como exigia a tradição, poderia muito bem ter encontrado a paz. Mas morrer por lealdade a um homem desonrado?

Nakadai não morria de amores pelo xogunato, mas nesta instância eles estiveram certos em censurar seu senhor, que havia provado ser covarde e ladrão. A desonra foi de seu amo, não de Nakadai.

Não havia nenhuma razão para morrer por gente dessa espécie, embora a honra exigisse que assim fosse. Ele havia jurado fidelidade, e o fato de seu suserano não merecer tal lealdade não alterava o fato de que Nakadai havia prestado um juramento.

Ele ainda estava sendo assolado por este dilema. Sua mente se recusava a ficar vazia.

O ritmo da chuva foi subitamente quebrado pelo som rápido de pés chapinhando na lama.

Nakadai abriu os olhos e olhou pela cortina de chuva. Viu um homem baixo correndo em direção ao abrigo. Mal chegou, o baixinho tentou inutilmente secar a água do rosto e das roupas. Por fim, conformando-se com o fato de estar encharcado, o recém-chegado riu e disse:

– Saudações, espero que você não se incomode de eu dividir esse abrigo com você.

– Claro que não – replicou Nakadai em voz baixa. Então fechou os olhos de novo, esperando que o homem entendesse que ele não queria ser perturbado.

Contudo, o baixinho não chegou nem perto de entender.

– Sinceramente, pensei que a chuva já teria parado a essa altura – continuou o homem, olhando por baixo da beira do telhado. – Pensei comigo, "Cho, você está só a uma hora de distância da cidade. Você pode fazer isto antes que a chuva aperte". Em vez disso, o aguaceiro só piorou! – Voltando-se para Nakadai, o homem chamado Cho o examinou com mais atenção. – Ei, você não me é estranho!

Nakadai suspirou e abriu os olhos. Claro que não iria alcançar um estado meditativo adequado com esse tal de Cho por perto. De qualquer forma, não era como se estivesse a ponto de conseguir sem a presença dele.

Erguendo-se, começou a caminhar pelo perímetro do abrigo para voltar a sentir completamente as pernas. O espaço era tão pequeno que teve de contornar o recém-chegado mais de uma vez.

– Está indo pra cidade também? – perguntou o homem, acompanhando Nakadai com o olhar. – Aposto que você é um *ronin*, estou certo? – Depois ele sacudiu a cabeça. – Está bem, não foi muito difícil adivinhar, já que você tem uma bela *katana* e parece ser capaz de me matar só me olhando. Mas essas roupas já passaram por dias melhores, se não se importa que eu diga. Está esperando encontrar trabalho?

– Estou.

Nakadai continuou a medir passos em volta do abrigo, nunca fazendo contato visual e olhando para o céu de tempos em tempos, para ver se havia algum sinal de que a chuva fosse parar.

Apesar de seus desejos mais fervorosos, o homem continuou:

– Sabe, realmente você não me é estranho. Sou um mensageiro, sabe, e circulo um bocado por aí. Eu adoraria ter sido um samurai ou mesmo um *ronin*, mas você devia me ver com uma espada. Ou melhor, acho que não devia não, porque sou *muito* ruim nisso. Ainda tenho a cicatriz, na verdade.

Por fim, Nakadai virou a cabeça para olhar para Cho, e teve que admitir para si que não ficou nem um pouco impressionado. O mensageiro possuía pernas musculosas, como era de se esperar de alguém que exercesse aquela profissão, mas também tinha sobrancelhas enormes, dentes ruins, braços flácidos, e suas roupas pendiam com desleixo em volta do torso. O último detalhe, pelo menos, podia ser atribuído ao temporal. Mas o resto...

Um daqueles braços flácidos, o esquerdo, tinha uma extensa cicatriz que ia do cotovelo ao pulso.

– Bem feia, não é? Mas eu sempre fui muito rápido, por isso que me tornei um corredor. Logo logo as pessoas estavam me contratando para levar mensagens. Até que é bom... Tenho de viajar para outras cidades e posso conhecer um monte de gente. – E voltou a insistir: – Sabe, tenho quase certeza de que conheço você de algum lugar.

Nakadai se virou. A cicatriz era velha e estava curada, e também era reta demais. Provavelmente causada por um acidente – um tropeção enquanto segurava a espada, talvez, com o gume cortando o braço a caminho do chão.

– Já sei! – exclamou Cho, apontando na direção dele. – Você é o *Doragon Kokoro*, não é?

Nakadai estremeceu.

– Meu nome é Yoshio Nakadai.

Ele nunca havia gostado desse apelido. Havia matado sozinho sete bandidos que atacaram a caravana de seu amo enquanto seguiam rumo a Edo, para uma audiência com o xógum. Os bandidos eram inábeis e estavam bêbados, de modo que poderiam ter sido afugentados até por um macaco mal treinado, mas seu suserano levou em conta a quantidade e não a qualidade e exagerou a atuação de Nakadai contra tantos inimigos. Quando chegaram a Edo, referiu-se a Nakadai como tendo o coração de um dragão, e o apelido de Doragon Kokoro permaneceu com ele desde então.

Cho sacudiu a cabeça, deu um sorriso torto e fez uma mesura formal.

– É uma honra conhecê-lo.

– Obrigado – disse Nakadai, sem a menor polidez. Se Cho se sentia honrado, problema dele. Olhou para o céu e viu que o aguaceiro diminuía e o horizonte estava ficando azul. – A chuva logo vai parar – observou.

– Excelente – respondeu Cho, mas então seu rosto ficou sombrio. – Ou talvez não. Veja só, eu normalmente tenho orgulho de meu trabalho como mensageiro, mas hoje sou portador de más notícias.

– Isso é lamentável – disse Nakadai sem ênfase. Ele não se interessava nem um pouco pelos problemas particulares dos outros.

– Muito lamentável. Estou vindo do daimio local com notícias que vão desagradar bastante à pessoa que represento. Veja só – continuou Cho, apesar do desejo de Nakadai de respeitar a privacidade tanto do remetente quanto do destinatário –, o destino de duas donzelas ainda está indefinido.

Nakadai encarou o mensageiro.

– O que você quer dizer com isso?

– Um homem chamado Kimota prometeu o filho dele a duas jovens. Os pais das duas donzelas pagaram o dote. Mas, antes que a farsa fosse descoberta, Kimota ficou doente e morreu.

– Então por que o filho não reembolsa um dos pais? – perguntou Nakadai. – Ou os dois, e escolhe outra moça para ser sua esposa?

– Infelizmente Kimota entrou nessa duplicidade dele a fim de pagar dívidas de jogo – explicou Cho. – O dinheiro já era há muito tempo, e o pobre homem está comprometido com duas mulheres.

– É um problema difícil – concordou Nakadai, balançando a cabeça. – Presumo que você tenha sido mandado ao daimio para receber um veredicto.

– Exatamente – disse Cho com um suspiro –, mas o daimio se recusou a julgar a questão, alegando que arbitrar disputas de jogadores está abaixo de sua função.

Nakadai coçou o queixo. O tamborilar da chuva diminuiu e dentro de um minuto ou dois haveria luz suficiente para permitir que cada um deles retomasse sua jornada. Então disse:

– Atuei algumas vezes como árbitro em disputas parecidas, em algumas que eram muito delicadas... ou insignificantes demais... para merecer a intervenção do daimio. Talvez eu possa dar uma assistência no caso.

Cho se empolgou com a sugestão.

– Talvez – disse. – Ambos os pais estavam meio esperançosos de que o daimio resolveria todos os problemas deles.

Nakadai se permitiu um leve sorriso.

– Na minha experiência, é raro um daimio resolver qualquer problema que não seja dele mesmo.

Cho riu alto ao ouvir isto.

– É verdade – concordou, depois se aprumou e olhou diretamente para o samurai decadente. – Eu me sentiria honrado em ter o Coração do Dragão servindo como mediador.

Estremecendo de novo, ao ouvir o apelido, Nakadai caminhou para fora do abrigo.

– Vamos indo, então? – Virou-se e tomou a estrada em passo apressado.

– Claro – replicou Cho com entusiasmo, correndo para alcançar o *ronin* e, depois, passando à frente dele.

Ao ser ultrapassado pelo mensageiro, Nakadai pensou ter notado uma expressão estranha atravessar rapidamente o rosto de seu novo companheiro. Um truque da mudança de luz fez os olhos de Cho parecerem pretos como breu.

Mas ele logo descartou isso como uma ilusão momentânea.

O litígio provou-se bem difícil para a mediação de Nakadai.

As duas mulheres insistiam que estavam prometidas ao filho de Kimota – um rapaz estonteante chamado Shiro.

Primeiro ele falou com uma das potenciais noivas de Shiro, uma mulher chamada Keiko.

– O daimio é um verme nojento! – gritou ela, estridente. – Como ele *ousa* tratar meu futuro como algo tão terrivelmente banal? Que tipo de daimio é esse que simplesmente nos larga à nossa própria sorte? Vou dizer uma coisa pra você, ele devia ser enforcado! Ou pelo menos deposto do cargo! Ele é quase tão mau quanto o Kimota, tirando vantagem de nós desse jeito! Você é um samurai, devia fazer algo a respeito!

Nakadai ouviu pacientemente a voz estridente de Keiko, que ficava mais alta enquanto ela continuava. Depois ele agradeceu e falou com a outra mulher, cujo nome era Akemi.

Infelizmente, tudo que Akemi fez foi chorar. Nakadai tentou lhe fazer perguntas – algo que foi desnecessário com Keiko, que falou sem parar –, mas cada pergunta recebia apenas um soluçar como resposta.

Em seguida, Nakadai falou com os pais. Ele se preocupara que houvesse amargura entre os dois homens, mas eles partilhavam um infortúnio e isso aparentemente os havia aproximado como velhos camaradas.

O pai de Keiko começou:

– Kimota me convenceu a manter o noivado em segredo até o dia da colheita.

O pai de Akemi continuou:

– Ele me fez o mesmo pedido. Foi um ano pobre para colheitas, como vê.

O pai de Keiko finalizou:

– A explicação do Kimota foi que a notícia de um casamento iminente iria animar a população, após saberem da colheita ruim.

Nakadai assentiu. Ele havia especulado acerca de como Kimota conseguira manter dois noivados em segredo numa cidade tão pequena, onde geralmente todos conheciam os detalhes da vida de todo mundo.

Finalmente, Nakadai falou com Shiro.

– Não sei o que fazer – lamentou-se o rapaz. Estava sentado de cabeça baixa, fitando suas sandálias em vez de olhar para Nakadai. – As duas moças são esposas que valem a pena, claro, e eu seria feliz com qualquer uma delas. Honestamente, nunca esperei casar com mulheres tão finas, como são Akemi e Keiko. Mas meu pai nunca me *contou* nada disso. A primeira vez que ouvi qualquer coisa a respeito de ambos os noivados foi quando os pais de Keiko e Akemi me procuraram após o funeral.

Normalmente, quando realizava arbitragens desse tipo, as indagações de Nakadai eventualmente revelavam algum fato crítico que permanecera oculto e que apontaria seu melhor curso de ação. Mas neste acaso tudo que pôde descobrir foi o que Cho já lhe contara no abrigo: Kimota tinha enganado dois homens para que pagassem um dote por Shiro. Uma vez que Shiro só poderia desposar uma das moças, seria obrigado a devolver o dinheiro da outra, o que deixaria ele e sua nova esposa completamente desamparados.

Pela primeira vez desde que seu suserano caíra em desgraça, Nakadai se viu sem saber como proceder.

A cidade se gabava de uma modesta estalagem e, na terceira noite que passava hospedado lá, Nakadai se sentou para limpar a *katana* à luz de velas. O ritmo de passar o pano embebido em óleo na lâmina curva o ajudou a organizar os pensamentos.

Ele ouviu passos na rua principal da cidade. Àquela hora, a maior parte da população estava dormindo, de modo que os passos ecoavam bem alto através da noite.

E também ficaram mais próximos da estalagem.

Dentro de instantes, a sombra de uma figura feminina, produzida pela luz bruxuleante de uma vela, apareceu por detrás da porta de papel que conduzia ao quarto de Nakadai. O braço da sombra se lançou à frente e a porta abriu deslizando.

Era Akemi, que caiu de joelhos.

– Perdoe minha intrusão tão tarde da noite, Doragon Kokoro, mas preciso falar com você.

Nakadai trincou os dentes. Cho o havia apresentado aos habitantes da cidade como o Coração do Dragão, e não lhe agradava nada que o nome tivesse pegado. Nem gostava da ideia de pessoas simplesmente entrando em seu quarto sem se anunciarem.

Todavia, ele realmente precisava ouvir Akemi, pois eram as primeiras palavras que ela proferia na sua presença. Portanto, ele assentiu, embainhando a espada.

Ela se ergueu, fechou a porta, depois caminhou na direção dele, ajoelhando-se diante do sumarai com uma reverência.

– Venho pedir pra você que decida a favor do meu pai.

– Vocês dois estão igualmente errados – replicou ele. – Por que a Keiko deveria sofrer e você se beneficiar?

De repente os olhos de Akemi mudaram de um azul claro para um preto escuro.

– Porque, ó poderoso Coração do Dragão, eu não vou lhe dar escolha alguma. – Enquanto ela falava, seu tom de voz se tornou estranhamente gutural.

No mesmo instante, Nakadai estava de pé com a espada desembainhada. Junto à transformação dos olhos, o rosto de Akemi mudou, tornando-se algo não exatamente humano.

– O que você é? – perguntou Nakadai.

– Originalmente? Só um demônio tentando jogar as pessoas desta cidade umas contra as outras. Por diversão, de fato. Jogar humanos contra as pessoas em quem elas confiam... bem, *isso* é uma festa. – A cabeça de Akemi estava balançando para frente e para trás. – Mas esses camponeses se recusam a cooperar! Em vez de lutarem para ver quem casa com aquele ratinho insignificante do Shiro, como eu esperava que fizessem, vão se queixar ao daimio, pedindo ajuda. Mas aí eu encontrei você.

Então o rosto de Akemi formou uma expressão que mal podia ser chamada de sorriso.

– Agora vou fazer uma coisa que trará bem mais do que simples diversão. E você será o meu assistente.

Nakadai permaneceu em postura defensiva, mas resistiu à urgência de arremeter contra o intruso.

– Nunca vou ser assistente de uma criatura como você, demônio, se é isso que você realmente é.

– É mesmo? E o que acontece depois? – ronronou o demônio com uma voz que parecia cascalho. – Vai me atacar? Se fizer isso, você vai ferir a pobre e indefesa Akemi... e os habitantes vão condenar você pelo assassinato de uma mulher inocente.

Nakadai sabia que o monstro estava falando a verdade – embora a duras penas conseguisse permanecer na defensiva.

Portanto conteve-se e deixou o demônio falar.

– Como vê – disse com o tom de voz de Akemi –, um dia eu terei necessidade de você. Não hoje, nem mesmo em breve, mas quando chegar o dia desta tarefa vai ser necessário o sacrifício de um herói. – Os olhos pretos fitaram Nakadai duramente. – Sabe como é difícil encontrar um verdadeiro herói, especialmente nesses dias deploráveis?

"Na ocasião em que me apossei de Cho, buscando apenas um passatempo, fingindo procurar o daimio, eu havia perdido a esperança de voltar a encontrar um homem virtuoso. Mas então vi você no abrigo e percebi que tinha encontrado o meu herói. Aí foi só uma questão de atrair você para cá, e isso foi a coisa mais fácil do mundo".

– Não vou tomar parte em nenhum plano seu.

– Sua cooperação não é exigida nem necessária – disse, zombeteira, a coisa que estava controlando Akemi.

Antes que o aturdido *ronin* pudesse reagir, o demônio começou a tirar as roupas de Akemi e bater com a cabeça na coluna de sustentação da estalagem.

Então ela gritou.

Enquanto ela continuava gritando, Nakadai sentiu um aperto no coração e percebeu que não havia nenhuma defesa contra isso. Sabia que só tinha uns poucos segundos até que alguém viesse em resposta aos gritos. Sua única opção era ficar e tentar explicar o que havia acontecido. A alternativa era dar uma de covarde e fugir.

A honra não lhe permitiria a fuga.

As passadas ressoavam na rua, misturando-se aos gritos da mulher e acabando com o silêncio. A porta da estalagem foi arrombada e um grupo de homens olhou horrorizado para a cena de Nakadai com a espada desembainhada, e Akemi, jazendo nua, sangrando e se contorcendo no chão.

Um dos homens era o pai de Akemi. Ele gritou o nome da filha e se ajoelhou ao lado dela, amparando sua cabeça ferida, limpando o sangue de seus olhos.

– O que foi que ele fez com você, minha filha preciosa?

Choramingando, o demônio – cujos olhos tinham retornado ao normal – replicou na voz de Akemi:

– Tentei pedir a ele para decidir a nosso favor, e ele me atacou. – Ela ergueu a cabeça e olhou malévola para Nakadai. – Disse que eu não servia pra ser uma noiva, e que, quando acabasse o que ia fazer comigo, eu nunca serviria!

O pai de Akemi voltou-se para ele.

– Você *ousou* violar minha filha?

Outro dos cidadãos falou:

– E nós que pensávamos que Doragon Kokoro fosse um homem honrado! Mas você não passa de mais um da laia suja dos *ronin*!

– Eu não toquei na sua filha – disse Nakadai, mesmo sabendo que era inútil. – Ela foi possuída por um demônio.

A voz de Akemi perfurou o ar noturno:

– Ele está mentindo!

– Claro que está – emendou seu pai. Voltou-se para os homens parados no vão da porta: – Peguem ele!

Nakadai poderia ter resistido com a maior facilidade. Afinal, eles eram simples camponeses. Ele poderia ter matado todos os seis – e Akemi também – sem dificuldade, e escapado da cidade.

Mas sua *katana* nunca derramara o sangue de um inocente e não iria fazê-lo agora, mesmo se significasse a sua própria morte.

Não, ele soube então que seu destino fora selado no momento em que o demônio entrou no quarto, usando a pele de Akemi. Ou talvez houvesse sido no momento em que procurou se abrigar da chuva.

Portanto, deixou que os homens o agarrassem, tomassem sua espada, amarrassem-no e o levassem para a praça da cidade. Mais moradores se juntaram no caminho, acordados pela gritaria. Ele foi amarrado a um poste e homens foram designados para vigiá-lo. Mas não precisariam ter-se incomodado – Nakadai esperaria o alvorecer com dignidade.

Ao raiar do dia, toda a cidade foi convocada à praça para impor justiça. O pai de Akemi contou a todos o que Doragon Kokoro tinha feito à sua filha, cuspindo enojado enquanto falava.

– Alguém falará em defesa deste *ronin*? – desafiou.

Ninguém se apresentou.

Com cordas prendendo os pulsos às costas, Nakadai olhou para a multidão reunida diante dele. Viu nos olhos deles a repulsa pelo que achavam que ele tinha feito com Akemi, além da decepção por Coração do Dragão estar muito abaixo da reputação que o precedia. Ansiava por falar a verdade, mas sabia que isto de nada valeria.

O pai de Akemi se voltou para encará-lo. Seus olhos estavam enegrecidos.

O demônio encontrou um novo receptáculo, pensou Nakadai.

– Parece que você foi condenado, *ronin* – disse ele, sem nada de gutural na voz. – Você devia ter satisfeito sua luxúria num bordel em vez de usar minha filha, seu imundo! – Ele cuspiu de novo, desta vez nos pés de Nakadai.

Não viu o menor sinal de Cho e Ademi. Especulava o que seria daqueles que foram possuídos depois que o demônio partisse. Suspeitava que não suportaria pensar a respeito.

Com seus olhos voltando ao normal, o pai de Akemi se virou para encarar a multidão.

– Yoshio Nakadai, vulgo Coração do Dragão, será queimado até a morte por seus crimes!

A multidão assentiu em massa, gritando ofensas.

Nakadai ficou estarrecido.

– Exijo o direito de cometer *seppuku*! – gritou.

Voltando-se, o demônio rosnou com a voz do pai de Akemi.

– Você violou minha filha! Não está em posição de "exigir" nada, escória *ronin*!

Nakadai começou a protestar, mas depois se calou. Recusar uma morte adequada a um samurai, mesmo sendo um *ronin*, era algo inaudito. Mas também sabia que qualquer outra objeção seria infrutífera.

Vários cidadãos enfiaram um poste de bambu no solo, bem distante de suas casas, enquanto outros o agarravam e arrastavam para prendê-lo no poste. Alguns verificaram se ele estava bem amarrado, outros empilharam gravetos a seus pés até chegarem à altura dos joelhos.

O pai de Akemi se afastou, depois voltou, segurando uma tocha.

A multidão recuou.

– Hoje, você vai morrer por seus crimes, Doragon Kokoro! – gritou o demônio, alto o bastante para que todos ouvissem. Um sorriso zombeteiro retorceu sua boca brevemente.

Ele se inclinou para enfiar a tocha entre os gravetos. Enquanto o fazia, sussurrou palavras numa língua que Nakadai não conhecia, mas que só ele podia ouvir.

Havia um propósito torpe aqui, mas como as chamas já lambiam suas pernas e seu quimono surrado pegava fogo, ele não pôde adivinhar o que era.

Embora as chamas queimassem a carne viva dos seus ossos, Coração do Dragão morreu sem gritar, enquanto a população de uma cidade inteira comemorava sua morte.

O demônio observou através dos olhos do pai de Akemi, enquanto Nakadai ardia. Tal como as chamas consumiam o corpo do *ronin*, um fogo de uma espécie diferente estava consumindo a alma dele.

A criatura estava contente consigo mesma. Muitos da sua espécie se preocupavam com metas rápidas – uma alma aqui, alguma influência política ali. Coisas desse tipo eram tão... tão *triviais*.

Não, ele preferia entrar em jogos com apostas maiores.

Não que as apostas baixas não tivessem suas recompensas. Olhou em volta para o povo da cidade, que tinha sido tão facilmente manipulado por Kimota. O demônio não tivera nada a ver com isso – de fato, foram as manipulações de Kimota que primeiro chamaram sua atenção para esse lugarzinho de outra forma insignificante.

Tais maquinações deliciosas o atraíam como merda atrai moscas.

Mas tão logo o demônio percebeu o que estava acontecendo, tinha decidido se divertir com isso. Presenteou Kimota com uma doença fatal, jogou as pessoas ainda mais umas contra as outras e depois usou o mensageiro da cidade para garantir que nenhuma ajuda viesse do daimio, o que deixou as pessoas com mais raiva ainda.

Aquela raiva, a violência – *isso* era divertido. Mas ser capaz de atrair uma alma nobre para a cidade, isso era uma *arte*. E era a arte que iria sobreviver por muito tempo depois desse delicioso momento.

Embora não fizesse nenhuma ideia de quanto tempo poderia levar, o demônio estava plenamente ciente de que um dia os demônios e os anjos iam partir para uma guerra, de que os lacaios de Lúcifer e os lacaios de Deus entrariam em sua épica batalha final.

Muitos demônios seriam pouco mais que soldados, e ficariam felizes com a parte que lhes coubesse. Mas *este* demônio tinha planos. Ele havia conseguido escapar do Inferno graças a um homem entediado que possuía um pergaminho antigo e que não dava grande valor a sua própria alma. Desde aquele dia ele havia vagado pela Terra, preparando-se para a grande jogada.

Não tinha certeza de quanto tempo poderia levar, mas, sendo um demônio imortal, tinha paciência de sobra.

As chamas sobrenaturais, convocadas por um encantamento aos sussurros, entrelaçavam-se em volta de Coração do Dragão, enegrecendo a pureza e a nobreza dele enquanto as chamas físicas fundiam sua carne, músculos e ossos.

Quando chegasse a hora, o espírito de Yoshio Nakadai iria se tornar uma arma de poder inimaginável nas mãos da hoste demoníaca: uma alma nobre a serviço de uma causa ignóbil.

2009

DOIS

Dean Winchester olhou calmamente através da mesa para o homem de cavanhaque branco.

Eles eram os dois únicos remanescentes de um jogo de pôquer que havia varado a noite, e Dean tinha diante de si uma pilha substancial de fichas. Cavanhaque Branco só tinha uma ficha no valor de cem dólares e contemplava suas cartas nervosamente, enquanto tragava seu 12º charuto da noite, e o fazia sentado debaixo do letreiro vermelho de PROIBIDO FUMAR. Isto havia sido uma fonte de diversão quando o jogo começou, mas agora era apenas entediante.

Dean duvidava de que um dia conseguiria tirar o ranço de charuto barato de sua jaqueta de couro, mas este era o preço que tinha de pagar. Bem, isso e o cacife de 600 dólares, que fora forçado a tomar emprestado de Bobby Singer. Ele e seu irmão Sam haviam ficado reduzidos a um estado de quase indigência, o que significava que precisavam dar uma grande tacada a fim de continuar fazendo coisas como comer e pôr gasolina no Chevrolet Impala 1967 de Dean. Afinal, passar fome ou ficar parado na estrada sem gasolina eram inconveniências a mais, quando se está empenhado em evitar o Apocalipse.

Cavanhaque Branco olhou para as quatro cartas de Dean: um dois de copas, três de paus, quatro de copas e um seis de espadas. Ele, por sua vez, tinha três ases, bem como um quatro de ouros. Dean havia igualado de forma sistemática as apostas de seu oponente, nunca o superando. Podia permitir-se ser magnânimo, devido à sua pilha monstruosa de fichas e ao fato de que Cavanhaque Branco já estava caindo pelas tabelas.

Eu realmente devia descobrir qual é o nome desse cara, refletiu Dean. Depois pensou mais a respeito.

Que nada, por que me incomodar?

O problema para Cavanhaque Branco era que ele não podia ter certeza se Dean estava apostando só para se divertir ou não. Afinal, Dean era capaz de igualar todas as apostas, mesmo com uma mão ruim. Suas cartas indicavam uma provável sequência, ou talvez dois pares ou trinca do mesmo naipe.

Por outro lado, Cavanhaque Branco poderia facilmente ter um *full hand*, ou mesmo quatro ases. *Não é provável, porém, julgando pela expressão dele.*

O que preocupava Cavanhaque Branco, imaginou Dean, era que a pilha de fichas dele havia crescido lentamente, mas de forma constante, ao longo de toda a noite e agora pela manhã. Isso não era acidental. Os outros cinco jogadores haviam todos caídos fora, com a maior parte do dinheiro deles representado agora pelos discos de argila empilhados diante de Dean ou no meio da mesa.

Ele estava se sentindo ridículo de várias formas diferentes por estar jogando pôquer enquanto o mundo estava prestes a acabar, mas eles tinham de arrumar grana de alguma maneira. Além disso, sentia-se ainda mais ridículo pensando de modo tão prosaico sobre o fim do mundo.

Entretanto, isso era verdade, e não havia escapatória. Sam havia sido manipulado por um demônio chamado Ruby para libertar Lúcifer da prisão em que estava. Os anjos e demônios estavam em pé de guerra, e a humanidade é que ia pagar por isso.

Os anjos insistiam que Dean era o receptáculo do arcanjo Miguel, enquanto os demônios igualmente insistiam que Sam estava destinado a se tornar o receptáculo de Lúcifer. Haviam dito aos dois que isto era inevitável, e que eles deviam aceitar seus destinos.

Os dois irmãos se recusaram a aceitar a merda que fosse. *Por assim dizer*.

Eles não faziam ideia de como iriam triunfar, mas também sabiam que ou encontrariam uma maneira, ou perderiam lutando.

Primeiro as prioridades, porém.

– Vamos lá, Coronel Sanders – disse Dean, quebrando o silêncio e fazendo com que todos na sala se sobressaltassem. – Aposte ou passe.

Cavanhaque Branco suspirou.

– E eu tenho outra escolha? – Empurrou todas as suas fichas. – Ou tudo ou nada.

Dean jogou duas fichas de cinquenta dólares.

– Pago pra ver.

Sorrindo, Cavanhaque Branco virou o ás de copas que tinha ao lado dos três que já havia virado.

– Um *four*.

Soltando um longo suspiro, Dean primeiro virou o seis de copas. Depois virou o quatro de copas.

Pensando que Dean atinha apenas dois pares – de seis e de quatro – Cavanhaque Branco começou a fazer um movimento para pegar as fichas.

Então, Dean virou sua terceira carta: o cinco de copas.

O que lhe deu dois, três, quatro, cinco e seis de copas: um *straight flush*, que era a única mão que podia bater quatro no mesmo naipe.

Ele sorriu como o gato que comeu o canário.

– Oh, *inferno*, não! – gritou Cavanhaque Branco.

Atrás de Dean, três homens riram. Um deles era o *barman*, que também organizava o jogo. Os outros dois eram os únicos jogadores que permaneceram no local depois de terem perdido o dinheiro, curiosos para ver como o jogo ia terminar.

O *barman* podia se dar ao luxo de rir, já que cem dólares do cacife de todos iriam para o seu bolso, como pagamento pelo uso do salão. Depois de separar a grana de Bobby, Dean ainda ficaria com três milhas no bolso. E talvez sim, talvez não, Bobby deixaria que ficasse com os 600 paus.

O mais provável era que não deixasse. Bobby ultimamente não vinha se mostrando muito generoso. *Ficar preso numa cadeira de rodas faz as pessoas ficarem assim.*

– Foi um prazer, cavalheiros – disse Dean, enquanto puxava sua cadeira para trás. Caminhou até o bar para recolher seus ganhos e pegar o celular de volta.

Carrancudo, Cavanhaque Branco se deixou afundar no assento.

– O prazer é todo seu, garoto – grunhiu.

Sorrindo, o *barman* contava a pilha de fichas.

– Não se importe com o Hal, filho – disse ele ao acabar de contar. – Ele não está acostumado a perder.

– Não é de surpreender – comentou Dean, alto o bastante para que todos ouvissem: – Ele é bom. – Depois voltou a abrir um largo sorriso. – Mas eu sou melhor.

Os dois jogadores remanescentes reviraram os olhos. Um deles disse:

– Apareça na próxima vez que estiver na cidade. Acho que posso falar por todos nós quando digo que gostaríamos de uma revanche.

– Aposto que sim – replicou Dean calorosamente. Em seguida caminhou para a saída, ignorando o olhar perfurante como adagas que Hal lhe dirigia em meio à nuvem de fumaça de seu charuto.

Abrindo a porta, Dean piscou quando a luz do sol nascente bateu em seus olhos. Por alguma razão havia pensado que o sol ainda levaria uma hora para raiar.

Caminhando para o estacionamento, procurou no bolso da jaqueta de couro e pegou o celular, ligando-o. Havia duas mensagens na caixa postal, e ele pôs o aparelho no ouvido.

Uma era um alô de Ellen Harvelle, que monitorava fanaticamente os Winchesters desde a confusão em River Pass.

A outra era de Sam, informando-lhe que o presságio que achavam estar-se manifestando em East Brady não era nada além de um velho louco com um fetiche por incêndios criminosos.

No momento em que acabou de ouvir as mensagens, Dean havia chegado ao Impala, estacionado entre uma SUV e uma picape. Guardando o celular, entrou no carro e deu partida, verificou o espelho retrovisor...

... e quase pulou de susto ao ver a face inexpressiva e com barba por fazer de Castiel, repentinamente sentado no assento traseiro.

– Olá, Dean.

– Cass! Que diabo você...

– O Sam e o Bobby me disseram que você estava aqui. O Bobby não quer que eu fique na casa dele.

Ao tirar o Impala da vaga, Dean espiou por cima do ombro.

– Cass, quantas vezes eu tenho que lembrar a você acerca de privacidade, hã?

Mas, apesar do momento de pânico pelo qual havia passado, Dean achava difícil ficar furioso com Castiel – um anjo que havia se rebelado contra seus camaradas, convencido de que eles não estavam realmente seguindo a vontade de Deus.

Os anjos haviam matado Castiel por causa das ações dele, mas então, por nenhuma razão discernível, ele foi ressuscitado. Cass acreditava que havia sido obra de Deus; os outros anjos imaginavam que fosse coisa de Lúcifer, numa tentativa de semear a discórdia dentro da hoste celestial.

Dean cagava e andava para tudo isso – só queria que os anjos e demônios fossem embora.

Cass havia-se tornado amigo e aliado dos irmãos Winchester, e, embora houvesse perdido algumas de suas capacidades – tais como curar os outros –, ainda lhe restavam truques de anjo suficientes para ajudar Dean e Sam quando precisavam dele.

– Preciso que você e Sam vão para São Francisco – continuou Castiel, sem tomar conhecimento da pergunta de Dean, enquanto ele punha o carro na estrada vicinal onde se situava o bar. – O Coração do Dragão apareceu de novo.

– Hã, tudo bem – replicou Dean, enquanto dirigia pela estrada vazia. – E o que isso significa exatamente? Que vai haver um dragão em São Francisco?

– Não. Mas um espírito está retornando pra esse plano... um que as hordas demoníacas são capazes de utilizar na guerra contra os anjos. Já houve algumas mortes.

– Muito bem, então. – Isso não era muito mais do que ele tivera para começar.

– Sei que é uma longa distância, mas isso é importante, Dean.

Dean suspirou.

– Primeiro preciso falar com Sam e Bobby, Cass.

– Sam já sabe, ele passou a noite toda pesquisando.

– Que bom que você está nos dando uma opção – respondeu Dean, furioso. Ele comprimiu o volante e soltou outro suspiro profundo. – Tudo bem, tudo bem. Deixe apenas eu abastecer o Impala e nós partiremos...

– Eu posso simplesmente transportar vocês pra lá – sugeriu Castiel.

– *Não* – disse Dean enfaticamente.

– Tem chão pra caramba daqui a São Francisco, Dean. Vai levar um dia inteiro dirigindo...

– Já disse pra você antes, Cass: quando você faz isso, eu sinto o maior cagaço. – Ele sentiu náusea só de pensar. – Não. Nós vamos de carro.

Castiel sacudiu a cabeça.

– OK, como queira. Sam esteve pesquisando as duas manifestações anteriores do Coração do Dragão.

Dean dobrou à direita, deixando à vista a Retífica Singer. *Bobby não vai gostar de ver o Cass aqui*, pensou Dean gravemente. E, como se o anjo houvesse lido sua mente, viu Castiel se retrair levemente.

– Você está bem, Cass?

Castiel engoliu em seco e limpou a garganta.

– O Bobby não fica à vontade com minha presença na casa dele. Ele ainda está muito... furioso acerca da condição dele e da minha incapacidade de curá-lo. Acho que ele não quer que eu volte lá.

– Cass, tenho certeza de que ele vai se acostumar a...

– Vou deixar por sua conta, então – interrompeu Castiel, e em seguida desapareceu.

Desejando de repente ter alguma coisa para beber, Dean sacudiu a cabeça e continuou dirigindo. Num momento Cass estava ali, no seguinte já não estava. Embora já houvesse presenciado isto muitas vezes, ainda achava perturbador. De modo algum ele ia realmente passar por isso, a não ser que fosse uma emergência. Afastar Dean de Zacarias – aquilo se qualificava como emergência.

Ele seguiu para a entrada da garagem, estacionando o Impala junto ao calhambeque no qual Bobby estava trabalhando antes de se acidentar recentemente e que, desde então, havia permanecido intocado. Ainda não se sabia com certeza se ele algum dia voltaria a andar. Mesmo ainda sendo possível dirigir uma retífica numa cadeira de rodas, Dean sabia que Bobby não estava nada contente.

Não tem como culpar ele por isto.

Claro que, se eles quatro não pudessem impedir que o mundo pegasse fogo, isto também não ia fazer a menor diferença.

Lá dentro, Sam estava sentado à mesa da cozinha, ao lado de uma caneca de café fumegante. Olhando de relance para a cafeteira sobre a bancada, Dean viu que um café fresco estava acabando de sair, o pote quase cheio.

– E aí? – disse Sam sem sequer levantar a vista do monte de papéis que estava examinando, tudo provavelmente recém-saído da impressora a *laser* de Bobby. – Como se saiu?

– Bem, gasolina, comida e alojamento não serão problemas por muito tempo – respondeu ele, caminhando até a bancada. – Cass me pôs a par daquela parada em São Francisco.

Assentindo, Sam levantou a cabeça.

– É, estive checando, baseado no que ele me contou. Esse espírito apareceu em dezembro de 1969 e outra vez em dezembro de 1989.

– A cada vinte anos, hã? Não é surpresa que esteja voltando agora – disse Dean, pegando uma caneca do escorredor de Bobby e servindo-se do café fresco. – Cass disse que não é realmente um dragão.

– Bem, disso eu não tenho certeza – replicou Sam, manuseando alguns papéis. – Apareceram cadáveres fatiados e torrados como amendoim.

– Tudo bem, mas *dragões*? – disse Dean, pegando os papéis. – Ah, corta essa. Parece coisa de contos de fada.

– Dean, você já esteve no Inferno, eu comecei o Apocalipse, e supostamente estamos possuídos por um arcanjo e pelo demônio. E *agora* você está ficando cético?

– É, bem... – Dean olhou para a folha no topo da pilha.

Depois teve uma reação tardia.

– *Filho da puta...*

Sam franziu o rosto.

– O que foi?

Dean pôs a folha debaixo do nariz do irmão. Era uma cópia de um artigo de 1969 do *San Francisco Chronicle*, completo, com as fotografias originais. Ele apontou o dedo para alguém em uma das fotos da multidão.

– Olhe pra esse cara.

Sam semicerrou os olhos.

– Eu não... – Olhou mais detidamente. – Sinto muito, mas não estou reconhecendo ele.

– Não, aposto que não. – Dean tomou de volta a folha e começou a ler. O artigo era sobre a morte de um jovem casal perto de Winterland Ballroom, palco, Dean sabia, de alguns dos grandes concertos nos anos 1960 e 1970. E a pessoa que ele apontara era um homem calvo com uma expressão carrancuda cruel.

Dean havia visto esse rosto em duas ocasiões na sua vida. Uma foi quando ele era criança, e retratos dele adornavam as paredes de sua casa em Lawrence, Kansas. Aqueles retratos se perderam quando a casa pegou fogo em 1983, durante o ataque do demônio Azazel. A mãe de Dean e Sam, Mary, foi morta na ocasião. Sam, que tinha apenas seis meses de idade na época, não poderia se lembrar dessas fotos.

A segunda vez havia sido um ano atrás, quando Castiel mandara Dean voltar no tempo para 1973 e ele conhecera Samuel e Deanna Campbell a filha deles, Mary. Eram seus avós e sua mãe – que, para terrível choque de Dean, eram também caçadores. Os Campbells mais velhos foram mortos por Azazel em 1973.

O homem calvo era Samuel Campbell, seu avô. E ao que parecia, em uma das caçadas deles, eles haviam ido atrás do Coração do Dragão...

1969

TRÊS

Andarilho achou que a coisa toda era completamente barra-pesada.

Começou da mesma maneira de sempre: ele precisava de dinheiro para maconha. Isto não era raro, já que frequentemente tinha dificuldade para arranjar um emprego fixo, e os traficantes tinham dificuldade para lhe vender maconha fiado.

Não que ele não *quisesse* trabalhar. Michael James Verlander – que havia começado a chamar a si mesmo de "Andarilho" depois que ficou ligado, por dentro das coisas, largou tudo e se mudou para São Francisco seis anos atrás – simplesmente nem sempre esteve sintonizado com todo esse negócio de "receber instruções". Isso tinha descarrilhado sua carreira de *roadie*. Ele havia sido bom nisso, tendo viajado com o Grateful Dead, Ten Years After e algumas outras bandas.

Ultimamente, porém, essas turnês andavam em baixa.

Mas ele sempre havia sido bom em descobrir coisas.

Assim, quando Albert Chao o abordou no bar uma noite e disse que estava procurando um pedaço de papel que era parte de um encantamento, Andarilho se interessou. Sua ex era garçonete do bar e Albert era um dos fregueses.

Andarilho conhecia alguns caras que conheciam alguns caras que lidavam com esse tipo de coisas mal-assombradas. Albert lhe prometeu uma boa grana, e isso significava que ele poderia comprar mais maconha.

Então, a primeira coisa que fez foi ir à loja situada na Haight-Ashbury, onde Ziggy vendia seus gibis. Ziggy costumava ir à caça de fantasmas o tempo todo, até que perdeu as pernas. Agora andava de muletas e escrevia e desenhava histórias em quadrinhos sobre um cara que caçava monstros.

Andarilho comprou um dos gibis dele e em troca Ziggy lhe forneceu o nome de um cara no Tenderloin. O cara no Tenderloin lhe deu outro nome em troca do gibi, o que veio a calhar, pois Andarilho detestava os gibis de Ziggy e já estava prestes a jogar aquele fora.

Foi quando ele se deparou com o problema.

O cara no Tenderloin o mandou voltar à Haight e procurar uma moça chamada Sunflower, que estivera tentando conseguir um LSD realmente *bom*. O fornecedor dela havia sido preso, e os outros traficantes só possuíam bagulho que já dera o que tinha que dar.

Esse não era o problema. Era só a parte fácil. Andarilho nunca se importou com ácido. Diziam que ele alargava o horizonte das pessoas, mas ele preferia o seu amortecido. Mas ele sabia como conseguir o melhor LSD na Bay Area. Em troca de apresentar Sunflower ao rei do ácido, Andarilho podia finalmente conseguir o fragmento de pergaminho para Albert Chao.

Não, o problema era que ele tinha de ir até Dolores Park.

Andarilho desceu a rua 25, esfregando os braços por causa do frio de novembro e se aproximando de uma imponente fachada vitoriana a meio caminho do quarteirão. Ele estava usando apenas uma calça boca de sino, tênis e a camisa *tie-dye* que sua ex lhe dera como presente de aniversário antes de terminarem. Ele costumava usar uma jaqueta *jeans*, mas ela tinha desaparecido em algum momento. Talvez até a houvesse vendido para comprar maconha. Não se lembrava.

O lugar onde estava morando de favor ficava na Inner Mission Street, em Guerrero, perto da 22, a apenas dez minutos de caminhada até Dolores Park, mas parecia ser em outro planeta. Havia poucas pessoas na rua, e as que via seguiam direto de seus carros esporte incrementados para a porta de suas casas. Outras pessoas o espiavam por detrás de suas cortinas de renda.

Nenhuma delas se incomodava com o frio. Esse negócio de se preocupar com o tempo era coisa de camponeses.

Ele simplesmente *sabia* que a qualquer minuto alguém ia chamar a polícia.

Com seus joelhos nodosos tremendo, ele subiu as escadas até a porta da frente em estilo vitoriano, que havia sido pintada com uma cor verde doentia.

Ao bater na porta, sentiu um calafrio que nada tinha a ver com o vento que soprava da baía. A porta produziu um som oco, como se ele estivesse batendo no caixão de alguém.

Por vários segundos, ninguém atendeu. Isto já estava começando a ficar chato demais para Andarilho.

Quando já estava a ponto de desistir, voltar para casa e imaginar o que diria a Albert, alguém entreabriu a porta, que produziu um rangido alto e estridente. Ele recuou.

Alguém estava parado do outro lado, mas estava escuro e Andarilho não conseguiu identificar um rosto.

– Hã, tudo em cima, cara? – disse meio vacilante. – Vim a mando da Sunflower.

– Você que é o Andarilho? – replicou uma voz que soava como papel amarrotado.

– É isso aí, sou eu mesmo, cara. Só vim pegar o fragmento de pergaminho.

– Está sabendo que a coisa que vou passar para você está incompleta?

Agora que havia recuperado a calma, Andarilho estava começando a ficar abusado.

– Escuta aqui, cara, não fiz faculdade nem porra nenhuma, mas sei o que significa "fragmento", tá? Só vim aqui pra buscar essa coisa, sacou?

Houve uma pausa.

– Espere aqui – disse a voz de papel amarrotado, depois a porta se fechou com um estrondo que eriçou os pelos da barba de Andarilho.

– Ele podia ao menos me deixar entrar – resmungou, esfregando os braços de novo. – Eu devia ter cobrado adiantado ao Albert.

Não teve certeza de quanto tempo se passou. Nunca tivera um relógio, o que era outro motivo para sua carreira de *roadie* não ter durado muito. Finalmente a porta verde se abriu com um rangido.

Desta vez ela se abriu por completo, de modo que Andarilho pôde ver a figura que aguardava do outro lado. Ele tinha a pele mais enrugada do que um elefante de circo e fios de cabelo branco em alguns pontos de sua cabeça quase calva. Melasmas cobriam o couro cabeludo dele.

Havia alguns pôsteres de concertos de *rock* nas paredes, o que surpreendeu Andarilho. Ele jamais imaginaria que pessoas lidando com esse negócio de pergaminhos pudessem gostar de música boa, mas ali estava um pôster de quando o Grateful Dead tocou no Fillmore em fevereiro e março.

Foi nesse ano ou no ano passado? Ele nunca foi muito bom com datas.

A mão nodosa lhe entregou um pedaço de papel tão amarrotado quanto a voz do velho.

– Muito cuidado com isso – disse ele. – Faz parte de um pergaminho que pode invocar um espírito maligno das profundezas do inferno.

– É, coisa da pesada. – Andarilho pegou o papel que lhe foi entregue e o examinou. Parecia um absurdo total. Ele não conhecia outra língua além de inglês e espanhol, e o que estava escrito ali não parecia com nenhum das duas.

Dando de ombros, enfiou o pedaço de papel no bolso de trás da calça boca de sino.

– Obrigado, cara. Ei, você esteve no *show* dos Dead no Fillmore? Porque foi...

A porta foi fechada de novo.

– Aposto que não. – Virando-se, começou a descer as escadas. A cada passo, ele sentia um desejo cada vez maior de se distanciar ao máximo da sombria casa vitoriana.

Então caminhou tão rápido quanto suas pernas podiam carregá-lo de volta a Inner Mission, onde se sentia mais em casa. Lá havia *gente*, e ninguém olhava mais de uma vez para ele. Melhor que tudo, lá não havia velhos janotas horripilantes com vozes esquisitas e fragmentos de pergaminhos encantatórios.

Finalmente ele chegou em casa.

Claro que não era exatamente a casa do Andarilho. O apartamento na verdade pertencia a seu amigo Freddy, que tinha ido para Woodstock, no Leste, em agosto. Então decidira ficar em Nova York e se tornar um músico *folk* famoso. A última notícia que Andarilho havia recebido dizia que Freddy conseguira marcar um show no Gerd's Folk City no Greenwich Village. Um monte de gente havia começado a carreira no Folk City: Bob Dylan, Arlo Guthrie, Judy Collins e Doc Watson, portanto Freddy imaginava que, se eles conseguiram, ele também conseguiria.

Claro que Freddy nem sequer sabia afinar sua guitarra direito, e Andarilho não botava muita fé no seu sucesso. Mas enquanto Freddy andasse à caça de seu sonho, ele tinha um lugar onde dormir, e isso era tudo que importava.

Ele apenas esperava que Freddy não se importasse com o que havia acontecido com sua caneca chique. Como Freddy dizia que estava cortando a cafeína, talvez ele nem desse por falta da caneca.

Andarilho subiu os três lances das decrépitas escadas para o apartamento, procurando as chaves nos bolsos da calça boca de sino. Seu arranjo era conveniente – Freddy não lhe cobrava aluguel, só pedia que ele alimentasse Viola Lee, sua gata, e fazia semanas que ele não cuidava disso.

Chegando ao seu destino, Andarilho estendeu instintivamente a mão em direção à maçaneta.

Mas a porta estava aberta.

– Estranho – murmurou ele, e um arrepio percorreu sua espinha, mas ele rapidamente se acalmou. – Devo ter esquecido de trancar.

Certamente não devia ter sido a primeira vez. De fato, era por isso que havia deixado de se preocupar com a gata.

Entrando, ouviu os sons do Led Zeppelin tocando da sua – tudo bem, de Freddy – vitrola. Foi então que Andarilho se deu conta de que *algo* estava errado. Por um lado porque ele *detestava* o Zeppelin. Por outro, ele havia saído por duas horas. Se houvesse deixado a vitrola ligada, a agulha já teria chegado ao fim daquele lado do LP. Não havia como continuar tocando.

Caminhando cautelosamente pelo curto corredor até a minúscula sala do apartamento, encontrou alguém sentado no sofá.

– Albert? – perguntou Andarilho, com o alívio palpável em sua voz. – Você chegou cedo, cara? Não que eu esteja me queixando nem nada. – Ele se lembrou vagamente de ter pedido ao vizinho para prestar atenção em Albert. Noção de *timing* não era o ponto forte de Andarilho.

Albert limitou-se a sorrir. Ele era um jovem asiático e, se Andarilho se lembrava bem, era meio chinês e meio japonês. Tinha o cabelo preto cortado em estilo pajem, o que o fazia parecer um Paul McCartney oriental – ou pelo menos com como McCartney havia sido um dia, antes de deixar crescer a barba – e tinha uma face prosaica. A ponta do nariz se projetava um pouco, o que era estranho.

Albert estava vestindo uma jaqueta branca estilo Nehru e calças pretas largas. Parecia elegante demais para passar o tempo num pardieiro como este.

Ele se levantou.

– Estou trabalhando nos horários, meu caro Anda. Sabe, esse encantamento funciona melhor na noite de lua nova. – O aspecto do rosto dele dizia que esperava que isto significasse alguma coisa.

– Que estranho cara – respondeu Andarilho com um aceno de cabeça. Ele realmente nunca havia prestado muita atenção no ciclo lunar, de modo que não fazia ideia de quando a lua nova poderia ocorrer. Enfiando a mão no bolso de trás, puxou o pedaço de papel que o velho lhe havia entregado. – Aqui está, cara. Trouxe minha grana?

Arrebatando o papel amarrotado da mão de Andarilho, Albert o examinou com atenção.

– Tudo no seu devido tempo, Anda. Tenho que me certificar de que a mercadoria é boa.

Andarilho assentiu.

– Dá pra sacar isso aí. – Houve diversas ocasiões em que ele comprou erva sem verificar se era de qualidade, e com frequência se lamentou de ter feito isso. *Sempre é melhor inspecionar a mercadoria.*

Albert puxou um pedaço de papel em muito melhor estado do bolso da jaqueta. Desdobrando o papel, ele o juntou ao amarrotado que Andarilho lhe dera.

Então mostrou um sorriso largo.

Havia algo *errado* naquele sorriso.

– Excelente.

– Então posso receber minha grana agora? – perguntou Andarilho. Ele realmente queria acabar logo com aquilo.

Mas Albert parecia ter-se esquecido da presença dele. Estava entoando um cântico agora, e, embora Andarilho não reconhecesse as palavras, tinha a arrepiante sensação de que eram as mesmas palavras estranhas que havia visto no pedaço de papel.

Embora costumasse se orgulhar de ter uma paciência infinita, Andarilho estava começando a ficar puto. Ele não gostava de ser ignorado e tinha coisas importantes a fazer.

– Ei, cara, vai fazer o seu feitiço em outra hora e lugar. Preciso conseguir alguma erva antes de ir me encontrar com minha gata e...

Então a mesinha de centro pegou fogo.

– Porra, cara! – gritou Andarilho, pulando para trás. Freddy poderia não dar por falta da caneca, e gatos fogem o tempo todo, por isso ele não estava esquentando muito, mas a mesinha de centro? Isso Freddy ia *notar*! Ele pegou um cobertor e tentou abafar as chamas.

Mas então congelou.

A mesinha já havia queimado até formar um monte de cinzas, mas agora Andarilho podia ver uma figura de pé dentro do fogo. A luz bruxuleante das chamas formava sombras estranhas.

Albert ostentava um sorriso largo em sua face.

– Isso! Funcionou! Finalmente! E até melhor do que eu esperava! – Então ele olhou para Andarilho com uma expressão piedosa. – Peço desculpas, Anda. Eu enganei você no bar na semana passada, quando disse que lhe pagaria generosamente para conseguir o resto do pergaminho.

Andarilho não conseguia desviar seus olhos da figura dentro do fogo. O homem exalava ondas de malevolência e estava segurando alguma coisa, mas ele não podia imaginar o que era. As chamas subiam cada vez mais, indo em direção ao teto.

Enquanto as palavras de Albert se desvaneciam, Andarilho, com um dar de ombros, voltou sua atenção para o visitante.

– Qual é a sua, cara? – disse em tom de lamúria. – Você está querendo me enrolar?

– Estou querendo dizer – replicou Albert lentamente – que, se eu tivesse o dinheiro para pagar a você, não precisaria do encantamento necessário para trazer o Coração do Dragão.

– Coração do *quê*? – Andarilho ainda estava arrebatado pelo fogo que ardia, mas não se espalhava pelo apartamento. E pelo homem dentro dele. Esta era a cena mais incrível com que já havia se deparado.

Então o homem ergueu os braços e Andarilho viu uma espada que também estava em chamas. O homem agitou a espada várias vezes, a arma assoviando ameaçadoramente através do ar, com o fogo faiscando e dançando.

Albert voltou a falar.

– Receio que também não possa deixar nenhuma testemunha do que fiz aqui.

QUATRO

Samuel Campbell detestava o Natal.

Não tinha nada de pessoal contra a data. Nem ousava, para falar a verdade, pois sempre que tocava no assunto Deanna lhe lançava um daqueles olhares e lhe passava um sermão sobre o solstício de inverno. *Muitas culturas celebram a morte e o renascimento do sol, uma vez que o sol é doador de vida*, e assim por diante.

Samuel compreendia, de verdade. Compreendia que era por isso que os cristãos celebravam o nascimento de Jesus Cristo nesta mesma época do ano. Os primeiros cristãos foram muito bons em cooptar rituais pagãos e hebraicos, tudo para tornar a conversão mais palatável. Ele sempre achou irônico que a igreja primordial houvesse sido muito melhor nisso do que a atual.

Pouco lhe importava também o quão comercial o Natal havia-se tornado, com imagens de Papai Noel nas latas de Coca-Cola e as lojas de departamento fazendo tudo para separar as pessoas do dinheiro delas.

Nem estava muito chateado com o fato de que, a cada ano, a agitação parecia começar cada vez mais cedo. Mal haviam entrado no mês de dezembro e tudo já estava começando, com comerciais na TV anunciando vendas e ofertas especiais de Natal.

Até mesmo a noção de "paz na Terra aos homens de boa vontade" havia sido cooptada pelos *hippies*, o que deixava um gosto ruim na boca de Samuel. Mas o sentimento ainda era uma boa coisa, se fosse ingênuo.

Não, o que ele odiava no Natal era o senso de oportunidade. Os monstros simplesmente amavam os solstícios, principalmente o de inverno. Nada lhes agradava mais do que sair à noite, afinal, e a noite mais longa do ano estava se aproximando rapidamente.

E ninguém gostava mais da escuridão do que os vampiros. Nesse exato momento, Samuel estava agachado nos arbustos que cercavam uma casa isolada num beco mal iluminado em Big Springs, logo depois do posto de pedágio. Ali estava mais frio do que o rabo de um escavador de neve, mas a informação que obtiveram de Pai Callapso dizia que era onde o vampiro morava.

Ele havia passado os últimos poucos dias rastreando esse chupador de sangue em especial. Boa parte de suas vítimas era constituída de garotas, principalmente adolescentes idiotas demais para dizer "não" a um homem que quisesse levá-las para casa. Para Samuel, a maioria das adolescentes eram bobas assim, e ele agradecia a um Deus no qual não acreditava inteiramente que Mary, sua filha de 15 anos, não se encaixasse nesse modelo.

Teimosa, irritante, desrespeitosa, sim – Mary era todas essas coisas. Samuel havia esperado uma garotinha obediente, porém ela já havia visto demais da sujeira do mundo. Quando você treina uma criança praticamente desde o nascimento a como se defender, como disparar uma arma, como usar uma faca, e que não só o monstro no armário era real como também podia e *devia* ser baleado, era perda de tempo querer que ela fosse "obediente".

O ruído do motor de um carro soou à distância e rapidamente ficou mais próximo. Samuel logo viu o veículo que fazia o barulho: um carro ostentoso equipado com todo tipo de acessórios que os rapazes usam para impressionar as garotas. Ele não conhecia os detalhes – tudo que sabia sobre carros era que eles andavam quando se pisava no acelerador e paravam quando se pressionava os freios.

Muito provavelmente Mary teria sido capaz de citar todas as características de um carro, uma vez que vinha utilizando todo o seu tempo livre numa oficina mecânica. Um rapaz que trabalhava lá depois da escola andava se aproximando dela, e Samuel estivera pensando em se informar sobre ele. Só que ainda não havia tido tempo.

Seu único consolo era que as atividades pós-escola de Mary provavelmente a mantinham ocupada demais para fazer outra coisa senão conversar. A vida de um caçador não era feita exatamente para romances.

Uma vez ele havia tentado explicar isso a ela.

– Mas e quanto a você e mamãe? – ela havia perguntado, desafiadora.

– Isso é diferente – Samuel protestara, sem muita ênfase.

– Como? – Mary havia pressionado, e Samuel acabara por desistir, sabendo que não tinha uma resposta.

O carro entrou na alameda que se estendia ao lado da casa. Samuel examinou o solo próximo a ele, onde havia colocado o arco e as flechas, além do facão de mato. Ele usava as flechas para atordoar o vampiro, e depois o facão para lhe cortar a cabeça.

Desligando o motor de seu portentoso veículo, a criatura pulou fora do assento do motorista e contornou o carro para abrir a porta do passageiro para sua vítima. O visual do sugador de sangue combinava bem com quem era: alto, moreno e bonito. Usava costeletas compridas, como a maioria dos rapazes da época que não eram *hippies*, e estava vestindo uma jaqueta azul e gravata. A contragosto, Samuel teve que admirar sua abordagem alinhada.

Muitos vampiros pareciam alguns anos datados – os imortais tendiam a ter um senso de tempo vacilante. Como aquele que parecia ter seus 40 anos mas falava sobre ter combatido os "boches" durante "a Grande Guerra". Muitos veteranos da Primeira Guerra Mundial ainda a chamavam de "a Grande Guerra", mas quem lutou na Segunda Guerra Mundial – como o próprio Samuel – só chamava os alemães de "nazistas" ou "chucrutes".

Quando o vampiro abriu a porta para a garota saltar, Samuel ouviu uma risadinha que lhe soou familiar.

– Que casa maneira! – disse Mary numa voz muito mais alta e estridente do que lhe era normal. Mesmo na penumbra, ele podia ver que ela estava de olhos arregalados e boquiaberta.

Teve de admitir com certo orgulho a capacidade que sua filha tinha para representar uma personagem – orgulho esse temperado pelo fato de que estava usando sua filha de 15 anos como isca para um sugador de sangue. Mas a tarefa era essa. Este vampiro gostava de adolescentes, e Samuel tinha uma filha adolescente. Portanto, cabia a ela atrair o vampiro para casa sem colocar em risco outras garotas inocentes.

Então ele ouviu o zumbido baixo de outro motor e se virou para ver a picape da família Campbell descendo lentamente a estrada. Mal havia luar e as luzes estavam apagadas, de modo que a picape era quase invisível. Se não estivesse esperando por ela, ele próprio não a teria visto.

Mesmo sabendo que a picape estava lá, ele não conseguia ver o motorista, mas sabia que sua esposa, Deanna, estava ao volante.

Procurando na moita, Samuel pegou o arco e uma flecha. Ele precisava sair da moita para apontar o arco – se não ficasse em pé, nunca conseguiria disparar com precisão, e com Mary tão perto não podia correr esse risco –, portanto pôs-se de pé, inseriu a flecha e puxou a corda para trás.

A flecha voou livre e se alojou diretamente nas costas do vampiro, atravessando a jaqueta azul e fincando-se na espinha dele.

O vampiro se sacudiu levemente com o impacto.

– Ai – disse ele calmamente, e se virou para ver de onde partira a flecha.

Depois riu.

– Ah, aí está. – Ele bateu palmas. – Parabéns por sua habilidade excelente, senhor, mas você cometeu um erro que pôs tudo a perder.

Samuel ficou carrancudo.

– Eu não acho.

– Você realmente pensou que essa flecha poderia me *ferir*? – continuou o vampiro, sorrindo.

– Só a flecha? Não.

De repente, a criatura vacilou.

– O quê... ?

– Antes de vir aqui – disse Samuel – embebi a ponta da flecha no sangue de um homem morto.

Silvando, o vampiro caiu ao chão e começou a rolar no gramado em frente à casa. O sangue de um homem morto era veneno para sua espécie. Enquanto ele rolava, Mary calmamente deu um passo para o lado, achando um ponto seguro e vantajoso.

Samuel se abaixou para pegar o facão.

Ouviu a porta da picape e viu Deanna caminhando em direção à casa, com uma lata de gasolina na mão. Na luz opaca da lua crescente, parecia que havia crescido uma cauda nela, mas era só a bainha da espada Claymore de Samuel, balançando na cintura. Depois de Samuel cortar a cabeça do sugador de sangue – o que o mataria – eles iriam queimar o corpo.

De repente, a porta da casa se escancarou, produzindo um barulho de metal barato batendo contra o apainelado de madeira que ecoou pela noite. Samuel ergueu a vista, só para ver cinco criaturas se movendo em direção à varanda, todas elas parecendo muito infelizes.

As cinco exibiam dentes pontiagudos.

– Oh, droga, é um *ninho* de vampiros! – gritou ele, procurando de novo o arco e as flechas.

Antes que pudesse inserir a flecha, um dos vampiros estava sobre ele, arrebatando-lhe o arco.

– Não penso assim, comida – rosnou.

O arco, no entanto, ainda estava firme na mão direita de Samuel, que o enfiou no ventre do vampiro.

Arrebatando de volta o arco da agora atônita criatura, ele agarrou a aljava e a pendurou no ombro, puxando outra flecha e examinando a situação.

Dois dos vampiros estavam atacando Mary, e os dois remanescentes investindo sobre Deanna. As duas mulheres resistiam tenazmente e os quatro estavam próximos demais para Samuel arriscar um disparo de flecha.

Agarrando o facão, ele cortou o pescoço daquele a quem dera uma estocada na barriga. Não chegou a decepar a cabeça, mas, combinado com a paralisia causada pelo sangue do homem morto, o ferimento manteria a criatura caída. Sempre poderiam terminar o serviço mais tarde.

Correu para socorrer Mary mas, enquanto o fazia, um dos vampiros lhe agarrou o braço e o puxou para perto. Samuel sentiu o cheiro de sangue no hálito dele e recuou. Isso deu à criatura a abertura que estava procurando.

O vampiro tentou mordê-lo no pescoço.

A detonação de uma arma de fogo ecoou nos ouvidos de Samuel quando Mary disparou a pistola calibre 22 que sempre carregava por precaução. A bala rasgou o joelho do vampiro. Não iria matá-lo, claro – de fato, o ferimento sararia rapidamente – mas o impacto foi o bastante para fazer o monstro tropeçar.

Samuel fez um rápido aceno para Mary, depois se virou para encarar o monstro caído, enquanto ela girava para lidar com aquele que ainda a estava importunando.

Agarrando o joelho fortemente com a mão esquerda, o sangue pingando do ferimento e manchando seus dedos, o vampiro no chão olhou para cima e rosnou para Samuel.

– Você vai morrer lentamente por isso, carequinha.

Com velocidade espantosa, a criatura pulou de pé e desferiu um soco em Samuel com a mão direita. Instintivamente, Samuel ergueu o facão para aparar o golpe. A lâmina rasgou a carne do vampiro e atingiu o osso, produzindo um som doentio.

Enquanto o vampiro puxava o braço para trás numa tentativa de libertá-lo da lâmina, Samuel lhe desferiu um chute no estômago. O sugador de sangue caiu para trás e Samuel foi forçado a largar o punho do facão.

Rosnando, a criatura – com o facão ainda alojado no antebraço – se preparou para pular de novo, mas, movendo-se com rapidez, Samuel usou de novo uma flecha envenenada como lança e a enfiou no estômago do seu atacante.

Em seguida, deu uma cotovelada no rosto do monstro – que fez doer seu braço tanto quanto a mandíbula estilhaçada do vampiro – e agarrou o punho do facão, soltando-o da carne do vampiro com um puxão sangrento. Ele sentiu o respingo quente de sangue no rosto.

Por uns poucos segundos, o vampiro deu alguns golpes no ar, mas rapidamente o sangue do morto na ponta da flecha o deixou indefeso. Samuel imediatamente o decapitou.

Enxugando o rosto com a manga, Samuel olhou em volta para ver como as mulheres estavam se saindo...

Tão logo os cinco outros vampiros apareceram na varanda da casa, ele viu Deanna soltar a lata de gasolina. Enquanto ela batia no asfalto produzindo um barulho agudo e metálico, Deanna tinha alcançado a bainha e sacado a espada Claymore do avô de Samuel. Como ela era melhor espadachim, e ele mais habilidoso no arco e flecha, Samuel lhe havia confiado a preciosa arma para a caçada daquela noite.

A procedência da *claidheamh mór* havia sido um tema de grande discussão na família Campbell, devido ao fato de que o próprio vovô Campbell contava uma história diferente toda vez que lhe perguntavam de onde viera aquela espada com guarda-mão. Às vezes tinha vindo de um membro do clã que combatera ao lado do Bonnie Prince Charlie. Outras vezes era a espada de William Wallace – um nítido embuste, já que a Claymore com guarda-mão ainda não existia no século XIV. Uma vez, o vovô Campbell alegou que ele próprio a havia empunhado para ajudar a roubar a Pedra de Scone.

De fato, vovô Campbell tentou ligar com muito empenho a sua espada a cada evento significativo na história escocesa.

A única história em que Samuel realmente acreditava era aquela que seu avô lhe contou no leito de morte, quando lhe deixou a espada de herança. Na ocasião, Samuel já sabia a verdade acerca das coisas que aparecem na noite. Um espectro havia literalmente sugado o cérebro de seu melhor amigo e Samuel tinha conseguido matá-lo minuciosamente.

Mas, de alguma maneira, vovô Champbell sabia tudo sobre monstros. Enquanto jazia na sua cama de baldaquino, olhando para o jovem Samuel tão intensamente quanto podia com seus olhos remelentos, enquanto o câncer devastava o seu estômago e causava frequentes acessos de tosse, o avô lhe contou sobre a família *claidheamh mór* e como, desde o século XVIII, a espada tinha sido usada para matar uma infinidade de criaturas malévolas.

– E agora – o avô disse para Samuel no leito final – quero que você mate seus próprios monstros com ela.

Deanna sacou a espada no exato momento em que dois vampiros a atacavam – um pela frente, o outro por trás. Ela impeliu a espada para cima, empalando a primeira criatura através da caixa torácica. Sangue quente esguichou por toda parte, e o vampiro rosnou para ela.

Ela deu uma cotovelada na cara de outro – um nocaute temporário. Apertando com mais força o punho da Claymore, arrancou a espada do peito do primeiro vampiro e aproveitou o impulso para girá-la em direção ao que cambaleava atrás dela.

A espada acertou o braço do vampiro, fazendo esguichar mais sangue.

Mas o primeiro – sem se perturbar com o ferimento que ela lhe havia infligido – a agarrou pelo cabelo. Enquanto sentia que puxavam com força seu couro cabeludo, Deanna se esforçava para repelir a criatura, ao mesmo tempo em que tentava não perder de vista o outro que cambaleava, agarrando o braço sangrento.

Previsivelmente, o primeiro vampiro foi direto ao pescoço dela. No entanto, só conseguiu morder o pano, enganado por seu espesso cachecol cor de carne. Mas ela sabia que isso só o retardaria por um segundo – assim que se recuperasse da surpresa, ele ia rasgar a carótida dela.

Mas Deanna só precisava de um segundo.

Ela girou de novo com uma facilidade que vem com a prática, fazendo um movimento suave em arco com a espada. Estando tão próxima, a Claymore cortou o pescoço do vampiro, embora estivesse em um ângulo um pouco esquisito.

A cabeça não caiu inteiramente, mas ficou pendendo de modo canhestro enquanto o vampiro desabava ao solo.

– Sua puta nojenta! – o outro exalou, enquanto enrolava a mão carnuda no pescoço de Deanna. Respirar estava ficando impossível à medida que o aperto do vampiro aumentava e Deanna sentia os pés se afastando do chão.

– Você vai pagar caro pelo que fez!

Deanna agarrou freneticamente o punho do vampiro com a mão livre, enquanto tentava brandir a espada com a outra.

Nenhuma tática teve sucesso.

O silvo de uma flecha cortou os ares. Houve um som surdo e um solavanco quando a seta atingiu o braço ferido do vampiro. Apesar da dor que devia estar percorrendo o corpo do monstro, ele continuou apertando com teimosia o pescoço de Deanna por mais alguns segundos.

Deanna estava começando a ver pontinhos dançando diante de seus olhos quando a criatura desabou no solo. Finalmente o aperto afrouxou e ela caiu amontoada ao lado do vampiro, e só nesse momento sentiu que era capaz de sugar de novo o precioso ar.

Pondo-se de pé com dificuldade, ela terminou o serviço de decapitar o primeiro vampiro, depois fez o mesmo com aquele paralisado que quase a tinha matado.

Só então se virou para lançar um sorriso para o marido.

– Belo disparo.

– O prazer foi todo meu – replicou Samuel. Depois ele acabou de usar seu facão nos vampiros que tinham atacado ele e Mary.

– Acho – disse Deanna – que precisamos ter uma conversa com Pai Callapso.

Mary olhou para ela.

– Por quê? Foi ele quem nos deu a dica.

– A informação dele estava errada – explicou Samuel. – Há uma enorme diferença entre um único vampiro e um *ninho* deles.

Deanna ergueu a espada, sem querer embainhá-la enquanto não estivesse limpa. Pegando a lata de gasolina com sua mão livre, ela se aproximou do marido e da filha.

– Como se *alguma* de nossas fontes fosse cem por cento confiável – disse ela. – Só precisamos nos certificar de que as informações sejam tão confiáveis quanto possível. Ainda assim, temos sorte por

Pai Callapso nos passar informações, afinal... e que ele não considere isso uma insanidade.

Samuel ficou carrancudo.

– É, bem, aquele exorcismo que fizemos pra ele três anos atrás provavelmente ajudou. Ele nos deve uma.

Deanna começou a replicar, depois parou e olhou na direção dos cadáveres ensanguentados.

– Eu realmente não quero começar uma discussão...

Mary soltou um suspiro dramático.

– Oh, corta essa, mãe... até parece que nunca ouvi vocês dois brigando.

– Ela não estava falando de você, senhoritazinha – replicou Samuel. – Ela quis dizer que, quando temos seis cadáveres de vampiro, precisamos dar um fim neles. E também queimar a casa pra que não possa ser usada de novo. Uma vez um ninho, sempre um ninho.

– Tem razão – disse Mary enfaticamente. – Vamos acabar logo com isso, pra que eu possa lavar essa sangueira de mim.

Deanna esticou o braço para tocar no próprio rosto com o punho da mão direita. Com toda certeza, a viscosa sensação de sangue estava ali. Por falar nisso, eles todos estavam empapados de sangue.

– Ah, papai? – continuou Mary. – Já estou com quinze anos, portanto, *por favor*, pode parar de me chamar de "senhoritazinha"?

– Vou pensar sobre isso – Samuel respondeu com um sorriso torto.

Deanna sacudiu a cabeça e ergueu a lata de gasolina.

– Vamos, meus queridos, vamos ao trabalho.

Mary sempre pensou que fosse um tanto banal que na caixa de correio em frente à casa estivesse escrito CAMPBELLS. Parecia algo dos bons e velhos dias, quando ela era ainda um bebê.

Mas os velhos dias não foram realmente tão bons – de fato, não tão bons como as pessoas pensavam. O que as pessoas viam na TV era o que elas *acreditavam* ser real, mas Mary havia aprendido da pior maneira o quanto uma vida de ficção podia ser real.

O mundo estava mudando. Todo mundo sabia disso, claro. Graças à televisão, todos viam o que estava acontecendo – Woodstock, Kent State, Watts, Vietnã, a Lei dos Direitos Civis, a marcha em

Washington, os assassinatos de Luther King e do senador Kennedy, Neil Armstrong na lua – e nenhuma das coisas esperadas permaneceu a mesma.

Mary, porém, simplesmente tinha sabido como as coisas eram diferentes desde quando estava com onze anos e vira seus pais exorcizarem um espírito vingativo.

O pouso na lua havia ocorrido apenas poucos meses antes. Para Mary foi uma coisa maravilhosa. Nem Deanna nem Samuel mostraram tanto interesse, especialmente porque parecia haver mutante à solta em St. Louis e eles estavam se preparando para levar a picape até o posto de pedágio para verificar.

– Mas papai – disse Mary na ocasião –, e se fôssemos todos pro espaço e deixássemos pra lá esses monstros?

Samuel não tivera uma boa resposta, limitando-se a dar de ombros e continuar os preparativos.

Havia ocasiões em que Mary especulava como seria levar uma vida normal. Na maior parte do tempo ela se sentia feliz por não ter uma, porque a única maneira de levar uma vida normal era permanecer ignorante. Claro que ela iria a festas de aniversário, sairia com as amigas e faria todas as outras coisas que adolescentes faziam, mas não saberia que a qualquer momento um vampiro, um lobisomem ou alguma criatura malévola poderia surgir e matá-la.

Não, conhecimento era poder. Ela preferia saber o que estava a caminho. Se isso significava menos vida social, tudo bem para ela.

Eles dirigiram de volta de Big Springs após queimarem os vampiros e a casa. Assim que chegaram, o primeiro destino de Mary foi o banheiro. Seu longo cabelo louro estava grudento com sangue de vampiro, e isso era simplesmente *horrível*. Além disso, se deixasse sua mãe e seu pai irem primeiro, eles levariam uma eternidade.

Despiu a blusa e a calça *jeans*, jogando-as na cesta de roupa. Depois que todos houvessem tomado banho, Deanna colocaria a roupa suja na máquina de lavar com aquele sabão especial recomendado por Xin, um amigo caçador.

Debaixo da água quente do chuveiro, esfregando o cabelo com xampu de bebê – aprendera cedo que xampu de bebê era o melhor para tirar manchas orgânicas –, ela pensava sobre o fato de que estaria enfrentando um dia de escola com seus colegas ignorantes logo depois de uma noite de caça aos vampiros.

Às vezes ela desejava poder conciliar as duas coisas – ter uma vida normal e ser uma caçadora. Mas sabia que era impossível. Tristemente, sentia-se meio como uma pária na escola, tanto com seus colegas estudantes – que a achavam esquisita – quanto com seus professores e o pessoal administrativo – que estavam frustrados por suas faltas tão frequentes. Para grande contrariedade deles, as reuniões de pais e alunos não pareciam fazer nenhum bem.

Isso era provavelmente a razão de ela estar passando tanto tempo na oficina mecânica depois da escola, sempre que podia. John Winchester trabalhava lá. Era um bom rapaz e agradavelmente normal. Mas ele em nada se assemelhava a muitos dos outros alunos da escola, que simplesmente pareciam tão *idiotas*. John estava sempre por dentro de tudo, quer fosse dever de casa, guerra ou política.

Mas ele não julgava Mary do jeito que os outros garotos faziam. John respeitava sua privacidade e, numa época em que as mulheres estavam queimando os sutiãs e exigindo oportunidades iguais, ele a tratava como um ser humano, em vez de como uma garota.

Claro que havia ocasiões em que ela *queria* ser tratada como uma garota. Apesar da chuveirada quente, estremeceu ao pensar no que seu pai diria se soubesse o que ela estava pensando.

Tais pensamentos não eram *nada* em comparação com o que algumas garotas da escola estavam fazendo. De fato, algumas delas *realmente* estavam jogando fora os sutiãs e não raspando mais as axilas, e fazendo outras coisas além dos limites.

Rindo para si mesma, ela desligou o chuveiro. Permaneceria de bom grado debaixo do chuveiro por mais vários minutos, mas isso não era justo para com seus pais, que talvez já estavam fedendo bastante a essa altura. Enxugando-se, descobriu-se rindo porque ela – que acabara de passar a noite servindo de isca para um vampiro que pretendia chupar seu sangue – pensava que queimar sutiãs e ter axilas peludas eram coisas "além dos limites".

Normalmente ela teria secado o cabelo, mas decidiu deixar para depois para que Deanna pudesse entrar em seguida. Enrolando-se numa toalha, abriu a porta do banheiro e sentiu uma lufada de ar frio.

Deanna estava esperando do lado de fora, com os braços cruzados e os pés tamborilando de impaciência.

– Já era tempo.

– Desculpe, mãe – disse Mary, muito embora estivesse andando o mais rápido que podia.

– Chegou uma carta pra você – disse Deanna, enquanto entrava no banheiro. – Deixei em cima da sua cômoda.

– Obrigada, mãe – disse Mary, seguindo pelo corredor até seu quarto. Fechando a porta atrás de si, desenrolou a toalha e a deixou cair no chão num amontoado perto do cesto, junto com todas as outras roupas sujas que sempre ficavam no chão em vez de no cesto que sua mãe havia comprado para este fim – como ela sempre dizia. Mary abriu a gaveta superior da cômoda para pegar uma calcinha.

Enquanto o fazia, viu o envelope que Deanna deixara para ela.

Tinha um selo comemorativo de uma campanha ecológica e vinha com o carimbo da cidade de São Francisco. Não havia nenhum endereço de retorno, mas ela não precisava de um, porque havia reconhecido imediatamente a caligrafia.

Abriu o envelope e leu tanto a carta quanto o recorte do *San Francisco Chronicle* que a acompanhava. Então jogou por cima da calcinha uma camiseta e uma calça *jeans* boca de sino.

Hesitou logo que abriu a porta. Despiu a camiseta para usar uma blusa branca de abotoar. Se pretendia convencer seu pai a deixá-la ir para São Francisco, precisava fazer isso sem estar usando o que ele chamava de "roupas de *hippie*".

Deanna, como de hábito, tomou uma chuveirada em tempo recorde e já estava se enxugando quando Mary saiu do quarto. Vestida com seu roupão de banho felpudo, ela desceu a escada com Mary. Encontraram Samuel sentado à mesa da sala de jantar, olhando por cima da seção de esportes do *Lawrence Journal-World's*. Sem paciência de esperar que as mulheres desocupassem o banheiro, ele tinha preferido se lavar na pia da cozinha, o que significava que estava limpo, mas sua camisa e calça tinham manchas de água.

Mary entrou direto no assunto:

– Pode ter um trabalho em São Francisco – anunciou.

Seu pai olhou por cima do jornal.

– Como disse?

– A carta que chegou pelo correio. – Mary mostrou a carta e o recorte. – Veio de...

– Não me diga que veio de Yaphet. Aquele *hippie* maluco está...

– ... na Flórida – disse Deanna. – Não lembra que ele foi pra lá no ano passado?

– Não, não lembro – replicou Samuel com um suspiro. – Eu não fico rastreando poetas ruins. – Depois voltou sua atenção para Mary. – Então, quem mandou a carta?

– Jack Bartow – disse ela. – Lembra dele?

Com uma careta, Samuel arrebatou a carta e o recorte da mão dela.

– Lembro, sim. – Ele parecia como se tivesse acabado de pisar em algo fétido.

– Ah, vamos, papai, ele era legal.

Sempre diplomata, Deanna interveio:

– Ele era um observador muito qualificado do sobrenatural, Samuel.

– E um observador ainda mais qualificado de nossa filha – disse Samuel, sem erguer a vista.

Os Campbells tinham estado em São Francisco um ano antes, rastreando uma feiticeira que estava desbravando o oeste numa orgia de assassinatos místicos. Bartow – que era apenas uns poucos anos mais velho do que Mary e cuja família havia também caçado até que todos foram mortos por uma matilha de cães do inferno – havia ajudado a seguir a pista da feiticeira.

Mary havia achado Bartow tremendamente esperto, o que, claro, deixava Samuel meio louco. Eles tinham muita coisa em comum, realmente, mas tudo com que Samuel se preocupava era que Jack fosse um rapaz que estava interessado em sua filha.

Samuel não gostava de ninguém e especialmente de rapazes que ficavam "farejando no rastro dela", como assinalou. Ela sempre odiou essa frase.

Deanna se posicionou atrás dele e leu a carta e o recorte por cima do ombro do marido.

Então ergueu a vista.

– Ele pensa que é um dragão?

– Essas coisas não existem – replicou Samuel, enfaticamente.

– Talvez – disse Mary –, mas *alguma coisa* matou aquelas pessoas e de um jeito que certamente *parece* com o que um dragão faria. Os cadáveres foram cortados em tiras e queimados até torrar.

Deanna gentilmente tomou o recorte do *Chronicle* da mão de Samuel.

– Diz aqui que o primeiro corpo, aquele da Inner Mission, foi achado na manhã de 4 de novembro.

Mary ficou confusa.

– E daí?

Samuel ficou carrancudo de novo.

– No dia 3 de novembro foi a última lua nova.

Mary baixou a cabeça, envergonhada.

– Isso mesmo. Desculpe. – Seus pais a haviam treinado para conhecer as fases da lua. As luas nova e cheia eram sempre propícias à atividade sobrenatural. Era estupidez da parte dela ter esquecido isso.

– Pode ser simplesmente um espírito que por acaso age como um dragão – disse Deanna. – Mas não ajuda o fato de que o segundo e o terceiro assassinato tenham sido ambos em Chinatown.

– Então nós iremos? – perguntou Mary, esperançosa. Ela havia adorado São Francisco da última vez, e *realmente* queria rever a cidade. Além disso, tinha uma prova de história no dia seguinte e não havia tido tempo de estudar, e esta era a maneira perfeita para escapar dela.

Samuel olhou para Deanna, que insistiu.

– Tudo bem – disse ele. – Vamos fazer as malas.

– Vou ligar para Marty – disse Deanna, referindo-se ao seu agente de viagens, Martin Jankowitz. Ele sempre conseguia lhes arranjar voos rápidos a um preço relativamente barato.

Mary correu para o quarto. Como viajaria para São Francisco, ela ia pôr na mala suas roupas de *hippie*, não importa o que seu pai pudesse dizer...

CINCO

Deanna Campbell teve de se conter para não chutar o marido por debaixo da mesa, mais uma vez.

Estava sentada com Samuel, Mary e Jack Bartow num restaurante italiano na Columbus Avenue. Logo depois de chegar ao aeroporto de São Francisco, Mary havia encontrado um telefone, ligado para Bartow e marcado hora e lugar para se encontrarem e conseguirem mais informações acerca do suposto dragão. Enquanto isso, Samuel e Deanna ficariam aguardando a bagagem.

Eles haviam trazido duas malas, uma com roupa suficiente para uma semana, a outra com suprimentos e armas de que poderiam necessitar. Levou uma eternidade para a segunda mala – aquela com as roupas – ser liberada e Samuel já estava a ponto de desistir quando ela foi expelida pela esteira rolante.

– Poderia ser pior – Deanna havia sussurrado para o marido – se fosse a outra que tivesse extraviado.

Samuel apenas ficou carrancudo. As duas malas eram grandes demais para caber nos compartimentos acima das poltronas, de modo que tiveram de despachá-las antes do embarque, o que havia deixado Samuel nervoso. As armas que eles acumularam – pistolas, arcos, bestas, espingardas, facões, espadas – seriam caras demais para serem repostas. O negócio de lavagem a seco de Samuel e o ocasional trabalho de Deanna como professora substituta forneciam dinheiro suficiente para bancar a educação de Mary e ainda lhes permitiam manter um estoque de armas.

E, ocasionalmente, comprar passagens aéreas de última hora.

Ainda assim havia ocasiões em que as despesas ameaçavam esmagá-los. Esse era o problema com os caçadores – tratava-se de uma vocação, não de uma profissão, e vocação não enche barriga.

Mary *ainda* estava ao telefone quando Deanna e Samuel a encontraram.

– Olhe – ela estava dizendo quando eles se aproximaram –, esta é minha última moeda e realmente preciso... Oh! Chegaram meus pais. Verei você em breve, ok? Certo, Jack. *Tchau*!

– Você usou *todos* os seus trocados? – perguntou Deanna antes que Samuel pudesse dizer alguma coisa.

– Só pondo o papo em dia – explicou Mary e depois disparou um olhar para o pai. – Não é como se a gente tivesse avisado a ele da nossa chegada.

Samuel não quisera pagar a tarifa de longa distância para uma ligação para a Califórnia.

Voltando-se para Deanna, Mary continuou:

– De qualquer modo, ele vai fazer reservas pra hoje à noite às seis horas num restaurante em North Beach.

Com isso eles alugaram um carro e seguiram para o hotel – o Emperor Norton Lodge na Ellis Street, em Tenderloin –, para desfazer as malas e se certificar de que as armas estivessem limpas e prontas.

Foi ideia de Deanna tomar o ônibus para North Beach – mais popularmente conhecida como "Little Italy" – de modo a não terem problema para estacionar naquela agitada vizinhança.

– Mas eu não quero ir desarmado – protestou Samuel.

– Os assassinatos ocorreram em Chinatown, Samuel.

– Não é com o dragão que estou preocupado.

Deanna se limitou a suspirar, Mary a revirar os olhos.

Eles não foram inteiramente desarmados, claro, mas tiveram que deixar as armas de fogo no motel. Não era recomendável circular armado numa grande cidade naqueles dias de inquietação civil. A lei local tendia a olhar com maus olhos pessoas carregando armas, e a última coisa que os Campbells queriam era chamar a atenção do Departamento de Polícia de São Francisco.

Em três ocasiões, enquanto caminhavam para o restaurante, alguém de cabelo comprido e pés descalços tentou dar uma flor a Samuel. Isso fez sua expressão carrancuda ficar tão forte que Deanna temeu que seu rosto pudesse explodir.

Bartow estava atrasado, fazendo os três esperarem do lado de fora do restaurante. A reserva estava em nome dele, e Samuel se recusou a esperar no bar com uma garota menor de idade, muito embora ninguém no restaurante parecesse se importar.

Finalmente Bartow subiu com dificuldade a ladeira da Colombus Avenue, após sair pela porta principal da livraria *City Lights*. Desde a última vez em que o tinham visto, ele havia trocado sua bengala comum de madeira por uma ornamentada bengala esportiva com uma cabeça de dragão como punho.

Os olhos de Samuel naturalmente foram diretamente para o pé esquerdo de Bartow – o que restava dele. Ele já tinha a lesão quando o conheceram no ano anterior – quando havia acabado de fazer 17 anos – e havia alegado ter sido um acidente causado por uma pistola mal-conservada. Mas Samuel estava certo de que o rapaz atirara deliberadamente no próprio pé para evitar a convocação para o exército.

– Desculpem o atraso – disse Bartow. – É que Ferlinghetti estava fazendo uma leitura e passou da hora.

– Uau, parece gente importante – disse Mary com um sorriso, mas Samuel parecia apenas confuso.

Deanna veio ao seu socorro:

– Laurence Ferlinghetti. É um poeta e proprietário da livraria lá no final da rua.

Isso suscitou uns resmungos e, sem nada mais a ser dito, eles entraram no restaurante.

Depois que todos se acomodaram e as bebidas foram pedidas, Bartow começou perguntando a Mary sobre a escola. Seu cabelo castanho estava penteado com laquê, como estava na moda, e ele tinha um bigode fino como um lápis e quase preto. Ele era exatamente o tipo de garoto por quem Deanna teria desmaiado quando tinha 15 anos.

Logo, a conversa mudou para a vida social da garota, foi isso que provocou o chute. Tão logo as perguntas pessoais começaram, o humor de Samuel ficou mais sombrio – se tal coisa era possível – e ele começou a expressá-lo abertamente. Ele estava a ponto de interromper, quando Deanna deu o chute.

Samuel pulou levemente e olhou para a esposa.

Ela franziu o cenho e sua expressão dizia: *Deixe os jovens conversarem*. Ela sabia como eram essas coisas, e não queria ser expulsa de um restaurante tão agradável.

Samuel suspirou e segurou sua língua o máximo que pôde. Após um tempo, enquanto Mary estava dizendo a Bartow que seu professor de matemática era um gênio porra-louca, ele olhou para Deanna outra vez e ela assentiu.

– E então, Jack – disse Samuel rispidamente –, o que pode nos contar acerca deste suposto dragão?

Bartow sorriu.

– Eu não sou o único a chamar ele assim, Sam – disse.

O rosto de Samuel se retorceu e Deanna suspirou. Ele detestava qualquer diminutivo de seu nome, e isto só serviria para tornar a conversa ainda mais desagradável.

Onde estão nossos drinques?, ela pensou, olhando em volta à procura do garçom.

– O nome é Samuel – disse seu marido secamente. Mas, para dar crédito a ele, Samuel não perdeu o controle. – Ou, melhor ainda, Sr. Campbell.

– Papai... – começou Mary, mas Bartow pôs a mão em seu braço.

– Não, está tudo bem, Mary – disse Bartow em um repentino tom dominador. Depois retrucou: – Peço desculpas pelo desrespeito, senhor.

Samuel pareceu surpreso, sem saber como reagir. Deanna cobriu um sorriso com seu guardanapo.

– Desculpas aceitas – murmurou Samuel.

Assentindo confiantemente, Bartow levou a mão ao bolso da camisa e tirou um maço de cigarros.

– De qualquer modo, como eu disse, estão se referindo a seja lá o que for que matou esses quatro caras como "o coração do dragão".

– Quatro? – interrompeu Deanna. – Pensava que eram três.

Colocando um cigarro na boca, Bartow o acendeu com seu isqueiro Zippo.

– Eram, madame, mas houve mais um na noite passada. O Departamento de Polícia está mantendo esse fora dos jornais pra evitar pânico, mas eu tenho um parceiro na parada. – Com a expressão dúbia de Samuel, ele acrescentou: – Eu ajudei meus pais a exorcizar um demônio que tinha possuído o filho dele... às vezes um pouco de latim serve pra bastante coisa. E esse tipo de coisa compra um bocado de gratidão.

Samuel abrandou um pouco.

– Meu parceiro não pôde me dar os fichários, mas conseguiu alguns detalhes sobre as vítimas. A primeira se chamava Michael Verlander, mas todo mundo chamava ele de "Andarilho".

– Um *hippie*, aposto – comentou Samuel.

– Sim, senhor. Mas o local onde ele foi encontrado pertence a um cara chamado Frederick Gorczyk, de paradeiro desconhecido. As duas vítimas seguintes eram cidadãos comuns de Chinatown. Um era gerente de uma lavanderia, o outro era dono de um restaurante. Mas a vítima da última noite foi diferente... Uma mulher chamada Marybeth Wenzel, estudante em Berkeley.

– As vítimas têm algo em comum? – perguntou Samuel.

Bartow sacudiu a cabeça, enquanto dava uma tragada no cigarro.

– Pelo menos nada que qualquer um pudesse descobrir. É difícil dizer com certeza, já que os chineses não costumam falar com os tiras, portanto ninguém sabe muito sobre aqueles dois. E esta última vítima, a garota? Ela só torna as coisas piores. Por isso que o Departamento de Polícia não abre o bico sobre esse último caso. Um *hippie* e um chinês é uma coisa... eles mal serão notados. Mas essa é uma bela universitária, e isto em geral significa muita atenção por parte da mídia.

Nesse momento, os drinques chegaram. Deanna bebericou seu 7-Up, concordando que Bartow estava muito certo. Imigrantes e um *hippie* não ganhariam o interesse da imprensa, mas os jornais fariam uma festa se a notícia da morte da garota se tornasse pública.

– Você *realmente* acha que é um dragão? – perguntou Mary, ansiosa.

Bartow deu de ombros e tomou um gole de seu vinho tinto.

– Não sei Mary, mas estão comentando em toda Chinatown sobre esse "coração do dragão".

Samuel bebeu um pouco de sua cerveja.

– Tudo bem. Vocês garotas vão pesquisar. Vejam se conseguem descobrir o que significa esse "coração do dragão" e como isso pode estar relacionado aos casos. E eu vou ver se consigo rastrear quem começou isso.

Bartow se endireitou na cadeira.

– E o que quer que eu faça, senhor?

– Nós podemos cuidar disso a partir daqui, filho – disse Samuel em tom de dispensa.

– Papai – disse Mary, com um olhar penetrante –, isso não é justo. Não estaríamos aqui se não fosse por causa do Jack.

Samuel já ia argumentar, mas Deanna o cortou.

– Provavelmente podemos contar com sua ajuda na parte da pesquisa.

O marido lhe lançou um olhar irritado, mas ela o encarou de volta. Samuel não gostava de trabalhar com outros caçadores, ela sabia, mas como tinha sido Jack quem realmente os havia convocado para esta missão, não parecia correto tirá-lo da jogada.

– Nós três temos nossa própria maneira de fazer as coisas – disse Samuel numa voz firme. – Tenho certeza de que o Jack entende isso.

Dando uma última tragada no cigarro, Bartow o esmagou no cinzeiro no exato momento em que a garçonete trazia a comida. Ele esperou até que ela colocasse todos os pratos diante deles antes de falar:

– Olhe, sei que não posso fazer muita coisa com meu pé aleijado, mas sei como pesquisar na biblioteca pública e conheço bem essa cidade. Posso ser útil. – Então pegou garfo e faca e começou a cortar sua vitela à *parmegiana* em retângulos caprichados.

Samuel ignorou a própria comida e olhou para Jack.

– É com o pé aleijado que estou preocupado, Jack. Vou ser franco com você... eu não me sinto seguro confiando minha retaguarda a alguém que atirou no próprio pé.

A boca de Jack estava cheia, e Mary – que estava enrolando seu espaguete em volta do garfo – falou antes que ele pudesse engolir e se defender.

– Papai, o que deu em você? Por que está sendo tão cabeça-dura?

– Não estou sendo um...

– Ele não atirou no próprio pé!

– Assim *ele* diz.

– E assim *eu* digo, porque da última vez em que estivemos aqui ele me mostrou o ferimento. O ângulo está errado... não poderia de jeito nenhum ser autoinfligido.

Deanna não pôde evitar um sorriso de orgulho. Ela também esperava que seu marido não percebesse o fato de que Mary e Jack tivessem desfrutado de situação tão íntima sem o seu conhecimento.

– Por que não mencionou isto antes? – perguntou Samuel.

– Por que você simplesmente não confia em mim? – Mary disparou de volta.

– Ou em mim? – perguntou Jack, finalmente capaz de emitir uma palavra. – Olhe, eu entendo que não goste de mim, Sr. Campbell, mas você conheceu meus pais. E estou por dentro da cena, pode crer. Posso ser útil.

Samuel olhou para Deanna, querendo dizer que estava em inferioridade numérica.

Deanna enfiou o garfo em sua *pasta primavera*, deixando claro para ele que não contasse com ela.

Samuel finalmente espetou o *osso bucco* com o garfo, o que a incitou a sorrir de novo. Samuel nunca admitia perder uma discussão, mas o simples fato de não exigir ter a última palavra já era suficiente.

SEIS

Josh Friedrich adorava trabalhar no plantão noturno do necrotério.

Claro que muita gente o considerava um maluco, mas havia muito tempo que Josh parara de se preocupar com o que as pessoas pensavam. Isto tornava mais fácil dormir durante a noite.

Ou melhor, dormir durante o dia, já que passava as noites aqui, no "frigorífico" – apelido que dera ao *freezer* onde eram guardados os corpos – e no laboratório, fazendo seu serviço.

A melhor parte era que os tiras não costumavam importuná-lo muito. Josh adorava seu trabalho como legista, mas detestava lidar com a polícia. Embora fosse impossível evitar completamente os tiras, eles não vinham ao necrotério à noite, a não ser que fosse absolutamente necessário.

Em consequência, a maioria dos laudos de Josh ou eram entregues por mensageiros, ou deixados para alguém buscar no dia seguinte.

O que era ótimo para Josh. Ele conseguia investigar o corpo humano a seu bel-prazer, podia ajudar a resolver crimes, e raramente tinha que falar com a polícia. Ou com os repórteres.

Os repórteres eram os piores, e a cada dia de sua vida Josh dava graças por não ter participado daquele absurdo do assassino do Zodíaco. A qualquer um que viesse falar com ele sobre isso, ele simplesmente dizia que não estava no caso e caía fora.

O lado ruim do trabalho noturno era que ele dava plantão no Sabbath. Josh não se importava tanto com isso, mas sua mãe sofria de grave diarreia verbal toda vez que o assunto vinha à tona. Para silenciá-la, ele dizia que seu trabalho era importante ou tentava tirar as noites de sexta-feira de folga.

Mas ele nunca solicitava o plantão diurno. Gostava de sossego.

Por isso foi uma chateação quando o agente do FBI apareceu. O cara simplesmente irrompeu como se estivesse em sua sala de estar ou algo assim.

Josh soube que era um federal no momento em que ele havia atravessado a porta, só pela maneira de caminhar. Ele era careca, portanto não tinha aquele penteado alisado para trás, marca registrada dos federais, mas o resto dele simplesmente *berrava* FBI.

Tão logo entrou no necrotério, pôs as mãos na cintura e olhou diretamente para Josh.

– Você é o Dr. Friedrich?

– Hã, sim, senhor. O que posso...

– Você é o legista do caso Wenzel, certo? E daqueles outros que viraram churrasco?

Josh piscou. *Filho da puta mal-educado, não é?*

– Hã, sim, senhor, sou eu. Eu não sabia que este era um caso federal.

– Por que exatamente está surpreso com isso, doutor? – perguntou o federal concisamente.

Engolindo em seco, nervoso, Josh pensou por um momento antes de responder.

– Bem, hã... Pra ser honesto, os tiras daqui não gostam muito de federais, senhor.

– Bem, nós também não morremos de amores por eles.

– Não culpo vocês – disse Josh rapidamente. – De qualquer modo, me surpreende que eles tenham chamado vocês.

– Eles não fizeram isso... nós é que nos chamamos. – Então ele olhou em torno da sala. – Preciso ver o corpo.

– Claro – disse Josh. – Siga-me.

Josh conduziu o federal – *ele chegou a dizer seu nome?* – até o "frigorífico".

– Desculpe pelo frio – disse, sabendo que os tiras sempre reclamavam da temperatura.

– Já estive em lugares piores – disse o federal com um dar de ombros. Ele era definitivamente um cara do frio.

Caminhando até a parede sul – onde os casos mais recentes eram mantidos – Josh foi de imediato até a porta metálica atrás da qual jazia o corpo de Marybeth Wenzel.

Ele nem precisou consultar a ficha para encontrar a gaveta certa, já que ficara fascinado por este caso – ou melhor, estes casos, uma vez que era o quarto corpo que dava entrada nas mesmas condições.

– Estou contente que vocês federais estejam aqui – admitiu Josh. – A polícia não vai saber lidar com este caso, se entende o que quero dizer.

Puxando o lençol, revelou um corpo que estava horrivelmente queimado e cortado. Josh especulou brevemente se o federal seria um frouxo, mas o cara nem piscou.

– Está bem detonado – disse categórico.

– Tem razão, meu chapa. Só pudemos identificar ela através da arcada dentária. Ela tinha *belos dentes* – acrescentou com um sorriso que mostrou o mau estado dos seus. Sua mãe vivia aporrinhando-o para procurar um dentista. – De qualquer modo, ela teve queimaduras de terceiro grau em todo o corpo. E esta é a parte esquisita.

O federal havia-se inclinado para examinar os cortes, mas ergueu a vista com as últimas palavras de Josh.

– O que quer dizer com "esquisita", doutor?

– Bem, as queimaduras são uniformes por toda extensão da cabeça aos pés. A única forma de isso acontecer é o corpo estar completamente imerso em fogo, todo de uma vez. Mas sobrou muita coisa para ter sido uma explosão, portanto não faz sentido.

O federal ergueu uma sobrancelha, o que o fez ficar igualzinho ao sr. Spock da série de TV.

– E então?

– Bem, ela só pode ter sido morta onde foi encontrada... as queimaduras deixam o corpo frágil demais, portanto se ela foi removida depois de morta haveria sinais, e não há. Mas o lugar onde ela foi achada? Sem *qualquer* sinal de fogo. Ora, com queimaduras desse tipo, isso simplesmente não é possível.

– Qual é sua teoria, então?

Isso deixou Josh inteiramente desconcertado. Ele não estava habituado com agentes da lei pedindo sua opinião – ou melhor, hipótese, uma vez que isso era tudo que ele costumava ter, muito embora os tiras sempre empregassem mal a palavra "teoria" daquela maneira. Ele com frequência oferecia uma, e às vezes eles nem sequer prestavam atenção. Mas jamais alguém lhe havia *perguntado*.

Ele meio que gostou disso, porém teria gostado mais ainda se realmente *tivesse* uma hipótese.

– Não sei – admitiu pesaroso. – Sinto muito, mas... bem, já estou no maior sufoco com esse aqui. E a mesma coisa com os outros dois. Hsu e Ding têm as mesmas queimaduras, com a mesma ausência de *qualquer* tipo de fogo na cena do crime. Mesmo com Verlander, a única coisa danificada foi uma mesinha de centro. Não é esquisito?

– Bota esquisito nisso. – O federal deu outra olhada nos ferimentos. – Esses cortes foram feitos por animais?

Josh soltou uma risada, o que o fez receber um olhar mortífero. Mais uma vez, Josh engoliu em seco – este cara sabia como olhar de modo feroz – e rapidamente respondeu:

– Hã, não, senhor, não foram. Os cortes são precisos e quase... hã, cirúrgicos, como se fossem feitos com uma lâmina comprida, como uma grande faca.

– Ou uma espada?

Isso resultou em outra risada que ele não pôde conter.

– O quê?! Foi o Zorro que matou ele? Desculpe – acrescentou Josh rapidamente –, mas quem é que ainda usa uma espada hoje em dia?

– Você ficaria surpreso – replicou o federal, seu rosto uma máscara inexpressiva. – E você diz que os outros três estão nas mesmas condições?

– Sim.

– Posso ver as fichas de Hsu e Ding? E de Verlander?

– Claro – Josh voltou ao escritório principal e parou diante do arquivo. As pastas de papel-manilha estavam todas ainda na cesta de arame em cima do arquivo, já que esses eram casos "quentes". Muito em breve seriam enfiados numa gaveta.

O federal folheou cada pasta como se houvesse feito isso por toda a sua vida – o que, supôs Josh, ele tinha –, e depois simplesmente as devolveu.

– Obrigado.

Ele estivera tentando ficar na dele até então, mas Josh se viu incapaz de conter a pergunta:

– Este é o outro *serial killer*, como o Zodíaco?

O federal apenas sacudiu a cabeça.

– Ainda não estou autorizado a dizer, filho. E o FBI ficaria feliz que você mantivesse este nosso encontro em segredo, sacou?

Assentindo rapidamente, Josh replicou, ansioso:

– Oh, claro. – Além disso, para quem ele iria contar?

O homem se retirou e Josh sorriu. Pela primeira vez ele havia sido realmente tratado como gente e não como um maluco que se divertia com defuntos a noite toda.

Ele imaginou que tipo de opções havia para legistas trabalhando com os federais. E se eles tinhan plantão noturno.

SETE

Uma das lições que Deanna Campbell havia tentado com muito empenho inculcar em sua filha era que a melhor arma de um caçador não era a espingarda. Nem a água benta. Não era sequer a espada Claymore que matava um vampiro, um demônio, ou uma família de necrófilos.

Era um cartão de biblioteca.

Mas convencer a filha de quinze anos perita em luta deste fato era em si uma batalha difícil.

Bem cedo na manhã do segundo dia deles em São Francisco, Deanna levou Mary até o enorme edifício branco da Biblioteca Pública de São Francisco. O setor principal se situava na esquina das ruas Larkin e Grove, parte do Centro Cívico da cidade.

Era um dia frio, e não houve muita mudança de temperatura quando elas entraram no prédio. Enquanto atravessavam o saguão, Mary falou em voz baixa:

– Mãe, você sabe que podíamos cuidar disso nós mesmos... eu e o Jack, quero dizer – acrescentou rapidamente. – Você podia ir com papai.

– Não, obrigada – disse Deanna. – Você sabe que eu detesto fingir. É melhor deixar por conta do seu pai... ele é bom nisso.

– Imagino – respondeu Mary, com um traço de desapontamento na voz.

Samuel chegara tarde na noite anterior, após fingir ser um agente do FBI, por isso elas optaram por deixá-lo dormir. A visita do legista não tinha rendido muitas informações úteis, mas, uma vez que houvesse repousado o bastante, ele iria fazer o que pudesse com isso e tentaria encontrar um denominador comum entre as quatro vítimas.

Deanna sorriu. Ela podia entender as entrelinhas do que a filha dizia – ela simplesmente queria passar um tempo sozinha com o jovem sr. Bartow. Levando em conta todas as coisas, não podia realmente culpá-la, mas não havia como deixar sua filha de quinze anos sozinha na companhia de um garoto de dezoito. Claro que ele vinha de uma família de caçadores, mas isto não anulava o fato de serem adolescentes.

Mary estava cabisbaixa, provavelmente envergonhada por ter sido tão óbvia.

Então ficou radiante quando viu Bartow esperando por elas na entrada da sala de pesquisa, apoiado em sua bengala.

– Estamos prontos para ir?

– Totalmente – replicou Mary, um sorriso substituindo seu cenho franzido.

Deanna riu disfarçadamente e seguiram direto para o balcão de atendimento, onde uma jovem de cabelo comprido e liso, nariz grande e um sorriso radiante estava sentada numa cadeira alta. Estava usando uma saia azul-escura e um cardigã azul-claro.

– Posso ajudá-los?

Fixando seu mais brilhante sorriso e enfatizando o seu sotaque do centro-oeste, Deanna respondeu:

– Olá, senhorita... Tenho certeza de que pode! Acabamos de passar um tempo bastante *agradável* em Chinatown e queríamos aprender mais sobre aquela gente de lá. Pode nos recomendar alguns bons livros sobre o tema?

A bibliotecária assentiu vivamente.

– Bem, vou ver o que posso fazer. A maioria dos nossos livros sobre cultura oriental está em chinês e eles estão no nosso anexo em Chinatown. Temos uns poucos livros sobre cultura chinesa aqui, e parte deles é em inglês. Vocês têm em mente algum aspecto particular?

– É engraçado ter perguntado isso, pois em todo lugar que estivemos, minha filha não parou de ouvir as pessoas falando sobre algo chamado "o coração do dragão", e estamos *doidas* para descobrir o que poderia ser.

– OK, já é um começo – disse a bibliotecária, descendo do seu poleiro. – Bem, o dragão é um aspecto muito importante da cultura chinesa. Vamos ver o que conseguimos.

Ela os conduziu a uma enorme estante com dezenas de gavetas estreitas – o catálogo de cartões onde os títulos estavam classificados por assunto. Ela habilmente escolheu gavetas específicas, rotuladas num sistema de números e categorias, começando com "180 – Filosofia oriental", e dentro de instantes apareceu com vários livros com referências históricas a dragões.

Antigos segredos chineses, hã?, notou Deanna com admiração. *Essa mulher realmente conhece seu ofício.*

Várias horas de leitura mais tarde, porém – cobrindo cada categoria desde "Fenômenos paranormais" a "Paleozoologia" – resultaram em muito pouco que parecesse pertinente a sua caçada em particular. Encontraram muita coisa sobre dragões, mas nada que combinasse inteiramente com o que as pistas pareciam indicar.

Fechando o último dos livros que a jovem bibliotecária lhes havia trazido, Mary olhou para sua mãe e Jack.

– Um monte de referências a pessoas assadas por um lagarto gigante, mas nada que explique o modo como os corpos foram cortados – disse ela. – Talvez não seja um dragão que estamos procurando, mas sim alguém que foi possuído por um. Alguém com uma espada, talvez? – sugeriu ela com ceticismo.

Deanna sacudiu a cabeça para clarear os emaranhados. Cada descrição de dragões que foram capazes de encontrar mostrava criaturas com garras similares às de uma águia, ou de um urso – nenhuma delas combinava com os cortes precisos que Samuel havia descrito.

– Não sei – disse ela. – Não existe nada parecido com isso nos livros que consultei, mas faz tanto sentido quanto qualquer outra coisa.

O pior de tudo era que nada do que encontraram fazia uma única referência a um coração de dragão, exceto no sentido mais vago possível. Dizia-se que uma pessoa com o "coração de um dragão" possui grande força de caráter, o que não combinava exatamente com quem estava retalhando pessoas em São Francisco.

Deanna fechou seu próprio volume com um estampido, depois ela, Mary e Jack levaram os livros para um carrinho de mão de madeira que aguardava debaixo de um letreiro que dizia "devolução" em letras pretas caprichadas.

– Bem, foi tudo uma perda de tempo – disse Mary, com um suspiro.

– Ei, calma aí – protestou Jack. – Às vezes, sabendo o que *não* está caçando, ajuda você a imaginar o que *deveria ser*. – Mas nem mesmo ele parecia inteiramente convencido.

Não obstante, Mary não descartou a ideia.

– Você acha mesmo? – disse ela.

Deanna lançou um olhar de gratidão para o rapaz. Ela estivera dizendo a mesma coisa nas últimas duas horas, mas, partindo da mãe, Mary nem quis escutar. Assim, ouvir isso de alguém mais próximo da sua idade ajudou bastante. Não importava que a fonte fosse um garoto bonitão.

A mulher de cardigã azul havia ido embora, e uma senhora mais velha, com o cabelo preto penteado para o alto como se fosse uma colmeia, estava sentada no balcão de atendimento agora. Parecia ser descendente de orientais e era, de fato, a terceira bibliotecária a sentar-se ali desde que haviam chegado naquela manhã. Ao contrário da mais jovem que os havia atendido primeiro, essa estava vestida de modo mais formal: blusa branca, suéter cinza e saia marrom comprida.

– Encontrou o que estava procurando, madame? – perguntou a bibliotecária.

– Nem tudo, infelizmente – disse Deanna, seu tom de voz exagerando a decepçao. Ela quase esqueceu de pôr de volta sua voz de "mamãe do centro-oeste", mas se deu conta bem a tempo. Como ela havia dito a Mary, atuar era a parte de Samuel. Deanna preferia ou ler sobre alguma coisa ou atirar nela.

– Oh, sinto muito – disse a bibliotecária, soando como se realmente sentisse.

– Está tudo bem, suponho – replicou Deanna com um sorriso estudado. – Aprendemos um bocado sobre cultura chinesa e sobre dragões, o que foi realmente legal. Eu só gostaria de saber o que todas essas pessoas querem dizer quando falam sobre "o coração do dragão".

A bibliotecária franziu o rosto.

– Que assunto interessante – disse ela, curiosa. – Vocês têm certeza de que é cultura chinesa que estão procurando?

A pergunta animou Deanna.

– Por que diz isso?

– Bem, embora existam muitas referências a dragões no folclore chinês, a única referência que já ouvi a "coração do dragão" era relativa a um guerreiro japonês de cem anos atrás – explicou a mulher. – De fato, ele era chamado de Coração do Dragão.

Com o interesse renovado, embora tentando continuar representando um papel, Deanna pressionou por mais informação.

– Não sei – disse lentamente. – Nós ouvimos falar sobre isso em Chinatown, não Japantown. – Então, ela riu. – A propósito, existe algum lugar aqui chamado *Japantown*?

Mary lhe deu uma cotovelada nas costelas.

– Mãe! Vamos lá, pode ser isso que estamos procurando. – Ela puxou nervosamente o seu onipresente bracelete que lhe servia de talismã.

– Sim, querida – disse Deanna. Esfregando as costelas, ela lançou à bibliotecária um sorriso conspiratório. – Adolescentes... o que se pode fazer?

– Eles certamente sabem ser impacientes – concordou a mulher. – Mas, respondendo à sua pergunta, há um setor da cidade que chamamos de Japantown... na verdade, é onde meus pais moram.

– Vocês teriam algum livro que fale sobre o guerreiro que mencionou? – perguntou Deanna. – Infelizmente, acho que minha filha não vai me dar descanso até descobrirmos *alguma coisa*.

– Há pelo menos um que posso indicar... mas acho que não vai ajudar muito, pois o texto é em japonês. Eu posso mandar trazer, mas se pelo menos vocês entendessem a língua... – Ela desanimou, encolhendo os ombros.

Jack deu um passo à frente.

– Isso não vai ser problema – disse vivamente. – quanto tempo leva pro livro ser entregue?

A bibliotecária encolheu os ombros de novo.

– Geralmente leva cerca de uma hora – disse. – Mas receio que não possamos entregar ele antes da biblioteca encerrar o expediente.

– Você pode pelo menos reservar ele pra gente, pra ser consultado amanhã de manhã? – perguntou Jack, ansioso.

– Claro! – disse a bibliotecária, rendendo-se ao entusiasmo dele. – Só vou precisar do seu nome.

– John Riet. Escreve-se R-I-E-T.

– Muito bem, Sr. Riet, vou pedir o livro agora mesmo e vou deixar ele separado para que você possa consultar pela manhã. É só voltar a esse balcão e dar seu nome.

– Ótimo. – Ele se virou para Deanna. – Tenho um amigo que está no Departamento de Estudos Orientais em Berkeley. Ele deve um favor a meus pais, então acho que ele vai poder ajudar.

Tendo combinado isso, eles seguiram para o saguão e atravessaram a porta para a animada tarde de São Francisco. O sol ainda brilhava no céu, de modo que o ar estava morno agora e soprava uma brisa agradável. Uma das coisas que Deanna havia adorado nesta cidade na última vez que a visitaram era a constância do clima. Era como se a cidade estivesse enredada numa primavera permanente.

Mary olhou com curiosidade para Jack.

– John Riet?

– John é meu verdadeiro nome, mas como era também o nome do meu pai, todo mundo passou a me chamar de Jack, tal como Jack Kennedy. E "riet" quer dizer "bengala" em holandês.

– Oh, que maneiro – disse ela.

Deanna os interrompeu.

– Mary, eu e você precisamos voltar para o hotel, para ver se o Samuel chegou ou não. – Depois ela se virou. – Jack, eu ligo pra você quando soubermos qual será nosso próximo passo.

– Certo – disse ele. – Na verdade, eu poderia voltar com vocês para irmos jantar. Conheço um lugar excelente...

O rosto de Mary se iluminou, mas Deanna sabia como Samuel reagiria a isso. Além de ter certeza de que Jack queria ficar sozinho com Mary, o desdém de Samuel por outros caçadores era quase lendário. Ele certamente recusaria partilhar outra refeição com o rapaz, especialmente tão cedo.

– Sinto muito, Jack – disse ela com sinceridade–, mas hoje não. Nós ligaremos para você, ok?

Tudo bem. – Jack soou tão desapontado quanto Mary parecia, então Deanna agarrou a mão da filha e praticamente a arrastou até o ponto de ônibus. Era tal como ela havia dito para a bibliotecária.

Adolescentes... o que se pode fazer?

Samuel não havia alimentado muita esperança de ajuda em Chinatown, fazendo-se passar por agente do FBI. Na verdade, o simples fato de ser um homem branco iria pesar contra ele. Talvez ele enviasse Mary mais tarde, deixando-a representar o papel da *hippie* de mente aberta tentando ficar por dentro da cultura oriental, e com ele lhe dando cobertura.

Assim, após tirar uma soneca, ele decidiu seguir até a cena do primeiro crime, onde Michael "Andarilho" Verlander encontrou a morte, situada na Inner Mission.

Ele ainda não havia se conformado por Deanna tê-lo convencido a manter Bartow envolvido. Havia tolerado a presença dele, e fora Bartow quem os havia trazido para esta tarefa, mas Samuel simplesmente não gostava de ter outros caçadores à sua volta. Eles sempre presumiam que você fosse como eles, mas, até onde lhe dizia respeito, um imbecil era sempre um imbecil – e um monte deles acabava por ser imbecil.

Enquanto descia a Guerrero Street, viu um bando de garotos agrupados, gritando *slogans*. Um deles estava trepado num caixote de leite no centro do grupo, fazendo um discurso. Alguns deles seguravam cartazes onde se liam coisas do tipo FAÇA AMOR, NÃO FAÇA A GUERRA. Mais da metade deles vestia camisetas de cores tão berrantes que Samuel sentia dor de cabeça só de olhar, e muitos precisavam urgentemente de um corte de cabelo – inclusive as mulheres. Alguns estavam descalços, outros usavam sandálias.

Um rapaz sentado perto do orador estava dedilhando uma guitarra, mas o som era abafado pela gritaria.

Por sua vez, Samuel entendia aqueles que se recusavam a participar na guerra do sudeste asiático. Tendo servido tanto na Segunda Guerra quanto na Coreia, ele sabia que havia uma grande diferença. A primeira *precisava* ser lutada – a segunda foi principalmente apenas uma desculpa para matar gente sem nenhuma boa razão. O Vietnã parecia ser mais ou menos a mesma coisa que a Coreia. Mas Samuel não podia em sã consciência concordar com a canção de um dos Beatles que dizia: "Dê uma chance à paz".

Porque se você fizesse isso, então já tinha perdido.

O inimigo não era o vietcongue, e não eram os chineses, os soviéticos, nem os norte-americanos. Porra, nem sequer eram os nazistas. O verdadeiro inimigo era praticamente invisível e desconhecido, e muito pior.

O único meio de deter o *verdadeiro* inimigo era lutar. A única alternativa era perder e morrer. E Samuel não tinha a intenção de morrer tão cedo.

Ainda assim, refletiu enquanto continuava a descer a Guerrero Street rumo ao prédio de apartamentos, ele não conseguia culpar a maior parte das pessoas por estarem se sentindo daquele jeito. A não ser que você soubesse – *soubesse* realmente – como era o mundo, acharia que dar uma chance à paz seria preferível a morrer numa selva remota sem ninguém se importar.

Mas, seja como for, eles ainda precisavam cortar o cabelo.

Quando Samuel chegou ao terceiro andar do prédio de apartamentos, viu que a fita isolando a cena do crime ainda estava atada a um lado da moldura da porta, pendendo frouxamente em direção ao chão e tremulando a uma brisa quase imperceptível. Uma vez que o corredor não havia sido varrido e as janelas não viam limpeza desde que os japoneses bombardearam Pearl Harbor, este detalhe específico de falta de manutenção não foi um choque tão grande.

Ele já ia bater na porta, que estava coberta de adesivos exibindo o sinal de paz e outros decalques, quando ela se abriu e revelou um rosto muito furioso. Um enorme nariz encurvado era emoldurado por olhos minúsculos e uma boca de lábios finos, que era melhorada um pouco pelo grosso bigode que seu dono usava. Infelizmente, o bigode era de cor vermelho-tijolo, enquanto o cabelo – incluindo costeletas em tremenda necessidade de uma aparada – era castanho escuro. O contraste era cômico, e apenas a experiência de Samuel com disfarces pôde lhe garantir que a barba era verdadeira.

– Você está querendo o quê, cara? – o rosto perguntou.

Recordando algo da conversa com Bartow e da ficha de Verlander, Samuel fez a voz mais forte que conseguia.

– Você é Frederick Gorczyk?

– Quem quer saber?

Exibindo a identidade falsa, Samuel respondeu autoritariamente:

– Sou o agente especial Jones. – Uma coisa que ele tinha aprendido cedo era que os agentes do FBI nunca se referiam a si mesmos como simplesmente "Agente Fulano de Tal", e também nunca se chamavam de "agentes do FBI". Era um simples detalhe, mas que podia melhorar ou estragar uma representação.

Gorczyk piscou, um pouco da raiva se desvanecendo.

– OK.

Samuel continuou:

– Se você *é* Frederick Gorczyk, tenho algumas perguntas para fazer em relação à morte de Michael Verlander.

– E se eu não for essa pessoa?

Samuel deu um pequeno sorriso.

– Então vou ter que prender você por invasão de propriedade.

Gorczyk produziu um barulho como um cano explodindo.

– Não estou invadindo, cara, eu sou Freddie Gorczyk.

Samuel notou que ele pronunciou "gorc-chic" e não "gorc-zik".

– Peço desculpas pela má pronúncia, sr. *Gorczyk* – disse ele e andou em direção ao apartamento. – Posso entrar?

– Oh, claro. – Gorczky, que estivera bloqueando a entrada o tempo todo, escancarou a porta, virou-se e o conduziu até a pequena sala de estar.

À esquerda havia uma parede cheia de braçadeiras de metal usadas para sustentar prateleiras de madeira para livros. A maior parte delas estava abarrotada de livros, mas uma prateleira tinha um toca-discos, com as caixas de som apoiadas no chão abaixo dela.

À direita havia um sofá, e vários pôsteres manchados decoravam a parede, anunciando vários concertos, festivais e apresentações. Samuel reconheceu algumas bandas dos discos que Mary lhe havia pedido como presentes de Natal ou de aniversário.

O carpete era barato, manchado e desbotado, mas ele podia ver claramente que haviam passado o aspirador não fazia muito tempo. Havia também um pedaço retangular cortado do carpete, bem em frente ao surrado sofá de couro. Samuel lembrou que a ficha de Verlander fazia menção a uma mesinha de centro queimada, e que as cinzas e o pedaço de carpete haviam sido enviados ao laboratório para análise. Isso explicava o corte.

Após examinar a sala de estar em silêncio, Samuel se voltou para Gorczyk.

– Preciso saber o que o Sr. Verlander estava fazendo no seu apartamento.

– O que ele estava fazendo é merda! Olhe, eu fui para o leste em agosto, para o festival de Woodstock, está sabendo? – Como Samuel não replicou, ele prosseguiu: – E mal cheguei lá, percebi que Nova York é o fervo, cara, é lá que as coisas acontecem. Por isso fiquei por lá. Já tinha pedido ao Andarilho... digo, ao sr. Verlander, pra ficar morando aqui enquanto eu estava no festival, Liguei pra ele e disse pra segurar as pontas enquanto eu tentava me dar bem.

– Se dar bem?

–É, você sabe, dar umas canjas, apresentar minha música, cara.

– E aí, o que aconteceu?

Gorczyk começou a agitar as mãos descontroladamente.

– Ele perdeu minha gata, cara! Quebrou minhas coisas, até arranhou meus LPs! Quase incendiou todo o apartamento! E depois conseguiu ser morto, e assim não posso me ressarcir dos prejuízos nem nada.

– Sinto muito pelos seus problemas, sr. Goczyk – disse Samuel com a maior sinceridade que pôde colocar na voz, que na verdade não era tanta assim. Depois acrescentou – Mas eu preciso de detalhes. Sabe quem ele poderia ter recebido, enquanto esteve aqui?

– Qualquer um que passasse erva pra ele. – Gorczyk engoliu em seco, acrescentando apressadamente: – Hã, não que eu saiba alguma coisa sobre essas transações, cara. Não é minha praia.

Uma olhada na quitinete revelou um monte de sacos vazios de batatas chips, e Samuel sorriu para si mesmo.

– Estou investigando um assassinato, filho... pouco me importa o que você e o sr. Verlander fumam.

– Falou. – Gorczyk não soou como se acreditasse nisso. Depois teve um estalo. Ei, cara, sabe com quem você deveria falar? Com a sra. Holzaur. Ela mora aqui do lado, no 3C, e está sempre vendo tudo. Pedi a ela para ficar de olho no Andarilho e ela pode ter visto alguma coisa. Não sei se os pu... hã, os tiras, falaram ou não com ela.

Mais uma vez Samuel sorriu para si mesmo, mas não respondeu à referência velada.

Em vez disso, agachou-se perto do pedaço do carpete cortado, onde notou alguns cristais amarelos.

Enxofre.

Não que Samuel tivesse quaisquer dúvidas a esta altura, mas a visão do enxofre confirmava que isto era algo com que ele e sua família precisavam lidar, e rápido.

Pode ou não pode ter sido um dragão, mas um demônio estava *definitivamente* envolvido.

Levantando-se, fez menção de se retirar.

– Muito obrigado por sua colaboração, sr. Gorczyk – disse ele. – Você foi de grande ajuda.

– Claro, cara. Só espero que você pegue o culpado. O Andarilho era um babaca, mas não merecia o fim que teve.

Saindo para o corredor, a porta fechando atrás de si, Samuel bateu na porta do apartamento 3C. Ao contrário da porta do apartamento de Gorczyk, o 3B, a porta da Sra. Holzaur estava sem adesivos, exceto a placa sem brilho com número e letra.

Uma mulher baixa e enrugada atendeu, usando vestido caseiro desbotado e com bobes no cabelo. Um cigarro aceso balançava entre seus lábios.

– É a sra. Holzaur?

– Você é polícia, moço? – perguntou ela, com voz áspera.

– Agente federal, na verdade... agente especial Jones.

– Que pena. Eu esperava que você fosse um polícia, porque ainda não ouvi nada deles. – Ela deu uma tragada no cigarro.

– Do que está falando, madame?

Soprando fumaça na cara de Samuel, a sra. Holzaur tossiu e depois falou:

– Eu disse aos polícias quando aquele homem foi assassinado, eu disse a eles pra falar comigo, porque eu sabia coisas sobre os *yippies*, os alienígenas, o china e não sei mais o quê.

– Está falando sobre o assassinato de seu vizinho, Michael Verlander?

– Ele não era meu vizinho. Estava só tomando conta da casa pro meu vizinho. Um desses *yippies*, ou seja lá como chamam eles. Se meu marido ainda estivesse vivo, ia dar tiros neles todos, pode crer.

– Não duvido, sra. Holzaur – disse rapidamente Samuel. – Agora, o que há sobre os alienígenas e... e o china?

– Os alienígenas, sabe, são os que fazem a mariajoana. Fumar aquela coisa, sabe, é o que faz as pessoas virar alienígenas, e eles vão tomar conta de tudo. Contei isso aos polícias cada vez que pude, mas eles não fazem nada. – Ela deu outra tragada no cigarro.

Uma coisa que a família Campbell tinha aprendido cedo era que valia a pena prestar atenção nos doidos – com frequência havia bom trigo no meio de todo aquele joio. Então ele esperou para ver se a sra. Holzaur falaria mais sobre maconha e a trama alienígena para destruir a juventude da América. Quando ela pareceu ter acabado, ele começou a fazer perguntas.

– E onde entra o chinês nessa história?

– Está *claro*, não está? Aquele camarada *yippie* me pediu pra deixar o amigo dele entrar enquanto ele saía pra encontrar os parceiros alienígenas dele. Disse pra eu dar alguma comida pra esse cara, Albert.

O rosto de Samuel se iluminou.

– Albert?

– É, disse para eu dar a Albert algum *chow*... como os chinas chamam a comida. Como se eu tivesse que alimentar um china esquisito.

– E a senhora alimentou ele?

Por essa, Samuel ganhou mais fumaça na cara.

– Claro que não! Por mim, aquele Albert podia arranjar *chow* por sua própria conta! Esses malditos chinas estão tomando tudo. Pode crer, não demora muito e nós todos vamos ser demônios de olhos rasgados, como *eles*, e então o que será de nós, hã? – Ela deu uma última tragada e depois jogou a guimba no piso de linóleo do corredor. – Se meu marido fosse vivo, pegaria sua espingarda e meteria bala neles todos, pode crer.

Samuel assentiu sem se comprometer, tomando cuidado para não demonstrar qualquer sinal da exultação que o dominou.

– Obrigado pelo seu tempo, sra. Holzaur. O FBI aprecia sua colaboração e pode ter certeza de que daremos a suas informações toda a atenção que elas merecem.

– É, certo... você é igual a todos os homens, tudo conversa e nenhuma ação, esse é o seu problema. Seu meu marido fosse vivo, apontaria uma espingarda direto pra sua cabeça, e vou dar *essa* informação de graça pra você.

Samuel deu as costas para a sra. Holzaur, que continuou a arengar consigo mesma acerca de alienígenas, *hippies*, chineses e o que seu falecido marido faria com a espingarda. Samuel andava com mais animação, porque agora tinha um nome.

Albert.

De alguma forma Samuel duvidava que Andarilho pedisse à vizinha meio pirada que fornecesse *chow* para Albert. Mas poderia muito bem ter pedido que deixasse entrar alguém chamado Albert *Chao*.

Agora Samuel precisava apenas imaginar quem era Albert Chao e o que ele queria com Andarilho...

OITO

David Severn estaria perfeitamente feliz, se não fosse pela dor nos tornozelos.

Mas havia valido a pena. Ele estivera tentando encontrar a namorada perfeita e parecia ter achado. Debbie era sua melhor garota, e após uma dura semana de trabalho como gerente de supermercado, iria fazê-la passar bons momentos.

Os três primeiros encontros não deram em nada. Ela havia reclamado bastante do Golden Gate Park e não apreciara Ghirardelli Square, dizendo que um *shopping* não era romântico – era algo que ela fazia com a mãe. E então houve o Fillmore.

David não gostava muito de ir a um daqueles *shows* de música ensurdecedora: um bando de cabeludos vestidos como palhaços de circo, tocando música exageradamente alta e que não tinha nada de melodiosa. David preferia músicos de boa aparência, bem vestidos e realmente competentes, como os The Ventures ou Buddy Holly, que Deus o guarde, ou como os Beatles antes de começarem a usar drogas.

Pelo bem de Debbie, porém, ele havia fingido se divertir – ela era sua melhor garota, afinal, e um tremenda gatinha – mas ele esperava que ela não quisesse repetir o programa.

Mas quando deixaram o Fillmore naquela noite, eles caminharam pelo Geary Boulevard e subiram a Steiner Street, onde David havia estacionado o carro. No caminho passaram pelo Winterland. David sabia que era um rinque de patinação no gelo, mas Debbie mencionou que o dono do Fillmore às vezes o alugava para concertos grandes demais para caber num ambiente menor.

Então ela comentou que adorava patinação no gelo.

Bem naquela hora e lugar, David planejou o programa da próxima sexta-feira.

Com toda certeza, ela adorava aquilo. Debbie era uma excelente patinadora, também – o que era mais do que David poderia dizer de si mesmo. Ele caiu diversas vezes, mais de uma vez de bunda, mas Debbie apenas ria, ajudava-o a se levantar e lhe mostrava como patinar adequadamente.

Após um tempo, ele já havia conseguido patinar sem cair. Mas, pô, como seus tornozelos doíam.

Ainda assim, o encontro correu às mil maravilhas. Debbie havia se divertido tanto que eles se assanharam, fazendo coisas perto do vestiário, até que o local fechou e eles foram postos para fora.

Enquanto saíam para a Steiner Street, David pegou Debbie pela cintura.

– Você patinou lindamente, boneca.

– Obrigada. – Ela sorriu para ele. Adorava quando ele a chamava de "boneca". – Quando eu estava crescendo – disse ela – costumava ver todos os filmes de Sonja Henie. Eu idolatrava ela.

– Uau... isso é uma sina – disse ele intensamente.

– O que quer dizer? – perguntou ela, com um ar intrigado cruzando seu rosto.

– Bem, você sabe que Buddy Holly era meu ídolo. Isso significa que ambos os nossos ídolos morreram em desastres de avião!

Ela enrijeceu sob o braço dele.

– Ela morreu de *leucemia* – disse Debbie, enfaticamente. – Apenas aconteceu de ela morrer enquanto estava voando pra casa em Oslo.

Cabisbaixo, David não soube o que responder.

– Oh – disse ela. Antes que pudesse tentar salvar a conversa, uma voz soou atrás dele.

– Olá, David.

Girando, ele viu um jovem oriental de nariz pontudo usando jaqueta estilo Nehru e uma calça larga verde. Mas, apesar da singular aparição do homem, David não o reconheceu, e ficou um pouco insultado com a liberdade tomada por alguém como ele.

– Desculpe-me, mas nós nos conhecemos?

Debbie chegou mais perto e ele a apertou com mais firmeza. David mudou levemente de posição para se colocar entre ela e o oriental.

– David, quem é esse cara? – perguntou ela, nervosa.

– É o que eu vou descobrir, boneca.

O oriental sacudiu a cabeça.

– Você realmente não se lembra, não é?

– Lembrar de quê? – respondeu David, furioso. – Quem *é* você?

– Você tem a cara de pau de me perguntar isso? – respondeu o homem, sua voz se elevando com cada palavra. – Eu sou Albert Chao! Sou o homem que você *despediu* só porque falei com a garota errada!

Debbie olhou para ele.

– Isso é verdade, David?

Ele engoliu em seco agora, tentando recordar. O dono do supermercado, sr. Wilhelm, havia sempre insistido em empregar orientais como estoquistas, mas deixava as demissões por conta de David. Ele supôs que este tal de Chao era um dos demitidos.

– Olhe, amigo – disse ele, usando sua melhor voz de gerente –, se eu despedi você, foi por uma boa razão, certo? Portanto, deixe-me ir embora com minha garota e você pode voltar para sua boca de ópio ou seja lá o que for.

O oriental abriu um grande sorriso.

– Oh, eu vou gostar disso.

Alguma coisa naquele sorriso preocupou David, e ele não quis mais olhar para ele. Lembrando das aulas de boxe que tivera na escola, ele se afastou de Debbie, assumiu uma postura de luta adequada e desferiu um soco na cara de Chao.

O oriental tentou se esquivar, mas não foi rápido o bastante. O impacto do punho de David no nariz do homem enviou agulhadas de dor de cima a baixo de seu braço, e enquanto ouvia o estalo do osso quebrando, expirou um agudo sopro de ar. Ele não se lembrava de ter causado tanto dano ao socar alguém. Mas é claro que usava luvas na época...

Debbie, bendita seja, correu direto para ele.

– Você está bem?

– Acho que sim.

Mas o oriental não tinha arredado pé. Seu nariz pontudo estava sangrando, mas ele parecia imperturbável.

David não podia acreditar – aquele tinha sido o seu melhor soco!

Então o homem começou a murmurar alguma coisa. David não conseguia entender uma palavra do que ele estava dizendo, mas havia algo na maneira como ele sussurrava que fazia um calafrio percorrer os seus ossos.

Debbie o segurou mais firme.

– David, o que ele está fazendo?

– Eu... eu não... – gaguejou David. Então ele descobriu que não conseguia respirar.

Que diabo ele está fazendo?

Então Chao parou de falar, e o silêncio súbito foi ainda mais assustador. David descobriu que nem sequer podia ouvir os ruídos da rua. Era uma noite de sexta-feira em plena São Francisco e havia barulho em toda parte, mas David não conseguia ouvir nada, exceto os sons irregulares da própria respiração e os batimentos do coração contra a caixa torácica.

De repente, um ar quente bafejou vigorosamente contra seu rosto. O suor escorreu quase no mesmo instante, enquanto ele via um fogo enorme brotar da calçada da Steiner Street.

Um homem estava de pé no centro do fogo. David não pôde distinguir as feições dele, mas de algum modo soube que a figura estava olhando diretamente para ele.

Era como se fosse alguma coisa de uma daquelas músicas psicodélicas que aquela banda tinha tocado no Fillmore. Isto não podia estar acontecendo *de verdade*. Ainda assim ele pôde sentir o fogo na face e ver as chamas tremulando no ar noturno – e ouvir o grito estrangulado de Debbie.

O homem no fogo ergueu uma espada gigante.

A última coisa que David ouviu foi seu próprio grito.

Os Campbells se encontraram no Emperor Norton Lodge.

Para grande tristeza de Samuel, Mary também chamou Jack e lhe contou sobre o enxofre que havia sido encontrado na cena do primeiro crime. Ele prometeu verificar se houvera manifestações recentes de atividade demoníaca ou não.

Deanna revelou que haviam achado uma informação sobre "o coração do dragão", mas era em japonês. Samuel estava em dúvida – Chao era um nome chinês –, mas cada detalhe era útil. Eles saberiam mais quando o professor amigo de Bartow traduzisse os textos.

Depois – em posse de um nome – eles se dividiriam, cada qual tentando descobrir o homem conhecido como Albert Chao, e qualquer ligação que pudesse ter com as outras vítimas.

Todos eles retornaram ao Lodge no fim daquela noite. Deanna pediu uma refeição ao serviço de quarto e a família comparou anotações.

Samuel foi o primeiro.

– Encontrei uma pista sobre um possível alvo, mas cheguei tarde demais. Primeiro verifiquei os bares perto de onde Verlander foi morto, e num deles o nome Albert Chao era conhecido. O barman me contou que Albert tinha sido demitido de um supermercado dois meses atrás e estava furioso com isso. Então fui ao supermercado e descobri quem demitiu ele. Disseram que o cara estava levando a namorada dele ao Winterland naquela noite.

Mary se interessou.

– Oh, e quem estava tocando?

– É um rinque de patinação, Mary – disse Samuel de cenho franzido.

– É mesmo? Pensava que fosse uma sala de concertos. Hendrix e os Dead estão sempre tocando lá.

Samuel nem mesmo fingiu saber o que ela dizia.

– Seja como for, fui ao Winterland e os tiras já estavam lá, assim como os repórteres, na calçada da rua. O gerente do supermercado e a namorada dele foram queimados até a morte e depois cortados em fatias.

Deanna estremeceu.

– Oh, não!

A boca de Mary formou um sulco.

– Temos que parar esse cara, papai.

– Bem, estou aberto a sugestões – disse Samuel amargamente, furioso por não ter chegado a tempo na cena do crime. – O que foi que você descobriu em Berkeley?

Mary tinha ido a Berkeley para falar com colegas de faculdade de Marybeth Wenzel, a pretexto de ser uma pré-vestibulanda que analisava Berkeley como sua possível universidade. Usou como disfarce estar preocupada com as notícias de que uma das alunas tinha sido assassinada.

– Marybeth só tirava boas notas e todos os colegas gostavam dela. A única coisa que disseram dela foi que tinha um gosto esquisito em matéria de homens.

Samuel franziu o rosto.

– O que exatamente significa "esquisito"?

A expressão de Mary se espelhou na dele, com um ar de desagrado na face.

– As garotas não disseram, mas teve um rapaz que alegou que "ela só gostava de olhos rasgados", presumo que estava se referindo a orientais.

Samuel assentiu.

– Então era uma das antigas paixões de Chao?

– Esse é meu palpite.

Deanna interveio.

– Não é de surpreender que seja uma "antiga" paixão. Falei com pessoas na lavanderia e no restaurante em Chinatown onde duas das vítimas trabalhavam, fingindo ser uma das antigas professoras de Albert, e em ambos os casos me disseram que ele tinha trabalhado lá. Disseram que ele tinha sido demitido, e nossos dois cadáveres são dos caras que demitiram ele.

"O que é especialmente interessante é que um dos motivos de ter sido demitido da lavanderia é que ele mentiu no pedido de emprego: Chao disse que era chinês... quando na verdade é meio chinês e meio japonês."

Samuel suspirou.

– Portanto as únicas pessoas com quem Chao tinha uma rixa estão mortas, pelo que pudemos descobrir até agora. – Se isto fosse verdade, eles estavam num beco sem saída.

– Você acha que talvez ele já tenha terminado? – perguntou Mary, esperançosa.

Deanna sacudiu a cabeça.

– Tem um demônio envolvido nisso, Mary, lembra? O que significa que não vai ter fim. Chao pode até *pensar* que está no controle, mas não está. E o demônio não vai parar de matar só porque Chao já ajustou suas contas.

– Além disso, um cara como esse provavelmente tem uma longa lista de pessoas que supostamente sacanearam ele – disse Samuel e depois suspirou. – Precisamos descobrir onde Chao mora. Essa foi a única coisa que não consegui arrancar de ninguém.

– A gente devia ligar pro Jack e ver se ele descobriu alguma coisa – disse Mary animada, ignorando a sombra que perpassou o rosto do pai.

– OK – disse Samuel. – Ligue pra ele, mas...

Mary pulou da cama.

– ...use o telefone público lá fora, já sei.

Samuel a chamou, enquanto ela alcançava a porta.

– Eu me recuso a pagar o que o hotel cobra por telefonemas! – Mas ela já havia ido antes que ele pudesse concluir.

Quando a porta se fechou, Samuel olhou para Deanna e começou a falar, mas ela o cortou.

– É por essas e outras que você ficou careca, sabia?

A princípio Samuel ficou carrancudo, depois se descontraiu e gargalhou. Ela riu com ele.

A seguir ele a puxou para um abraço.

– Você ainda me ama, embora eu tenha me tornado um velho gagá e careca?

– Você está bem pra caramba, gostosão – disse ela, com um sorriso malicioso, e depois o beijou.

NOVE

Albert mostrou a eles. Mostrou a *todos* eles.

Sinto muito, Albert, você um cara legal pacas, mas... o seu ritmo é muito puxado para mim. Não consigo acompanhar toda essa intensidade, sacou? Me procure quando você pegar mais leve...

"Pegar leve?" Porra.

Ele estava destinado a grandes coisas. Ele simplesmente *sabia* disso.

Se ao menos todas essas pessoas parassem de se meter no seu caminho.

Não quero mentirosos na minha folha de pagamento, nem mestiços. Saia do meu estabelecimento antes que eu ponha você para fora.

Antes de morrer, sua mãe costumava lhe contar a história de seu ancestral, o lendário Coração do Dragão, um *ronin* que percorria o interior do Japão, corrigindo equívocos e punindo os culpados, até que foi condenado por uma turba de camponeses ignorantes.

Vi você falando com aquela garota. Não queremos esse tipo de comportamento por aqui, moço. Considere-se despedido.

As pessoas gostavam de pensar que camponeses ignorantes não existiam mais na época atual. Afinal, o homem havia pisado na lua, o que significava que a humanidade havia evoluído, certo?

Errado.

Ela havia assumido formas diferentes nos dias de hoje, mas continuava sendo a mesma boa e velha humanidade.

Depois que o sacana do supermercado o despediu, ele caiu num profundo estado de depressão. Tudo que podia imaginar, tudo que podia ver, tudo com que podia sonhar eram pessoas que o haviam deixado pra baixo.

Mestiço idiota! Você não pertence a Chinatown nem ao seu verdadeiro povo!

Havia começado quando ele era criança, com os outros garotos de Chinatown o provocando porque sua mãe era japonesa. Seus pais lhe diziam que eles eram apenas ignorantes, que eram garotos que não sabiam de nada, e que as coisas iam melhorar quando ele crescesse.

Mas as coisas não melhoraram. Em toda parte era recebido com rejeição, desprazer e repulsa.

Porém, ele sempre recordava as histórias que a mãe lhe contava sobre o Coração do Dragão.

Já que estava desempregado, dispunha de tempo de sobra. Então passou a frequentar a biblioteca, tentando ver se no acervo havia textos japoneses.

E descobriu bem mais do que havia esperado.

Histórias que falavam de um demônio que tinha aprisionado a alma de Doragan Kokoro. Ainda segundo os textos, o poder do sangue podia suplantar o poder de sortilégio do demônio. Um descendente do Coração do Dragão podia convocar seu ancestral contaminado pelo demônio de volta à terra dos vivos, onde exerceria grande poder.

O problema era que os textos estavam incompletos, de modo que não tinha certeza quanto à eficácia do encantamento nem de seu efeito definitivo. Ainda assim, estava certo de que iria amarrar o Coração do Dragão a ele, garantindo-lhe assim a capacidade de corrigir todos os erros e remover de sua vida as pessoas inferiores.

Havia outro encantamento – este completo – que iria banir o espírito de novo por oitenta temporadas, mas que uso ele faria disso? Por que iria dominar um poder imenso, para depois simplesmente desisitir dele?

A princípio não havia acreditado inteiramente em tudo que lera. Mas o que tinha a perder?

Não tinha nenhuma garota.

Nem família, nem emprego, nem amigos.

Nada.

Mas ele tinha um destino. Era um descendente do Coração do Dragão. Ele merecia algo melhor – e iria obtê-lo.

Alguém no bar que frequentava havia lhe contado sobre o Andarilho, um *hippie* drogado que era bom em rastrear coisas misteriosas, e Albert o contratou. Andarilho se tornou o primeiro que usou, como teste. Sentiu um pouco de remorso por isso, mas os resultados foram exatamente o que havia esperado. A culpa rapidamente cedeu lugar à euforia.

Albert agora era finalmente capaz de se vingar daqueles que o haviam prejudicado, mantendo-o afastado de seu destino.

Agora que eles se foram, Albert se viu numa encruzilhada. O que viria em seguida para ele e seu autêntico ancestral *ronin*?

Havia sido pego desprevenido quando o idiota do gerente de supermercado o atingiu com um soco. Mas, embora surpreendido, Albert sentira apenas uma breve sensação de dor. E mesmo com plena certeza de ter ouvido o estalo do nariz partido, depois que limpou o sangue percebeu que não havia sofrido nenhuma fratura.

Olhando em retrospecto agora, ele soube que havia muito mais que podia fazer.

Já fiquei tempo demais pensando sobre o passado, refletiu. Ele agora precisava pensar no futuro.

O apartamento onde morava era, falando com muita gentileza, um pardieiro. O "apê", como o senhorio havia se referido a ele, era minúsculo, com assoalho de madeira empenado na sala de estar, um carpete manchado e esfrangalhado no quarto e piso de linóleo rachado na cozinha. Ele mal podia pagar por uma rede para dormir e ter macarrão na despensa. A única cadeira que tinha havia sido encontrada jogada na rua.

Ele precisava progredir neste mundo.

E o Coração do Dragão iria realizar isso por ele.

Com um pequeno sorriso ao pensar no que poderia ser capaz de conquistar, mais uma vez começou a entoar o encantamento. Talvez passando mais tempo com o *ronin* lhe permitisse tomar da sociedade o que lhe pertencia por direito.

Os fogos do outro mundo arderam brilhantes, e a forma do *ronin* apareceu no meio das chamas que lambiam na direção do teto. Tal como o fogo havia consumido Yoshio Nakadai em sua morte, assim as chamas continuavam a segui-lo através dos séculos. Albert sentiu o calor do fogo bailar em seu rosto, afastando a friagem do apartamento sem aquecimento adequado.

Ainda assim, não era apenas calor que ele estava sentindo. Não, era *poder*. Tinha sob sua posse uma criatura que podia matar *qualquer um*. Era hora de usar seu ancestral para algo além de vinganças mesquinhas.

O Coração do Dragão havia sido um grande herói, renomado em todo o Japão. Albert Chao estava determinado a ser pelo menos tão famoso quanto ele.

Ele não tivera o dinheiro para pagar Andarilho, mas agora poderia obter todo o dinheiro que quisesse.

Um ruído alto atrás de si o impeliu a dar meia-volta, só para se deparar com um homem calvo no vão da porta. Ele aparentemente havia chutado a porta, arrebentando a fechadura, o que irritou Albert. Não tanto por ter chutado a porta, mas porque seu apartamento era tão decrépito que a porta podia ser facilmente arrombada com um chute.

O homem portava uma pistola, mas não tinha pinta de ser um ladrão.

– Quem é você? – perguntou.

– Meu nome não interessa – disse o homem calvo. – Mas eu sei qual é o seu. Você é Albert Chao, que matou seis pessoas a sangue-frio... e estou aqui para impedir que você continue com isso.

Albert abriu um largo sorriso.

– Duvido muito.

E, sem pronunciar palavra, ele instou o Coração do Dragão a matar o homem calvo. Rodeado pelo fogo eterno, o espírito ligou-se aos pensamentos de Albert instantaneamente. O *ronin* ergueu a *katana* num ângulo acima da própria cabeça, pronto para um talho *sokutso* descendente na clavícula do homem calvo. Enquanto ele assim fazia, Albert falou de novo:

– Eu controlo o Coração do Dragão, *gaijin*. Ele está sob o meu comando enquanto eu viver.

– Ótimo – disse o homem calvo. Ele ergueu sua pistola e atirou em Albert.

Samuel teve de admitir que apreciou o olhar de completo choque no rosto de Chao enquanto a bala calibre 38 da Smith & Wesson Modelo 60 penetrava no joelho, o sangue formando uma mancha na perna de sua calça enquanto ela caía no piso de tábuas empenadas.

Na queda, a cabeça de Chao colidiu contra a parede, abrindo um talho feio em sua testa.

Infelizmente, enquanto Chao estava fora do combate, o homem com a espada continuava se movendo na direção de Samuel, envolto nas chamas que bruxuleavam malevolamente no apartamento mal iluminado.

Samuel apontou a arma para o espírito.

– Isto não vai fazer nenhum efeito, Samuel – disse Deanna atrás dele. Ela e Mary tinham esperado no corredor, preparando o contraencantamento que haviam encontrado na biblioteca, traduzido de forma solícita pelo professor amigo de Bartow em Berkeley.

– É, eu sei – disse Samuel por cima do ombro, enquanto rapidamente recuava do espírito que investia sobre ele. – Eu só estava esperando que pudesse retardar ele um pouco. Armas de fogo não eram muito comuns no Japão feudal.

As anotações extensivas que Bartow havia fornecido falavam de um samurai sem suserano chamado Yoshio Nakadai, que vivera no Japão do século XIX e que recebera a alcunha de Doragon Kokoro, que significava "coração do dragão".

Bingo.

Relatavam sua morte, alegadamente nas mãos de um demônio, e revelavam que seu espírito podia ser ressuscitado por um descendente que possuísse o encantamento adequado, uma parte do qual estava incluída em meio aos documentos da biblioteca.

Já que Chao era meio japonês, eles concluíram que ele podia muito bem ter sido parente de Nakadai.

O papel do demônio na morte de Nakadai explicava o resíduo de enxofre. Bartow não havia encontrado quaisquer outros presságios que indicassem atividade demoníaca – o que era bastante raro, em qualquer caso –, portanto ele e os Campbells atribuíram isso às origens do espírito, em vez de a qualquer tentativa demoníaca específica.

Em meio aos textos, também havia um encantamento que podia mandar o espírito de volta – e este estava completo. Não afastava o espírito permanentemente, mas era uma alternativa...

A peça de informação mais valiosa recolhida da pesquisa, contudo, havia sido uma papeleta de consulta da Biblioteca Pública de São Francisco que estava enfiada entre duas páginas. Bartow a havia colocado no bolso imediatamente, porque na papeleta constavam o nome e o endereço da última pessoa que havia consultado o livro.

Alberto Chao.

Uma vez que haviam transcrito o contraencantamento, e reunido os materiais de que precisariam para lançá-lo, eles seguiram para o apartamento de Chao, na esperança de pará-lo antes que instruísse o Coração do Dragão a matar mais alguém. Agora, a próxima vítima parecia ser o próprio Samuel, enquanto ele mal conseguia se esquivar de um poderoso talho da espada do espírito.

Samuel levou uma das mãos ao rosto, que estava quente pela proximidade das chamas. Estranhamente, embora ele pudesse sentir o calor, o fogo não se propagara pelo apartamento.

Samuel gritou para Mary:

– Como funciona esse contraencantamento, senhoritazinha?

– Não me chame assim! – gritou ela do corredor.

Então ela surgiu à vista no vão da porta. Na mão direita ela segurava um papel de carta com a pronúncia fonética das palavras para o encantamento. Na mão esquerda tinha uma pitada de raiz *kihada* em pó, que haviam comprado numa pequena drogaria na minúscula Japantown de São Francisco.

O Coração do Dragão girou sua espada mais uma vez.

Samuel se protegeu com uma cadeira desconjuntada, que o salvou enquanto a mortífera lâmina da *katana* chamuscava sua careca. O apartamento era parcamente mobiliado, mas também muito pequeno, e logo Samuel estava correndo em busca de lugares para se esquivar.

– Onde está a porra da Claymore? – ele perguntou a Deanna, que se posicionava entre o espírito e Mary.

– Você está pirado? Essa aí é uma *katana*! Ela pode partir a Claymore em dois pedaços!

O espírito se elevou sobre ele, brandindo a arma flamejante e, sem se dar conta, Samuel se viu literalmente acuado num canto.

Ele ouviu uma voz. Mary lentamente entoava o contraencantamento, certificando-se de usar a pronúncia correta. Sabia que Mary tinha de fazer isso direito, para que funcionasse, mas, se ela não se apressasse, Samuel ia ser espetado e assado até tostar.

Samuel pensou rapidamente: havia uma janela próxima, mas um breve olhar revelou que não era a que dava para a escada de incêndio. Albert morava no quinto andar de um prédio sem elevador, de modo que pular não era uma boa opção.

Nos momentos que antecederam o ataque da criatura, ele realmente desejou que o tiro em Albert quebrasse o domínio dele sobre o espírito.

Droga!

O samurai ergueu a *katana*. O calor das chamas demoníacas lambeu a face de Samuel. Ele havia ficado meio tentado a disparar sua arma, só para ver o que ia acontecer, mas sabia que apenas desperdiçaria uma bala.

Agora, porém, ele ia tentar o que pudesse, porque não havia mais onde se abrigar, nem para onde correr...

Ele ergueu a pistola.

Mary terminou o encantamento e jogou a raiz em pó nas chamas que envolviam o *ronin*.

Embora a *katana* continuasse erguida, o espírito lançou a cabeça para trás e gritou. As chamas ficaram mais quentes, e Samuel teve que pôr as mãos diante do rosto para tentar evitar o calor lancinante.

Um clarão de luz.

Depois nada.

Mary estava sorrindo.

– Acho que funcionou – disse, triunfante.

– Por enquanto – completou Deanna. – Lembre-se do que diziam as anotações do professor: tudo que esse encantamento faz é banir o espírito por vinte anos.

Mary deu de ombros.

– Então nós voltamos daqui a vinte anos e o neutralizamos de novo. Podemos vir de ônibus espacial da nossa casa na lua.

Samuel revirou os olhos.

– Ônibus espacial. Certo. Se estivermos morando na lua, estaremos ocupados combatendo os monstros de lá, aposto.

Mesmo enquanto ele falava, o som das sirenes perfurou o silêncio da noite. Espiando pela janela, ele viu viaturas da polícia e dos bombeiros se aproximando do prédio.

– Precisamos cair fora – falou com urgência. Chao estava inofensivo agora. Ou melhor: pelos vinte anos seguintes. E ele necessitava de cuidados médicos. Mas a polícia podia cuidar disso. O que os Campbells precisavam era sumir dali.

Enquanto disparavam pelas escadas em direção à saída dos fundos que iria, com sorte, mantê-los fora do campo de visão da polícia, Deanna disse, sussurrando:

– Quando chegarmos ao hotel vou ligar pra Marty e ela vai providenciar o voo de volta.

Sentindo-se magnânimo após a caçada bem-sucedida, Samuel acrescentou sua própria gracinha:

– E depois você pode ligar pro Jack, senhoritazinha. Talvez vocês dois possam jantar juntos.

Deanna lhe disparou um olhar que expressava surpresa, mas Mary sacudiu a cabeça.

– Tudo bem, papai. Quero dizer, nós todos podíamos jantar com ele, como forma de agradecimento, acho.

Eles correram para a porta dos fundos, chegando à rua que se estendia por detrás do edifício.

– Pensei que você gostava do garoto.

– Ele é legal – disse Mary –, e foi bom rever ele. Mas, como você sempre diz, papai, romance e caçada não se misturam. – Ela riu. – Exceto pra vocês dois.

Deanna também riu enquanto seguiam para o ponto de ônibus.

– Vamos pra casa.

Albert inspirou fundo, depois se sentou rapidamente.

Seu joelho parecia ótimo.

Pondo a mão na cabeça, descobriu que o talho havia fechado e limpou o sangue coagulado.

Ao contrário do soco da noite anterior, agora eram dois ferimentos e levou mais tempo para eles sararem. Primeiro foi o ferimento no joelho, que causou acessos de dor por todo o corpo. Quando bateu na parede, ele ficou inconsciente por poucos segundos – mas ouviu partes da conversa entre aqueles três *gaijin*, incluindo a garota falando – com entonação *apavorante* – as palavras para o outro encantamento que ele havia encontrado na biblioteca.

Mas na hora em que eles terminaram de lançar o encantamento e saíram, ele já estava recuperado. Qualquer que fosse o elo que tinha com o Coração do Dragão, ele ainda existia.

Ele não podia ser ferido – pelo menos não permanentemente.

Arregaçou a perna da calça manchada de sangue, expondo a carne nua. Havia sangue no joelho, mas a pele em si estava intacta e sem cicatrizes.

Albert sorriu. Era como magia.

De fato, *era* magia – uma magia muito *boa*.

Embora Albert não fizesse ideia de quem eram aqueles três *gaijin*, sabia que eles pensavam que a batalha estava acabada – pelo menos pelas duas décadas seguintes.

Mas quando esses vintes anos tiverem decorrido, Albert pretendia estar pronto.

– Não se mova!

– O que está havendo? – perguntou ele inocentemente.

– Recebemos uma denúncia de tiros disparados aqui – disse um dos policiais.

– Não senhor, seu guarda – respondeu Albert na voz mais respeitosa que pôde emitir. A última coisa que desejava agora era arrumar encrenca com a polícia.

Outro guarda inspecionou a fechadura destroçada.

– Sua porta parece ter sido arrombada.

– É, faz duas semanas que venho tentando fazer o senhorio consertar.

O guarda bufou.

– Aposto que sim. – Depois olhou para a calça manchada de sangue. – O que aconteceu com sua perna?

– Nada. Consegui essa calça no bazar de caridade. A gente não pode ser muito exigente nesses dias, não é?

Os policiais fizeram mais algumas perguntas, mas, exceto pela porta, não havia nenhuma evidência de crime, e eles não pareciam ansiosos por investigar.

Tão logo eles se foram, Albert sorriu.

Tudo levado em conta, ele agora tinha vinte anos para imaginar a melhor maneira de usar o poder do ancestral a seu favor.

2009

DEZ

– Sabe – disse Sam Winchester –, isso ainda me assusta um pouco.

Dean continuava olhando para a cópia do artigo do *San Francisco Chronicle* de quarenta anos atrás.

– O quê? Que mamãe e nossos avós foram caçadores? – Dean lembrava do quanto havia ficado atônito quando uma garota de dezenove anos de idade começara a acabar com a marra dele – e então havia visto o bracelete-amuleto protetor que ela estava usando e somou dois mais dois.

Mamãe realmente sabia das coisas.

A história da família nunca havia sido uma grande prioridade para os Winchester enquanto eles estavam crescendo. Os avós de Dean eram rostos escassamente lembrados em retratos desbotados pendurados na parede da escada. A única família que havia importado após a morte da mãe eram Sam e seu pai, e depois companheiros como Bobby que havia se tornado um tio substituto enquanto eram novos e mais ainda enquanto eles cresciam. E Caleb e o pastor Jim.

Sam estava sorrindo quando respondeu à pergunta de Dean.

– Não, de alguma forma faz sentido que eles tenham sido caçadores – disse. – Mas é estranho que nos dessem nomes em homenagem a eles. E papai nunca nos contou.

Dean bufou, zombeteiro.

– Acrescente isso à lista de coisas que papai nunca nos contou. Podíamos encher a porra de um... – De repente, ele ficou com um olhar perdido. – ... livro. *Filho da puta.*

Lançando-se da cozinha para a sala de estar, Dean foi direto para a mochila surrada com a qual sempre viajava e tirou dela a agenda encapada com couro que tinha sido parte integrante da vida deles como caçadores nos últimos quatro anos – desde que o pai havia desaparecido e Dean fora a Stanford para arrastar Sam de volta à vida que ele havia deixado para trás.

O diário de papai.

Furiosamente, ele começou a virar as páginas até encontrar a seção que cobria os anos 1980 e encontrou o que estava procurando.

– Aqui está – ele gritou por cima do ombro. – Coração do Dragão, São Francisco, 1989. Vinte anos depois... e papai o enfrentou!

Sam se levantou da mesa da cozinha e seguiu o irmão.

– OK, é isso aí, está começando a fazer sentido. Teve uma espada envolvida, não teve?

– Teve – respondeu uma voz do quarto dos fundos. Bobby empurrou-se até a sala de estar, com um pacote fino e comprido embrulhado em papel pardo e amarrado com barbante pousado em seu colo. Ele manobrou a cadeira de rodas até ficar junto aos dois irmãos. Olhando para eles por debaixo da aba de seu onipresente boné de beisebol, abriu o embrulho.

– Se vocês dois vão atrás de Doragon Kokoro, vão precisar disso.

Sam pegou o pacote.

Esperando uma *katana*, Dean ficou surpreso quando Sam desatou o barbante, rasgou o papel pardo liso e desembrulhou uma espada de gancho. Tinha um punho com guarda-mão e uma peça adicional além disso, com a lâmina comprida encurvada em torno da própria ponta formando o gancho.

Essa, porém, não era a parte interessante, e sim as runas em caracteres asiáticos – Dean nunca soube diferenciar caracteres japoneses dos chineses – gravadas na lâmina da espada.

– Quando o pai de vocês enfrentou Doragon Kokoro vinte anos atrás – começou Bobby –, foi isso que ele usou para afastar o espírito. Esperávamos que fosse permanente, mas soubemos que talvez só conseguiríamos o que os seus avós aparentemente conseguiram: livrar-se dele por duas décadas. Por isso guardei essa maldita coisa.

Dean bufou de novo. Bobby não precisava de um motivo para guardar o que quer que fosse – ele era o típico colecionador de tralhas. E como eles descobriram incontáveis vezes em sua linha de trabalho, não valia a pena jogar fora nada que pudesse ser útil no futuro.

Sam olhou para Dean.

– Já faz um tempão desde que li essa parte do diário de papai. O que é que diz?

Dean olhou de novo para a agenda encapada em couro.

– Um montão de coisas, na verdade.

1989

ONZE

John Winchester entrou no pátio, o cheiro de incenso ainda entranhado em suas narinas. Tinha sido uma luta difícil, mas o encantamento que havia lançado o livrara do espírito maligno de uma vez por todas.

Parte dele havia sido tentada a permanecer em Henderson para curtir uma boa noite de sono, mas ele estava afastado dos garotos por tempo demais. Ele os havia matriculado em uma escola na Dakota do Sul, dando como endereço a Retífica Singer, e o semestre de outono estava quase no fim. Uma vez encerrado, ele ia parar de abusar da hospitalidade de Bobby Singer.

John não se sentia à vontade fazendo uso exagerado disso, mas também compreendia que precisava dar aos garotos tanta continuidade escolar quanto possível – especialmente para Sammy, de seis anos de idade.

Ele tinha visto para onde o trabalho os levaria dali em diante.

Havia outra razão por que sentia necessidade de ver os filhos. Aquele espírito havia escolhido como alvo duas garotas jovens, e o perigo era que haviam sido atacadas bem perto de casa. John sabia que seus garotos precisariam ser capazes de se defender sozinhos contra o que quer que estivesse lá – ele já havia iniciado esse processo com Dean, o irmão mais velho de Sammy, de dez anos. Dean já estava craque em atirar com a M1911 de John, e podia carregar a espingarda com cartuchos de ferro e dispará-las num único movimento suave.

Uma hora ele iria precisar treinar Sam também.

Mas ainda não.

Ele estivera dirigindo por toda a noite, e o motor do Impala estava começando a fazer um estranho ruído tilintante. Precisava pedir emprestado as ferramentas de Bobby e verificar qual era o defeito, depois que tivesse uma boa noite – ou dia – de sono.

O sol estava nascendo ao leste quando ele chegou, cintilando casualmente através da variedade de carros, caminhões e destroços que circundavam a casa de Bobby. Deixando os olhos entreabertos, enquanto saltava do Impala, ele caminhou rigidamente em direção ao alpendre.

Sam correu, antes que John pudesse sequer chegar à porta da frente.

– Papai! – gritou o garoto, enquanto enrolava seus braços em torno das pernas de John.

Incapaz de se conter, John sorriu.

– Olá, Sammy.

– Que bom que você chegou em casa! – disse o garoto, olhando para o pai com expressão furiosa. – Dean está sendo um chato!

Levantando a cabeça, John viu Bobby e Dean parados à porta. O primeiro estava como sempre: camisa de flanela, *jeans*, boné de beisebol e um ar de irritação. O segundo estava amuado.

– Eu *não* sou um chato – protestou Dean. – Só comi o último *donut*. Grande coisa!

– Mas o Bobby disse que era pra mim! – queixou-se Sam de onde estava, agarrado às pernas de John.

– Eu *disse* que eram dois para cada um – explicou Bobby em tom sofrido. Ele havia dito várias vezes a John que não se importava de tomar conta de Dean e Sam, porque nunca tivera seus próprios filhos. Nesse exato momento, porém, começava a compreender que não ter filhos tem seus benefícios.

John começou a caminhar em direção à casa, mas, como Sam ainda se agarrava às suas pernas, era mais um arrastar de pés desajeitado. Antes que ele avançasse dois metros, estavam ambos rindo da cena ridícula. Logo em seguida, Bobby e Dean também começaram a rir. Minutos depois estavam todos sentados em torno da mesa da cozinha de Bobby, de novo de bom humor.

Dean e Sam lhe contaram tudo acerca de suas aventuras enquanto o pai estava ausente. Nos fins de semana eles brincaram de pique-esconde em meio aos carros da oficina – um paraíso para dois garotos. Durante a semana iam para a escola, embora apenas Sam parecesse interessado em falar sobre isso. Entretanto, ele estava na primeira série, de modo que sua carga de ensino era mais fácil do que a de Dean.

– A srta. Roach falou que eu podia fazer os deveres da terceira série! – disse Sam, orgulhoso.

John ficou surpreso.

– Isso porque você é um CDF – disse Dean.

– Não, é porque ele é inteligente, Dean – interveio John. – E isso é bom. Estou orgulhoso de você, Sammy.

Sam mostrou a língua para o irmão.

– Dean também está fazendo deveres da terceira série!

– Não fode, Sammy! – replicou Dean, que já cursava a quinta série.

John falou com a voz que seu sargento instrutor sempre usava no Corpo de Fuzileiros:

– Ei, vamos parar com isso! Se vocês continuarem com isso, não vão gostar do que vai acontecer!

Os dois garotos pararam de se provocar, olhando envergonhados para baixo.

– Desculpe, senhor – disse Dean.

– Desculpe, papai – ecoou Sammy.

– Assim está melhor.

Após alguns instantes, os garotos saíram para brincar e John seguiu Bobby até a sala de estar. Sentaram-se no sofá, cada qual com uma garrafa de Budweiser. John informou Bobby sobre o espírito maligno.

– Parece que você se saiu muito bem – comentou Bobby, com voz arrastada.

John deu um risinho por causa do talento de Bobby de dizer as coisas de forma branda.

– É isso aí. Aliás, o motor do Impala está engasgando de novo. Preciso dormir por causa da longa viagem, mas depois quero fazer uma revisão.

– Não tem problema. – Bobby fazia parte da comunidade de caçadores há mais tempo do que John, e já ganhara fama como o cara em consertos de carro. Mas John era um bom mecânico à sua própria maneira e conhecia o motor do Impala melhor do que ninguém.

John esfregou os olhos, uma ação que deixou sua visão mais clara, mas só serviu para realçar a fadiga que sentia. A adrenalina pós-caçada mantivera-o na estrada, mas agora, que estava com os garotos de novo, a exaustão começava a cobri-lo como um cobertor de flanela.

– Alguma novidade? – perguntou.

Bobby conhecia a comunidade de caçadores melhor do que ninguém fora da Pousada Harvelle. O que John realmente queria saber era se havia recebido alguma informação que levasse ao assassino de Mary.

– Na verdade, sim. – Bobby se levantou e começou a remexer em alguns dos muitos papéis que estavam espalhados sobre a escrivaninha em frente à lareira. – Doragon Kokoro está de volta.

O nome nada lhe recordou.

– O que é isso?

– Um espírito do mal. Apareceu vinte anos atrás em São Francisco e matou muita gente. Agora voltou e eu tenho a única coisa que pode neutralizar ele.

Subitamente alerta, John logo começou a calcular a distância em sua cabeça.

– São Francisco fica longe pacas... ainda mais com o motor do Impala engasgando. Mas talvez eu possa partir pra lá...

Bobby ergueu a mão.

– Calma aí John. Você acabou de dizer que está cansado. E ainda não passou tempo suficiente com os garotos.

John concordou, mas a simples menção de outra caçada, outro assassino para destruir, outra chance de talvez – talvez – encontrar quem matou Mary, fez sua exaustão sumir como folhas no outono.

– Você conseguiu mais alguém que possa fazer isso?

Bobby hesitou, e era tudo de que John precisava.

– Você disse que pessoas estão morrendo, Bobby. Isso é tudo que importa. – E vingança, mas ele não precisava mencionar isso. – O que tenho de fazer?

Esticando a mão atrás de sua escrivaninha, Bobby pegou uma espada no chão. John ficou confuso porque ela não estava embainhada, depois viu que era uma espada de gancho, do tipo proveniente da Ásia. Aquelas coisas realmente não se encaixavam bem...

Ele também viu caracteres *kanji* gravados na lâmina.

– É uma espada mágica?

Bobby sacudiu a cabeça.

– Não, é só uma inscrição legal. Os caracteres significam apenas "Perfure o coração do dragão".

– Como é que você sabe? – indagou John.

Em resposta, Bobby pronunciou várias frases que soavam como japonês.

– Oh – fez John, encabulado. Ele deveria ter pensado melhor em vez de presumir que havia alguma coisa que Bobby *não* sabia. – Estou imaginando que você me mandou ir tomar naquele lugar – acrescentou.

– Algo mais ou menos assim – replicou Bobby, sorrindo. – E isso é tudo que você tem de fazer... enfiar isto no coração do dragão. E fim de papo... pelo menos por enquanto. – Então o sorriso se desfez. – Olha, vou consertar o motor do Impala. Vou deixar ele novo em folha enquanto estiver fora.

– E como é que vou chegar lá? Especialmente com isso? – Ele gesticulou para a espada.

– Pegue um avião – disse Bobby. – Vou despachar a espada, ela vai estar à espera quando você chegar em São Francisco.

– Ok, isso pode funcionar. – John não tinha pensado nisso. Mas lembrou-se de que Bobby possuía uma fonte de renda legítima e regular. Comprar uma passagem de avião e despachar um objeto que não passaria pela segurança da companhia aérea era algo que simplesmente estava além do orçamento de John. Ele já estava se esforçando bastante para manter o Impala andando, especialmente com o preço da gasolina tão alto.

Bobby explicou que Doragon Kokoro era o espírito de um *ronin* que fora ressuscitado por um mestiço de japonês com chinês chamado Albert Chao. Um encantamento lançado por um caçador – segundo Bobby soube, era um homem chamado Jack Bartow – havia banido o espírito por vinte anos. E isto fora exatamente duas décadas atrás.

– O que aconteceu com o caçador que lançou o encantamento?

– Bartow? Ele morreu mais tarde, salvando um casal de um espírito vingador que estava assombrando eles. Eu conheci ele logo depois que entrei neste negócio, e ele me deixou um monte de tralha... incluindo isso.

Bobby ergueu a espada.

– Onde ele encontrou ela? – quis saber John.

– Conseguiu de um colega em Berkeley, do Departamento de Estudos Orientais. O cara ajudou Bartow vinte anos atrás, junto com um casal de outros caçadores, depois se deparou com a espada e imaginou que Bartow saberia o que fazer com ela quando Doragon Kokoro voltasse. Agora temos uns caras mortos em Chinatown, queimados até torrar e cortados em tiras.

– Chinatown? – John esfregou o queixo com a barba por fazer. – Pensei que fosse um espírito *japonês*.

– E é. Como eu disse, Chao é um mestiço. Não sei de muita coisa além disso. – Ele então olhou intensamente para seu amigo. – Tem certeza de que quer fazer isto? Talvez eu possa ir até a Pousada Harvelle e encontrar alguém que possa cuidar do caso. Dois dias não vão fazer muita diferença.

John não respondeu de imediato. Em vez disso, olhou para Dean e Sam na sala de jantar, disputando aquele jogo tão comum chamado "eu que peguei você por último".

O Natal estava chegando e ele queria passá-lo com os garotos...

Mas se tudo que era preciso fosse essa espada perfurar o Coração do Dragão – como estava gravado na lâmina – então a tarefa só levaria dois dias. Ele estaria de volta com tempo de sobra.

"Queimados até torrar, você disse".

Então a imagem lhe voltou à mente.

Sua esposa Mary, pregada no teto, sangue fluindo do seu ventre, cercada e consumida pelo fogo.

Ele havia dedicado sua vida a descobrir quem ou o que havia feito isso. Na verdade, ele tinha outras razões para se dedicar à caça – pessoas estavam morrendo nas mãos de monstros que muitos se recusavam a crer que realmente existissem.

Aos dezoito anos, John Winchester havia sido convocado pela Corporação de Fuzileiros Navais, mas teria ido voluntariamente, porque acreditava no que seus superiores na Corporação lhe ensinaram: que, sendo um fuzileiro, iria salvar vidas. Um ano de Vietnã o havia curado dessa noção, mas a ânsia permanecia.

Ainda assim, a salvação de vidas era como um benefício colateral. Porque, quando voltou do Vietnã ele o fez com um único pensamento: *Quero passar o resto da minha vida com a Mary Campbell.* E por dez anos o fez, até que aquela *coisa* – demônio, monstro, o que fosse – a havia tirado dele.

Não, a sua verdadeira razão para caçar – a razão que o impelia, um dia após o outro – era descobrir o que havia matado sua mulher e destruí-lo de uma vez por todas.

Talvez o Coração do Dragão lhe fornecesse uma pista de onde poderia encontrá-lo para finalmente realizar a vingança pela qual seu coração tinha gritado ao longo dos últimos seis anos.

John se virou para Bobby com uma resolução renovada.

– Quando é que parte o meu voo?

DOZE

Tommy Shin realmente detestava ter que lidar com o Velho.

Infelizmente, ele não tinha muita escolha. O Velho ainda inspirava respeito entre as pessoas com quem fazia negócio. Simplesmente não havia como Tommy ser capaz de manter o seu fornecedor de *crack* sem a ajuda do Velho. E não havia ninguém em Chinatown que não devesse um favor ao Velho.

Portanto Tommy tinha que aturá-lo – mas só porque não lhe restava outra opção.

Algum dia, ele se prometeu, teria finalmente o respeito que merecia e poderia mandar o Velho se aposentar. Mas por enquanto precisava dele.

Em especial com tudo mais que estava ocorrendo.

Tommy chamou o Velho ao seu escritório, situado em cima do restaurante Shin's Delight, na Pacific Avenue, nas vizinhanças da Chinatown de São Francisco. Como de hábito, o Velho sorriu para ele com escárnio ao entrar. Quando este escritório era do Velho era decorado com pinturas e adereços chineses.

Mas Tommy não gostava disso. Assim, quando o escritório passou a ser seu, ele encheu as paredes de pôsteres – de filmes como *Batman* e *Arma letal 2* e de bandas como a REM e Public Enemy. Ele até pintara de novo as paredes.

Os turistas esperavam que um restaurante chinês tivesse paredes vermelhas com remates dourados, e isso não foi feito para alienar os turistas – não enquanto eles tivessem dinheiro. Mas Tommy havia insistido para que o escritório fosse pintado de preto. Ele havia lido um artigo numa revista sobre como as paredes escuras deixavam as pessoas nervosas, e Tommy gostava de vê-las nervosas quando estavam em sua presença.

Agora, o Velho olhava para os pôsteres de cinema e música com aquele desdém dele, depois se voltou para Tommy.

Enquanto o cabelo branco como papel do Velho estava aparado num corte tipo cadete, o de Tommy estava arrepiado com laquê; e enquanto o Velho usava roupas chinesas tradicionais, Tommy trajava jaqueta de linho branco, com as mangas arregaçadas três-quartos acima dos braços sobre uma camisa polo azul-escura com gola rulê.

– Você continua a desrespeitar nossas tradições.

Isso era o que o Velho sempre dizia quando via Tommy, e o disse em mandarim, claro.

A resposta de Tommy foi igualmente a de sempre, embora ele falasse em inglês:

– Aquelas tradições continuam na China. Agora estamos na América e deveríamos agir de acordo.

O Velho se sentou na cadeira de visitante diante de Tommy e continuou a falar em mandarim.

– Presumo que não me chamou aqui pra que eu pudesse lembrá-lo do quanto você é imbecil.

Sorrindo, Tommy decidiu ser indulgente com o Velho e continuou a conversa em mandarim.

– Não que eu não aprecie isto, mas, sim, existe uma razão. – Ele abriu a gaveta de cima da sua mesa e retirou uma pasta de cartolina. Ao entregá-la ao Velho, disse: – Temos um problema. Seria bom um conselho seu sobre como resolver a situação.

Pegando a pasta, o Velho riu alto.

– *Agora* você deseja meu conselho?

– Eu sempre quero seu conselho sobre coisas que *importam* – disse Tommy, ainda sorrindo. Então parou de sorrir, porque este era um assunto sério. – Três dos meus assistentes estão mortos. Esta é uma cópia do relatório da polícia... consegui com um policial lá de dentro que está na minha folha de pagamento.

– Por que você aceita correr esses riscos absurdos – perguntou o Velho. – A polícia não é confiável.

– Pago uma boa grana a esse tira pra me passar informações – replicou Tommy, carrancudo. – É útil.

– É um desperdício de dinheiro. A polícia não sabe nada de nossos costumes, por isso não pode impor suas leis à nossa gente. Ao adotar as maneiras deles, você torna mais fácil pra eles complicarem nossas operações. E, ao pôr um deles na sua folha, você corre o risco de ser descoberto.

Tommy se inclinou à frente, com as mãos espalmadas no tampo da mesa.

– Os lucros *subiram* desde que assumi, e as únicas prisões foram de pessoal de baixo escalão que não sabe nada de importante. Sei o que estou fazendo.

Agora o Velho sorriu.

– Então por que precisa de minha ajuda?

Tommy se recostou na cadeira.

– Leia o relatório.

O Velho finalmente abriu a pasta, deu uma lida e fez uma careta.

Tommy tivera a mesma reação ao ouvir pela primeira vez sobre as mortes de Teng, Li e Lao. Quem quer que os matara havia se superado: assando-os e fazendo picadinho deles. O corpo de Lao havia sido encontrado pelo próprio Tommy no beco atrás do restaurante. A visão lhe dera náuseas e o vômito subsequente havia arruinado um par de mocassins muito elegantes.

– Alguém – disse Tommy enquanto o Velho fechava a pasta – está preparando uma grande encrenca.

O Velho assentiu.

– Isso é mais do que simplesmente matar vários de seus assistentes. Se fosse apenas uma bala na nuca, eu esperaria que eles tivessem cometido alguma estupidez. Mas isso... – O Velho suspirou. – Isso é um poder de alguém que tem acesso a recursos consideráveis.

Frustrado, Tommy ergueu as mãos.

– Que tipo de "recursos" poderia realizar *isso*?

– Aqueles que não são desse mundo – disse o Velho. – Mas do além.

Tommy revirou os olhos.

– Isso é absurdo.

– É mesmo? Você realmente *leu* o relatório que seu amigo policial forneceu?

– O que quer dizer?

O Velho abriu a pasta numa página específica e a empurrou para a frente sobre a mesa.

– Você está vendo esse relatório do legista? Os corpos tinham queimaduras de terceiro grau distribuídas de modo uniforme, embora não tivesse nenhum sinal de fogo em parte alguma perto dos cadáveres, que estavam frágeis demais para serem movidos.

– E daí? – perguntou Tommy, imaginando que diferença faria qualquer aspecto da coisa.

– E daí, seu jovem idiota, essas mortes não foram naturais.

Tommy riu.

– Quer dizer que elas foram *sobrenaturais*?

– Não zombe de mim – disse o Velho, sério. – Você é jovem demais para lembrar, mas isso já aconteceu antes. Vários cidadãos de Chinatown foram mortos de maneira idêntica, vinte anos atrás. Comentaram que o Coração do Dragão foi o responsável. É possível que ele tenha voltado.

Tommy revirou os olhos mais uma vez.

– Isso é história da carochinha! Ouvi falar desse espírito maligno quando era adolescente. Já era babaquice na época e continua sendo.

O Velho deu de ombros.

– Pode zombar se quiser – disse. – Foram os *seus* assistentes que morreram, então o que me interessa isso? Mas é óbvio que alguém convocou o Coração do Dragão mais uma vez. E é igualmente óbvio que você deve descobrir quem é essa pessoa, e matar ela antes que ela mate *você*.

Com isso, o Velho se levantou da cadeira. Mais uma vez fazendo uma pausa para escarnecer da imagem de Mel Gibson e Danny Glover no pôster junto à porta, ele se virou para fazer uma última crítica a Tommy:

– Você pensa que é melhor do que eu – disse. – Mas é apenas um imbecil que teve sorte.

Tommy balançou a cabeça, com desagrado, mas não se incomodou em responder. Pressionou com um dedo o interfone que o poria em contato com a recepção, onde o único assistente que lhe restava, Benny Hao, estava à espera.

– Venha até aqui – disse em inglês.

Hao, musculoso, de ombros largos e imponentes, entrou no escritório.

– Sim, chefe?

– Diga a Mai-Lin para descobrir tudo que ela puder sobre o "Coração do Dragão".

Por um breve instante, Benny riu. Depois, ao ver que Tommy não estava compartilhando o humor, parou.

– Tem certeza, chefe? – perguntou, hesitante. – Eu pensava que fosse apenas uma lorota.

– Talvez seja... mas quero ter certeza.

– Hã, tudo bem. – Ele caminhou para a porta, depois se virou. – Oh, o Al está aí fora.

– O que *ele* quer? – resmungou Tommy.

– Disse que tinha uma reunião.

Quando estava a ponto de mandar Benny dar um tiro na cabeça de Al, Tommy lembrou que havia mesmo marcado a reunião – simplesmente havia esquecido por causa do caos provocado pelas mortes.

– Merda – cuspiu. – Ok, mande esse chato entrar.

Assentindo, Benny deixou o escritório.

Al entrou logo em seguida, usando camisa polo, *jeans* e mocassins iguais aos do Tommy. Seu cabelo escuro, crescido até a altura dos ombros, estava preso num rabo de cavalo.

– O que você quer? – perguntou Tommy, impaciente. Ele podia ouvir Benny na recepção, falando ao telefone com Mai-Lin.

– Eu queria falar com você sobre as minhas ideias pra melhorar a arrecadação.

Tommy piscou confuso.

– O que quer dizer?

– Temos tido problemas com a coleta do dinheiro de proteção, e acho que sei por que. Nós sempre fazemos a coleta no primeiro dia do mês.

Tommy não podia crer que estava tendo esta conversa.

– Al, não sei se você esteve prestando atenção, mas um monte de gente *morreu*.

– Hã, certo. Eu só... – Al limpou a garganta e continuou: – Quando coletamos no primeiro dia do mês, em geral os proprietários já depositaram toda a grana nas contas bancárias, e aí alegam que o caixa está zerado. Se fizermos a coleta no primeiro sábado de cada mês, irá funcionar melhor. Os bancos fecham no sábado, por isso os proprietários não podem alegar que estão sem caixa.

Por mais que estivesse chateado por ter sido interrompido, Tommy teve de concordar que não era má ideia. Coletar o dinheiro de proteção no primeiro dia do mês era uma das políticas do Velho, e Tommy havia continuado com esse hábito.

Porém, estava mais do que feliz por se livrar de uma política ultrapassada.

Contudo, agora não era o momento.

– Al, é uma boa ideia, mas não vamos tratar disso agora, ok? Vamos deixar pra próxima semana.

Al pareceu murchar, mas assentiu.

– Tudo bem, chefe.

O homem se virou para sair, mas Tommy o deteve.

– Ei, você já ouviu falar sobre alguma coisa chamada "Coração do Dragão"?

Albert Chao apenas deu de ombros.

– Não... nunca ouvi falar disso.

TREZE

John olhou ao redor no quarto que lhe fora reservado no Emperor Norton Lodge, na Ellis Street. Provavelmente havia sido um bom hotel algum dia, mas a decoração parecia ter vindo direto dos anos 60. Se John fosse um adolescente, teria sido ótimo, mas os tempos haviam mudado e o papel de parede evocando a era "paz e amor" e o carpete espalhafatoso não caíam bem.

O lugar tinha até um telefone de discar; John nem sequer se dera conta de que isso não era mais usado.

Ainda assim, o hotel era barato, e isso era o que realmente importava.

No início tudo havia corrido bem. Ele e Mary pouparam muito dinheiro – tudo bem, a ideia original era a de pagar a educação de Dean e Sammy, mas isso havia deixado de ser prioridade – então depois de Mary morrer, ele pôde usar o dinheiro para financiar sua busca por vingança.

Mas ele não fazia ideia de quanto tempo ia levar. Um ano ou dois, talvez, mas não os seis anos que já haviam se passado. E não havia nenhum final à vista.

O que explicava por que ele progressivamente vinha baixando o nível dos hotéis em que costumava se hospedar. Além disso, hotéis baratos como esses eram mais discretos e os funcionários faziam poucas perguntas.

O dinheiro que poupava em hospedagem era gasto com armas, munição e outros equipamentos. Para não mencionar alimentação, gasolina para o Impala, e pagar por aquele galpão no interior do estado de Nova York.

Cedo ou tarde, a conta bancária iria ficar zerada. Mas John já estava pondo em prática alguns truques que permitiam que prosseguisse...

Uma vantagem desta espelunca era a proximidade com Chinatown, onde ocorreram os três assassinatos.

Como prometido, o pacote de Bobby já o aguardava quando chegou, e ele o depositou sobre a mesa frágil encostada à parede do quarto.

Apenas um dia antes, Dean o havia ajudado a embalar o pacote. Dean tendia a empunhar a pistola de fita adesiva de Bobby como se fosse uma arma, o que John achou ao mesmo tempo encantador e triste. Ele sabia que os garotos precisavam aprender a se defender. Mesmo se encontrassem a coisa que havia matado Mary, ele duvidava de que tudo terminaria por aí.

John sabia muito bem como o mundo realmente funcionava e Dean também estava começando a aprender. E não levaria muito tempo até que Sammy descobrisse, embora John tivesse esperança de que seu caçula de seis anos pudesse ter algo parecido com uma vida normal.

Se ele pudesse descobrir logo quem foi o assassino de Mary.

Mas enquanto trazia o pesado pacote para o quarto de hotel, ele imaginava se a investigação *algum dia* terminaria.

Pensou sobre o Coração do Dragão enquanto abria a caixa, e sobre o fato de que o caçador que o havia neutralizado antes – o tal Bartow – havia morrido. John nunca seria capaz de descobrir o que ele sabia. E isso levantava uma possibilidade perturbadora na qual tentava não pensar demais.

E se algum outro caçador houvesse aparecido e matado a coisa que tirou a vida de Mary? John nunca ficaria sabendo. Não era como se houvesse um boletim do caçador ou algo parecido, e os colegas em lugares como a Pousada Harvelle não eram de entrar em detalhes sobre suas caçadas. Contar vantagem, sim, exagerar, certamente, mas fornecer informações sólidas era difícil.

Portanto, alguém poderia ter liquidado a coisa que havia matado Mary e ninguém ficou sabendo. Monstros geralmente não faziam currículos de seus assassinatos.

Havia uma chance real de que a caçada de John fosse inteiramente em vão.

Mas isso não importava. Porque ele não podia parar na base de uma possibilidade aleatória. Ele precisava descobrir quem havia matado Mary e destruí-lo. Até esse dia chegar não haveria nenhum descanso.

Uma das lições mais importantes que Daniel Elkins havia lhe ensinado era que o primeiro passo de qualquer caçada era reunir informações. Foi quase um milagre que John não houvesse sido morto em seus primeiros cinco meses de caçada, porque o que ele ainda não sabia à época podia encher uma enciclopédia.

Portanto, seu próximo passo era visitar o setor principal da Biblioteca Pública de São Francisco, situado no Centro Cívico. Ele pegou um ônibus lá, já que seu carro ficara na Dakota do Sul, o que lhe deu a oportunidade de ver a Cidade junto à Baía.

Infelizmente, a maior parte do que viu foram obras em andamento, inclusive na própria Biblioteca Principal. A Bay Area havia sido atingida por um terremoto brutal em outubro – ironicamente, bem no meio da primeira decisão do campeonato de beisebol entre o A's de Oakland e os Giants de São Francisco. Embora a devastação não se comparasse com a do famoso terremoto de 1906, houve um bocado de dano e a cidade ainda estava em processo de reconstrução.

Quando houve o terremoto, John estava na Pousada Harvelle, assistindo ao que supostamente seria o terceiro jogo do campeonato, junto com colegas caçadores. Os proprietários da pousada, Ellen e Bill Harvelle, haviam planejado tudo: durante o campeonato de 1989, o local funcionaria – pelos menos uma vez – como um bar de esportes normal, com o pessoal bebendo cerveja e falando sobre Mark Gwire e Jose Canseco, e sobre Will Clark e Rick Reuschel, e sobre a morte do presidente da confederação de beisebol e todos os tipos de coisas sobre que os caçadores normalmente não têm tempo ou disposição para pensar.

Mas então, enquanto os jogadores se aqueciam para o terceiro jogo, a terra tremeu. Al Michaels, Jim Palmer e Tim McCarver mudaram de apresentadores de esportes para repórteres.

Imediatamente, os proprietários da pousada tentaram imaginar que tipo de presságio seria esse, quais foram os sinais e o que eles poderiam ter perdido. Mas logo ficou evidente que nenhuma força mística estava envolvida – era apenas a Falha de San Andreas com uma crise de soluços.

Agora, enquanto saltava do ônibus, John se deu conta de que não fazia a menor ideia de quem havia vencido o campeonato.

Para seu alívio, a seção da Biblioteca Principal que incluía os jornais recentes ainda estava aberta ao público e não ficava entre as áreas fechadas para obras pós-terremoto. Ele começou imediatamente a vasculhar entre os jornais locais, tentando descobrir tudo que pudesse sobre os três assassinatos.

Mas as reportagens não ofereciam muita coisa, embora o *Chronicle* houvesse conseguido fotos das vítimas antes de morrerem. Eram todos sinoamericanos, empregados do restaurante Shin's Delight – e todos tinham tatuagens nos antebraços.

Embora a qualidade das fotos em preto e branco fosse bastante ruim para John discernir o que as tatuagens retratavam, ele *podia* dizer que tinham o mesmo desenho – qualquer que pudesse ser – e no mesmo local. Nesses dias, tatuagens elaboradas eram principalmente de grupos de motociclistas, fuzileiros e gângsteres – John tinha no antebraço a mesma tatuagem exibida por todos os integrantes do batalhão Echo 2/1.

As gangues de motociclistas sinoamericanas não eram realmente o habitual.

Ele também checou as seções de esportes do mês de outubro. Os A's tinha vencido o campeonato em quatro jogos.

Boa, timaço.

Quando retornou ao hotel, John ligou para Lucas Jackson, um colega fuzileiro que fora trabalhar para a Associação de Veteranos após ter dado baixa. Deixou uma mensagem perguntando se havia veteranos da Corporação de Fuzileiros chamados Jack Teng, Michael Li ou Johnny Lao.

Enquanto esperava o retorno da ligação, John foi até o ginásio do hotel. Era de dar pena, cantava com apenas uns poucos pesos e uma esteira rolante, mas dava para quebrar o galho.

Um dos grandes caçadores de vampiros, Daniel Elkins tinha sido um inestimável manancial de informações acerca do sobrenatural. Havia estimulado John a seguir seu exemplo e manter um diário, de modo que, se ele morresse, isto serviria como um guia para Sam e Dean continuarem seu trabalho.

Era espantoso o quão pouco John sabia acerca daqueles que o precederam. Bobby havia reiterado essa necessidade com seu próprio relato de como havia se tornado um caçador. Tal como John, Bobby havia perdido a esposa. E, como John, não sabia quem ou *o quê* a havia tomado dele.

Mas enquanto o primeiro instinto de John era combater – sem dúvida nascido de seu treinamento como fuzileiro – o de Bobby era se instruir. Ele havia jurado que nunca mais perderia alguém devido à ignorância.

John seguira ao pé da letra as lições dos dois homens.

Ele também havia aceitado as lições dadas pelos fuzileiros, que incluíam a ideia de que nunca era bom ser indolente. Como o sargento Lorenzo sempre dizia: "Você simplesmente é tão forte quanto o último cara que lhe deu porrada."

Assim, foi-se exercitando com os pesos, enquanto aguardava que Lucas retornasse a ligação.

Voltou para o quarto, suado e dolorido – mas com suor e dor da boa espécie – a luz de mensagem estava piscando no telefone. Pegando o aparelho, ele discou zero.

– Portaria.

– Aqui é do quarto 220. Chegou alguma mensagem pra mim?

– Hã, sim, senhor. – John ouviu o ruído de papéis sendo manuseados. – É de Lucas Jackson. A mensagem diz "picas".

John sorriu.

De volta ao país, Lucas nunca havia deixado de usar a horrível piada "picas, rádio", principalmente para os novos recrutas que não a entendiam – porque, claro, não havia nada para ser entendido. Isto provou a John que foi realmente Lucas quem retornou a chamada, e que também não havia encontrado "picas" sobre os três homens mortos.

O que não foi nenhuma surpresa. Ainda assim, ele precisava ter certeza.

Portanto, eles eram gângsteres.

Despindo a camiseta e os *shorts* que havia usado no ginásio, ele tomou uma chuveirada rápida e depois vestiu roupas mais quentes, necessárias para quem pretendia circular por São Francisco em dezembro.

É hora, pensou, *de curtir um belo jantar no Shin's Deilght.*

CATORZE

O segundo melhor dia da vida de Albert Chao tinha sido quando Tommy Shin assumira a chefia daquele ramo das Tríades.

O melhor, claro, havia sido o dia em que Andarilho havia completado o encantamento que permitiria a Albert invocar o Coração do Dragão. Nada antes disso – e nada desde então – havia se comparado à magnificência absoluta de possuir tamanho poder.

Ele precisava obter esse poder de volta.

Embora ele houvesse curado seus ferimentos, e continuasse a fazê-lo, sem a presença do próprio espírito sua maior arma permanecia desesperadamente fora de alcance. Até que o encantamento que baniu o espírito perdesse a validade, o *verdadeiro* poder lhe seria negado.

Ele não podia ser ferido ou morto – embora, por alguma razão, continuasse a envelhecer. O encantamento o protegia de danos permanentes, ao curar qualquer ferimento que lhe fosse infligido – embora quanto mais grave o ferimento, mais tempo levasse para sarar.

E invulnerabilidade não era a mesma coisa que possuir a capacidade de ferir pessoas. Tão logo percebeu isso, Albert tirou vantagem da febre do *kung-fu* no início dos anos 70, quando academias de artes marciais estavam proliferando em toda parte, repletas de alunos ansiosos para serem o próximo Bruce Lee. Sua rápida capacidade de autocura lhe dava uma nítida vantagem, e ele logo desenvolveu as habilidades em artes marciais de que necessitava.

Assim que sentiu que estava suficientemente preparado, Albert se cadidatou a um ramo local das Tríades. De início foi recusado, mas persistiu e encontrou um ramo que o acolheu.

Tendo crescido em Chinatown, ele sempre soube quanto o poder em sua comunidade estava atrelado às Tríades. Portanto, dedicou-se a subir cada degrau da escada da Tríade, o que fez durante as duas décadas seguintes.

Infelizmente, passou a maior parte desse tempo nos degraus inferiores. Sua condição de mestiço – como de hábito – era um impedimento frustrante.

Porém, uma hora lhe foi permitido trabalhar como "soldado" de baixo escalão. Ele atuava como guarda-costas das prostitutas, como leão de chácara nas boates e ocasionalmente punia pessoas que não pagavam por sua proteção ou não quitavam empréstimos que haviam feito.

Nunca, contudo, tinha permissão de expressar sua opinião. Na metade do tempo nem sequer o deixavam falar.

Tudo mudou, no entanto, quando Tommy Shin assumiu o lugar do Velho.

Ninguém fazia ideia do motivo por que o Velho havia preferido se afastar. A notícia surgiu inesperadamente, e ele parecia profundamente infeliz. Comentava-se que a cúpula lá na China ficara insatisfeita com algo que o Velho havia feito, e ficou claro que precisavam de sangue novo.

Tommy se considerava um americano que por acaso vivia em Chinatown, em vez de um chinês que por acaso vivia na América. E ele veio a fazer uma coisa que ninguém mais na hierarquia da Tríade faria: falou diretamente com Albert.

– Esta é a terra das oportunidades – Tommy havia dito então. Albert estava totalmente certo de que Tommy não se importava com quem estava falando – ele apenas gostava de ouvir o som da própria voz. Mas isso não importava – o que importava era que Albert estava diante dele.

A televisão estava ligada, sintonizada num noticiário. Havia pessoas na Alemanha Oriental pulando o Muro de Berlim, sem repressão das forças de segurança que meses antes as teriam fuzilado só por tentar tal coisa.

– Não podemos ficar amarrados às velhas maneiras de fazer as coisas – continuou Tommy. – Olhe para isso... a Cortina de Ferro não existe mais. Quem teria acreditado que algum de nós viveria para ver isso? Assim, Albert, quero ouvir o que tem a dizer, porque o fato de sua mãe ser japonesa não é uma razão boa o bastante para *não* ouvir você.

Isso era tudo que ele precisava escutar.

Agora, um mês depois, Albert havia subido de *status*. Tommy falava com ele e, relutantes, os outros também o faziam – porque Tommy falava.

O que era bom, porque esse era apenas o primeiro passo do plano.

O segundo passo veio na penúltima lua nova do ano, 28 de novembro. Era a data em que expirava o encantamento lançado por aquela loura *gaijin* estúpida e Albert voltaria a comandar o Coração do Dragão.

Mais uma vez ele pronunciou as palavras, e mais uma vez as chamas irromperam – chamas que não queimavam o espaço circundante, embora emitissem ondas de energia intensa. Albert se aqueceu ao calor brilhante daquele poder e planejou sua próxima jogada.

Seu plano original havia sido simplesmente matar quem se metesse em seu caminho, depois assumir o controle das Tríades, mas ele não esperava levar tanto tempo para progredir na organização.

Além disso, os anos trabalhando para o Velho – e depois para Tommy – haviam mostrado o fato de que precisava de mais do que mero poder. Sim, claro que era útil controlar uma arma tão magnífica, mas um líder autêntico também precisava impor respeito, e nenhum encantamento podia ser garantia disso.

Albert não tinha o respeito de seus pares, nem dos chefões da Tríade lá na China. Ele ainda não seria aceito como o novo comandante, apesar do recurso mágico que agora controlava.

Mas ele poderia eliminar sistematicamente a equipe de apoio de Tommy, deixando o chefe da Tríade com apenas um homem no qual confiar: Albert Chao. Quando esse dia chegasse, somente Tommy se interporia entre Albert e o trono do poder. Seria apenas uma questão de tempo até que ele controlasse este ramo e, finalmente, *todas* as Tríades.

Ele tinha de ser paciente, e metódico. Seu treinamento no tatame lhe havia ensinado isso.

Tommy o havia chamado para um encontro, portanto ele entrou no restaurante Shin's Delight. Albert esperava que fossem tratar da sua proposta acerca da coleta. Os comerciantes estavam sempre procurando maneiras de driblar o pagamento da taxa de proteção e a solução de Albert, embora simples, resolveria tais problemas.

Só que ele havia calculado mal o momento.

Ao entrar no restaurante, examinou todas as mesas, um hábito dos dias como guarda-costas. A maioria dos fregueses era de gente local, com apenas um ou dois turistas ocidentais que haviam feito o esforço de procurar com afinco até encontrar um restaurante mais autêntico.

Então ele viu o homem com a barba por fazer. Estava com um *walkman* Sony nos ouvidos, comendo bolinhos com um par de hashis que manejava com surpreendente facilidade para um americano. Olhando mais atentamente, Albert percebeu o colar de identidade militar no pescoço do homem. Pela idade dele, provavelmente havia servido no Vietnã e aprendido por lá a usar os hashis de comer.

Enquanto Albert passava, o homem olhou para cima rapidamente, depois parou a fita no *walkman* e a rebobinou.

Albert fez um rápido desvio até Lin, o *maître*.

– Fique de olho no homem da mesa sete – sussurrou. – Não gosto da pinta dele.

Lin apenas olhou para o americano.

– Ele é um cliente, está pagando.

– É, mas tem todo o aspecto de um tira – disse Albert. Ele sabia que a polícia de São Francisco estava repleta de veteranos militares.

– Isso aqui anda cheio de tiras desde a morte do Jack, do Mike e Johnny – persistiu Lin. – Talvez ele apenas goste dos bolinhos.

Albert fez uma expressão carrancuda para ele e seguiu para os fundos, para falar com Tommy.

Ele vinha tentando imaginar quem seria a próxima vítima do Coração do Dragão, e agora estava quase certo de que seria Lin.

Enquanto subia a escadaria de madeira que conduzia ao escritório de Tommy, começou a sussurrar o encantamento.

John se amaldiçoou por se portar de maneira tão óbvia, mas ele não pôde evitar de olhar atentamente quando o detector de campo eletromagnético – que parecia um *walkman* Sony normal – começou a dar sinal.

A pessoa a quem o detector estava reagindo, um homem de nariz pontudo e cabelo preto amarrado num pequeno rabo de cavalo, já estivera dando uma sacada nele de cima a baixo, o que ficou ainda mais intenso quando John erguera a vista tão subitamente.

John esperava que fosse apenas a reação padrão para um americano num lugar dominado por chineses. Já havia tido experiências similares no Vietnã e aprendido da maneira mais difícil que era melhor frequentar lugares que serviam refeições aos soldados americanos. Mas, dada a situação, ele não poderia assumir o risco.

Com o canto do olho ele viu o cara falando com o *maître* e gesticulando na sua direção. O que tirava suas dúvidas – ele tinha de aceitar que estava na mira.

O que também significava que o cara poderia muito bem ser Albert Chao, o responsável por trazer de volta o Coração do Dragão. Bobby Singer não havia lhe mostrado foto alguma, nem sequer fizera uma descrição, de modo que não podia ter plena certeza.

Mas poderia descobrir.

Engolindo rapidamente o que restava de seus bolinhos, John encolheu os ombros na sua jaqueta, deixou uma nota de dez dólares na mesa, sem se incomodar em esperar pela conta – não queria perder tempo –, agarrou o comprido cilindro de postagem debaixo da mesa e se encaminhou para a saída.

O *maître* nem sequer tomou conhecimento da partida de John, que não teve certeza se isso seria um bom sinal ou não. Bobby havia mencionado que Chao era mestiço, um tipo que chineses de sangue puro com frequência ignoravam, de modo que John poderia ter captado algo.

Chegando na Pacific Avenue, John entrou no beco que ligara o Shin's Delight a uma loja de souvenires. Para seu alívio, o beco estava aberto – muitas grandes cidades atualmente os mantinham fechados para afastar todos os sem-teto.

Ele chegou aos fundos do prédio, onde três caçambas de lixo continham todos os resíduos do restaurante. O fedor de comida estragada invadiu seu nariz, mas ele não deixou que isso o retardasse – havia inspirado cheiros muito piores nos últimos seis anos. Ao longo do caminho pisou em uma poça de água salobra, que simplesmente se juntou a dezenas de outras manchas inidentificáveis já presentes em suas botas.

Assim que passou pela terceira lixeira, encontrou uma larga porta metálica coberta com tinta marrom lascada, da mesma tonalidade dos tijolos. Usando as caçambas de lixo como cobertura para não ser visto da rua – não que muita gente perdesse tempo olhando para o beco, de qualquer modo –, ele retirou a espada em gancho do cilindro de postagem.

A porta tinha duas fechaduras, uma na maçaneta e uma tranca acima da primeira. Tentando a maçaneta, descobriu que ela girava até o final, portanto não estava trancada – mas a porta não se moveu, o que significava que a tranca estava acionada.

Procurando no bolso interno da jaqueta, John puxou os apetrechos para abrir fechaduras que tinham sido um presente de Caleb dois anos antes. Bem, meio presente – a outra metade tinha sido Caleb ensinar John a usá-las. Após depois meses, ele finalmente começou a pegar o macete.

Após alguns momentos tentando, as travas da fechadura se abriram.

Girando a maçaneta, John teve que dar puxões para abrir a porta e praguejou baixinho pelo som que ela produziu. Enquanto fazia isto, empunhou a espada em posição de ataque.

Mas não havia ninguém lá dentro. Era apenas um corredor escuro que conduzia ao fundo do edifício.

Entrando lentamente, John fechou e trancou a porta atrás de si – para que ninguém notasse nada de errado –, depois esperou que os olhos se acostumassem com a escuridão. Havia luz em algum lugar corredor abaixo, fornecendo-lhe alguma iluminação. Ele quase tropeçou em dois enormes sacos repletos de lixo que ainda não haviam sido levados para as caçambas. As paredes eram cobertas por painéis de madeira rachados.

Ele conseguiu ouvir uma conversa em chinês, vindo da direção da luz, e o som estalante de fritura. Moveu-se lenta e silenciosamente na direção dos sons e encontrou um acesso para a cozinha, bem como uma escada em espiral que conduzia ao segundo andar.

Dezenas de pessoas trajando uniformes brancos sujos se movimentavam pela cozinha, a conversa e a fritura criando uma constante corrente de som, o suficiente para que a equipe da cozinha não notasse John seguindo rapidamente para a escada.

A escada terminava em outro corredor também repleto de painéis de madeira, porém em melhor estado. Uma parede exibia fotos coloridas e em preto e branco com várias pessoas em ruas que podiam ser de Chinatown ou da própria China. Uma olhada mais atenta, contudo, revelou as curvas e desvios floridos da Lombard Street visíveis ao fundo.

A outra parede tinha três portas fechadas e uma aberta. Enquanto descia lentamente o corredor, encostado à parede para evitar produzir estalos no assoalho, John ouviu duas vozes. Para sua surpresa, as duas estavam falando inglês.

Chegando mais perto, pôde entender a conversa.

– Eu compreendo – dizia uma das vozes –, mas ainda temos que considerar...

– Agora, Al, a única coisa que estou "considerando" é como matar quem quer que tenha sido o responsável por isso. Perdi três bons assistentes e alguém precisa *pagar* por isso!

– Claro, Tommy, eu entendo, mas também temos que nos certificar de que os negócios prossigam normalmente.

John suspeitava que tivesse sido esse "Al" quem havia feito disparar o seu detector de campo eletromagnético e que ficara de olho nele enquanto comia. E ele combinava com o primeiro nome que Bobby lhe havia fornecido.

Antes que pudesse agir, porém, ouviu um grito penetrante vindo da ampla escadaria de madeira na outra extremidade do corredor – seguido por dezenas de outros gritos, todos emanando do restaurante abaixo.

QUINZE

Lin Sun adorava seu trabalho.

Era um trabalho simples, que não exigia muito esforço, mas que lhe permitia conversar com as pessoas. Lin sempre havia sido o que os americanos chamam de "pessoa que gosta de gente".

Quando garoto, chegara a São Francisco com sua família e imediatamente havia começado a fazer amigos. Ao contrário do irmão mais velho e a irmã mais nova – que eram reservados ao máximo, cronicamente tímidos até a medula, tal como a mãe, o pai e o avô – Lin logo ficava íntimo de cada um que conhecia.

Ao crescer, ele ansiava por uma carreira trabalhando com gente. Talvez como bibliotecário, ou qualquer outra coisa que envolvesse lidar com o público.

Mas rapidamente percebeu que aquilo pelo qual ansiava não faria nenhuma diferença, especialmente porque ao crescer havia descoberto a verdade sobre a partida da família da China.

As Tríades haviam prestado um favor a seus pais. Em troca, eles tiveram que emigrar para São Francisco e prometer que seus três filhos teriam de trabalhar para um patrão conhecido apenas como "o Velho".

Para sua irmã, Lien, isso significou servir como recepcionista em um dos bordéis. Para alívio do pai, ela não foi solicitada como prostituta. Tudo que tinha de fazer era servir drinques e, ocasionalmente, aceitar uma bebida paga pelo cliente.

Quanto ao irmão, passou a ser um mensageiro pessoal do Velho.

Lin era grato porque o Velho havia procurado *conhecê-los* de verdade antes de lhes designar as tarefas dentro da organização, pois, assim que fez isso, reconheceu que Lin tinha talento para lidar com pessoas. Assim, aos 16 anos, ele já era garçom num dos restaurantes da Tríade, finalmente sendo promovido a *maître*.

Isso significava que ele devia passar todos os dias falando com pessoas, cumprimentando-as, acomodando-as, certificando-se de que a comida estivesse do agrado delas, e simplesmente se satisfazendo por manter contato com outros espécimes da raça humana.

A cada dia ele reconhecia que seu quinhão poderia ter sido muito pior. Seu irmão, Quan, havia sido morto num tiroteio no ano anterior. E embora Lien não fosse forçada a se prostituir, sua vida era soturna, sem perspectivas de melhoria.

Lin não tinha Tommy Shin em alta conta. O Velho mantinha as coisas em andamento suavemente, mas Tommy continuava tentando mudar os procedimentos para o próprio benefício, sem levar em conta se eles funcionavam bem ou não. Era como se sua única preocupação fosse não repetir os métodos utilizados pelo Velho, não importando se eles fossem corretos ou não.

Pior ainda, ele permitia que mestiços como Albert Chao trabalhassem para ele e subissem nos escalões. Isso seria aceitável para os americanos, que não tinham o menor senso de identidade racial, mas para chineses puros como Lin e sua família tais práticas não eram encorajadas – certamente não promoveriam mestiços a posições de poder.

Por isso Lin não se incomodou em "ficar de olho" no americano com barba por fazer que estivera jantando com o *walkman* nos ouvidos. Ele havia presumido que o homem estivesse ouvindo o que se passava por música americana – alta demais para o seu gosto – e permaneceu desligado de tudo que acontecia a sua volta. Ou talvez fosse apenas mal-educado. Lin esperava isso dos americanos, embora não costumasse ver aquilo acontecer ali com frequência.

O Shin's Delight não estava incluído na maioria dos guias gastronômicos, já que servia mais aos locais do que aos turistas, portanto raramente os americanos circulavam por aquela rua. Aqueles que faziam um esforço para encontrar o restaurante geralmente tinham boas maneiras.

De qualquer maneira, se Chao queria que Lin ficasse de olho no homem, então era claramente uma perda de tempo.

Além disso, ele tinha coisas mais importantes em que pensar. Com as mortes dos assistentes de Tommy Shin, Lin temia que Chao fosse promovido a uma posição mais elevada na Tríade, e nenhum bem poderia resultar disso. Não havia nada a ser feito a respeito, claro – Tommy não daria ouvidos a um simples *maître*.

O máximo que Lin poderia fazer era ficar remoendo isso em silêncio, de pé na plataforma à entrada de restaurante.

De repente, ele percebeu que estava suando. Outra coisa que o irritava em Tommy era sua insistência em manter o aquecimento ligado toda vez que a temperatura lá fora caía um pouco. Era por isso que Lin gostava de seu posto sobre a plataforma: permitia-lhe aproveitar uma ocasional brisa fresca quando alguém abria a porta.

Porém, estava quente demais até mesmo para o gosto de Tommy. Imaginando de onde estariam vindo as ondas incomuns de calor, se Lin virou...

... e se deparou com a visão mais terrível que já havia vivenciado.

Havia um homem de pé numa coluna de fogo que subia em direção ao teto. Já apenas a poucos metros de distância, o homem se moveu na direção dele e ergueu uma espada envolta em chamas.

Lin não podia gritar.

Não podia respirar.

Não podia se mexer.

Ele estava petrificado pelo fogo que rodeava o homem, e pelos olhos horríveis dele...

Com a espada em gancho empunhada em posição de ataque, John subiu a escada de dois em dois degraus e correu até a parte principal do restaurante. Ele registrou várias coisas com um único olhar.

Primeiro, os clientes do restaurante estavam gritando, apontando, e subindo nas mesas e cadeiras, tentando escapar de alguma coisa, muito embora a fonte de terror deles estivesse bloqueando a única saída.

A segunda foi o *maître*, que estava parado atônito enquanto todos à sua volta entravam em pânico.

E a terceira foi um samurai rodeado de fogo e brandindo uma *katana* flamejante.

Isso aí é novidade, ele pensou.

O samurai – que John logo imaginou que seria o Coração do Dragão – seguia diretamente para o *maître*, que permanecia plantado no mesmo lugar.

John se viu tendo que enxotar os fregueses em pânico do seu caminho a fim de alcançar a frente do restaurante. As mesas estavam apinhadas próximas demais entre si, e as pessoas estavam literalmente pisando uma nas outras no afã de escapar. Gritos se misturavam, enquanto pratos e copos eram derrubados no chão.

No momento em que John chegou à frente, Doragon Kokoro estava praticamente em cima do *maître*.

Parando atrás da criatura, John girou a espada de modo que o gancho pegou o *ronin* como se fosse uma bengala puxando um ator medíocre para fora do palco de um teatro de comédia. Mas ele não conseguiria pegá-lo com firmeza.

O espírito nem sequer notou.

Puxando a espada de volta, John fez outro giro desta vez no pescoço do espírito.

O demônio rodopiou, balançando sua espada flamejante. John mal foi capaz de se esquivar das chamas que roçaram no seu cabelo.

Ele só queima o alvo que está na mira, percebeu John. *Ele pode me fritar tão facilmente como fritou as outras vítimas.*

Mas depois desse único e breve ataque, o *ronin* voltou a se concentrar em sua presa.

Contudo, a distração causada por John pareceu ter tirado o *maître* de seu estado apático e fez ele se mexer. Com um grito súbito, ele se arremessou através da porta tão rápido quanto seus pés lhe permitiam.

John se movimentou com agilidade para se posicionar entre Doragan Kokoro e a saída.

– Você não vai passar por mim – disse, segurando a espada em posição de ataque.

Através das chamas tremeluzentes, John pôde ver os fregueses gritando uns para os outros em chinês, enquanto tentavam escapar pela cozinha ou pelos toaletes. Atrás deles, ao pé da mesma escada que John havia descido, ele viu Albert Chao parado ao lado de um jovem de cabelo arrepiado.

Chao parecia furioso.

Erguendo a *katana*, o Coração do Dragão a girou para baixo.

John recuou, evitando a lâmina flamejante por um fio de cabelo. O espírito voltou atacando pela lateral. John aparou o golpe com a espada em gancho, o choque de metal contra metal o sacudindo com tanta força que quase soltou a espada.

Estreitando as mãos em torno do cabo, John girou de novo, desta vez mirando onde o coração do *ronin* havia batido quando ele era vivo. Bobby tinha dito que a inscrição traduzida como "Perfure o coração do dragão" talvez significasse exatamente isso.

Infelizmente, não fez mais que os outros dois golpes. A espada de gancho entrou direto, como se o que ele estivesse combatendo não passasse de chamas. Ainda assim, o golpe da *katana* contra a sua espada foi *inteiramente* sólido.

Mais uma vez, Dorago Kokoro girou a espada. E novamente John ergueu a sua para aparar o golpe.

Ele havia manejado uma espada no passado, durante o treinamento como fuzileiro, mas isso havia sido principalmente para funções cerimoniais. Então Caleb apresentara-o a uma mulher de meia-idade chamada Lara, uma especialista no manuseio de espadas com mãos espantosamente rápidas. Ele jamais esqueceu o melhor conselho que havia recebido dela.

"Vá pelo instinto. Não pense sobre o que você está fazendo, apenas faça!"

Quando o Coração do Dragão atacou, John não pensou.

Ele apenas agiu.

Cada golpe de espada chegava mais perto. Cada aparada de John vinha mais tarde.

Os golpes eram impossivelmente fortes e nunca variavam. John, por sua vez, era apenas humano, e iria se cansar gradualmente.

Ele necessitava de um novo plano, já que a espada não parecia estar dando conta do serviço.

Então as chamas que cercavam o espírito começaram a se extinguir. Olhando de relance para a escada, John viu que Chao estava murmurando alguma coisa.

Em um momento, o espírito desapareceu. O chão abaixo dele permanecia intocado.

Umas poucas pessoas ainda estavam correndo em círculos por perto e John viu que Chao e o homem de cabelo arrepiado estavam tentando abrir caminho pelo restaurante caótico em direção a ele.

Não tendo o menor desejo de responder às perguntas deles, John seguiu o caminho do *maître* porta afora. Por sorte, a Pacific Avenue estava ainda mais congestionada do que o restaurante havia estado. Turistas de todas as formas, tamanhos e cores se juntavam aos locais na calçada e John poderia se misturar à multidão, fazendo o melhor possível para esconder a espada debaixo da jaqueta.

Abriu caminho até o ponto do ônibus – caminhando com cautela para não se ferir com a espada –, sabendo que a primeira coisa que precisava fazer quando chegasse ao hotel era ligar para Bobby e lhe dizer que a espada dele era uma merda.

Albert simplesmente não podia acreditar.

Tudo estava correndo tão bem, e agora aparecia um *gaijin* para ferrar tudo – igualzinho àquelas pessoas de vinte anos atrás. Este de agora tinha até mesmo uma espada de alguma espécie.

Rapidamente, Albert tivera que banir o espírito. Havia testemunhas demais e Lin já escapara.

Infelizmente, o mal já estava feito. Tommy havia corrido até a rua, junto com dois garçons, para perseguir o *gaijin*.

Albert, porém, ficou para trás, de modo a analisar as consequências do estrago. Amaldiçoou a si mesmo por ter sido um tolo, deixando que sua antipatia por Lin superasse o bom senso. O importante era utilizar o Coração do Dragão com sutileza, para afastar os que estivessem no seu caminho.

Lin não estava no caminho de Albert, era simplesmente um idiota.

Albert *nunca* teria sucesso se continuasse a cometer erros infantis como esse.

Com um suspiro, começou a caminhar de volta através do restaurante, com vidro e porcelana estalando sob seus pés. Os fregueses estavam começando a se acalmar, alguns verificando se estavam feridos, e todos sussurrando uns para os outros, sem fôlego.

Após alguns momentos, Albert percebeu que todos estavam comentando a mesma coisa: que o Coração do Dragão estava de volta depois de vinte anos.

A princípio, ficou tentado a gritar com todos eles, dizer-lhes que estavam falando de superstição e tolice, mas rapidamente percebeu que seria um erro. Para começar, como eles iriam negar a evidência que haviam visto com os próprios olhos?

Além disso, uma vez que já havia aberto a Caixa de Pandora, talvez pudesse usar a situação em seu benefício.

Tommy surgiu de novo no restaurante, berrando furiosamente:

– Que diabo *foi* aquilo?

– Ao que tudo indica – disse Albert –, foi o Coração do Dragão. Estava tentando matar Lin.

– Não foi o que eu vi – replicou Tommy. – Ele estava tentando matar aquele turista armado com a espada. – Ele então sorriu. – Por alguma razão, o Coração do Dragão estava tentando nos proteger.

Depois o sorriso sumiu.

– Al, preciso que você descubra tudo que puder sobre essa coisa... de onde veio, o que quer, por que está nos ajudando. E *quem*, porra, ela estava tentando matar.

Um dos garçons – Albert não lembrava seu nome – disse:

– Chefe, não foi aquela coisa que matou o Johnny e...

– Foi. – Tommy coçou o queixo. – Precisamos de mais informações. Vamos, Al, você sempre teve boas ideias... portanto, o que é essa coisa e o que é que ela quer comigo? Pode me dar alguma resposta?

Albert fez uma mesura respeitosa.

– Certamente, Tommy.

DEZESSEIS

Bobby Singer estava a ponto de preparar o jantar para si e os garotos quando o telefone tocou. Ele pegou seu novo aparelho sem fio do gancho na parede e o levou ao ouvido.

– Alô?

Em resposta, o telefone tocou de novo.

Com um suspiro, ele o segurou diante do rosto e pressionou a tecla "talk".

– Alô?

Era John Winchester.

– Que porra você está tentando armar, Bobby?

Bobby franziu o rosto, imaginando por que exatamente John estava vindo com duas pedras na mão.

Vozes da sala de estar invadiram a cozinha.

– *Deeeean!* Essa é a minha caneta!

– Então arranje outra caneta, Sammy CDF.

Bobby passou a outra mão pelo cabelo espesso.

– Não estou arrumando porra nenhuma, John – replicou, segurando-se o melhor que pôde. – De que diabo você está falando?

– Você me mandou para cá, me mandou essa espada, e estou fazendo papel de otário. A porra da espada não funciona.

Bobby começou a esfregar os olhos, mas notou que havia tufos de cabelo ruivo entre seus dedos. Ele estava começando a ficar careca e nos seus momentos de egoísmo culpava John por isso.

– Olhe, por que não fala com aquele professor de Berkeley que deu a espada pro Bartow?

Houve uma longa pausa até ele ouvir a réplica de John.

– Qual é o nome dele?

– Marcus Wallace.

Bobby foi para a sala de estar. Dean estava parado na ponta dos pés, mantendo a mão esquerda levantada o mais alto que podia – com a caneta de Sam entre os dedos. Sam, por sua vez, estava pulando, tentando tomar a caneta do irmão muito mais alto.

Sacudindo a cabeça, Bobby vasculhou a papelada em sua mesa.

– Espere... ah, achei, aqui está – acrescentou, enquanto pegava a carta que estava empacotada entre os objetos de Bartow. Encontrando a linha direta de Wallace na universidade, ele ditou para John.

– OK – disse John. – Vou ligar pra ele. Mas, se não der em nada, vou precisar ser criativo. É isso ou terminar tostado. Falo com você mais tarde, Bobby.

– Os garotos estão ótimos, aliás – disse Bobby rapidamente, antes que John desligasse.

Abaixando o braço, Dean se virou para Bobby.

– É papai?

Sam aproveitou a distração para arrebatar a caneta do irmão com um perfurante "Rá!" de triunfo, porém Dean mal notou.

John soou impaciente do outro lado da linha.

– Imaginei que estivessem, porque, se não estivessem, você teria dito alguma coisa. Preciso desligar, as taxas de chamadas de longa distância são uma facada.

Com isso, ele desligou.

– Posso falar com ele? – perguntou Dean, suplicante.

Empurrando a tecla "talk" novamente para encerrar a ligação, Bobby deixou sua mão cair de lado.

– Desculpe, Dean, ele... hã, já estava de saída. Mas me mandou dizer pra vocês que se cuidem e façam o que eu mandar. E disse que ama vocês.

Balançando a cabeça, Dean lançou a Bobby um olhar enviesado.

– Ele disse isso *mesmo*?

– Claro que disse. Portanto, estou dizendo isso pra você agora, garoto... pare de roubar do seu irmão. Se precisar de uma caneta, é só me pedir, ok?

Dean assentiu.

– OK. Já fiz meu dever de casa, de qualquer modo.

Agora foi a vez de Bobby lançar um olhar enviesado para Dean.

– É mesmo?

Ao contrário de Bobby, o garoto de dez anos murchou.

– Bem, a maior parte dele.

– Foi o que pensei. Vá terminar ele antes que eu acabe de cozinhar, certo?

– Tudo bem.

Dean se sentou perto de Sam no sofá. Sam havia voltado ao dever que estivera fazendo quando Dean lhe roubou a caneta.

Dean olhou de novo para Bobby.

– Pode me dar uma caneta?

Bobby sorriu.

– Claro. – Ele abriu a gaveta superior da escrivaninha e pegou uma esferográfica que havia ganhado de brinde num hotel onde havia se hospedado durante uma caçada.

Entregou-a ao garoto e voltou à cozinha.

– Ela não escreve! – Veio a voz do garoto de dez anos. – Essa caneta *suga*!

Enquanto pegava a manteiga para untar a frigideira, Bobby concluiu que não era John, mas sim toda a família Winchester que o estava deixando careca.

John havia imaginado que o gabinete de um professor universitário seria uma sala enorme com uma grande mesa de madeira, uma poltrona de couro e paredes com estantes do chão ao teto.

Portanto, quando chegou ao *campus* da Universidade da Califórnia em Berkeley e se dirigiu ao prédio da Fulton Street, que abrigava o recentemente renomeado Departamento de Estudos Asiáticos, ficou estranhamente desapontado.

O gabinete de Marcus Wallace era uma minúscula sala retângular sem janelas e quase sem ar. Uma escrivaninha metálica sem graça estava encostada numa parede, tomando tanto espaço que a poltrona de couro simples do professor batia contra a parede oposta, só deixando espaço para uma pequena estante de tábuas no canto.

A escrivaninha estava coberta de papéis, alguns precariamente empilhados em duas cestas de cartas de correio feitas de arame. Além disso, a mesa exibia um telefone – no qual Wallace estava falando quando John entrou – e um computador pessoal, embora o teclado estivesse enterrado sob mais papelada. Letras verdes brilhantes reluziam do monitor, iluminando um lado do rosto de Wallace e contrastando estranhamente com a lâmpada fluorescente no teto.

As paredes provavelmente já haviam sido pintadas de amarelo uma vez, mas esmaeceram para um tom sujo de mostarda.

O próprio Wallace era um homem de rosto agradável, que parecia seriamente deslocado num Departamento de Estudos Asiáticos, com seu cabelo estilo afro cortado rente nas têmporas.

Enquanto falava ao telefone, ele fez um gesto para John se sentar na cadeira dobrável apertada entre a mesa e a parede junto à porta.

– Sim, eu entendo, mas... – dizia ele, mas a seguir caiu em silêncio. – Sim, eu *sei* disso, mas... Os estudantes que vão pra... – Mais silêncio, e ele estava começando a ficar irritado. – Sim, senhor. OK, senhor. Passar bem.

Batendo o telefone com força considerável, Wallace rosnou para ele por um segundo, depois se recompôs.

– Desculpe por isso – disse para John. – Estamos com um novo diretor de departamento, e a solução dele para tudo parece ser mudar as coisas que vêm dando certo nos vinte anos desde que estou aqui, quer seja uma boa ideia ou não. Juro por Deus, cara, a política acadêmica faz os caras lá em Washington parecerem uns picaretas. – Ele tomou fôlego e estendeu a mão. – Desculpe... sou Marcus Wallace. Você deve ser o John Winchester.

John aceitou o aperto de mão firme.

– Imagino que tenha falado com Bobby depois que tivemos nossa última conversa.

Wallace assentiu.

– Quer dizer que a espada não funcionou como tinham dito a você?

– Pode crer que não – disse John um tanto amargo.

– Calma, cara... não é culpa do Bobby. Desde que Doragon Kokoro apareceu pela primeira vez, vinte anos atrás, estive tentando descobrir tudo que podia. Ajudei o Bartow e, desde então, estive pesquisando até o *yin-yang* para tentar descobrir mais. Mas não é fácil.

Ele começou a remexer nos papéis em sua mesa, enquanto prosseguia:

– No entanto, acho que descobri alguma coisa que poderia ser útil. Onde é que está? – Após remexer mais um pouco a papelada, Wallace por fim achou o que estava procurando. – Aqui está!

Era um folheto, com cerca da metade do tamanho do diário de John em comprimento e largura. A princípio, ele pensou que Wallace lhe estava passando o folheto de cabeça para baixo e de trás pra frente, até que se lembrou que as línguas orientais, em sua maioria, eram escritas da direita para a esquerda.

Folheando-o brevemente, John viu os caracteres *kanji*, juntamente com um desenho que ele poderia ter achado bonito em melhores circunstâncias.

– Que diabo eu devo fazer com isso? – perguntou.

Wallace sacudiu a cabeça rapidamente e tomou o folheto de volta.

– Desculpe, cara... às vezes esqueço que nem todo mundo sabe ler a língua. – Ele folheou até uma das últimas páginas. – Aqui vamos nós. – Devolveu o folheto a John e apontou para um desenho. – Estou achando que essa figura vai valer mais que mil palavras.

Pegando de novo o folheto, John viu o desenho que ocupava toda a metade inferior da página: um homem segurando uma espada de gancho de aspecto muito familiar, agachado em posição de ataque enfrentando um homem envolto em chamas e que manejava uma *katana*. Um detalhe especial para John foi que os caracteres *kanji* na espada estavam brilhando.

Erguendo a vista, percebeu que Wallace estava acenando com a cabeça na direção do livro.

– Se isso aqui está certo... e olhe que venho traduzindo esta bosta há uma pá de tempo... então não é a espada, mas sim as gravações. – Virando-se, ele usou o antebraço para varrer a papelada de cima do teclado e começou a digitar. – Eu me antecipei e escrevi foneticamente para você os caracteres gravados na espada. Na próxima vez em que enfrentar o espírito, você vai precisar manter sua concentração nisso e então lançar o encantamento que está gravado. Aposto que é isso que vai nos livrar de Doragon Kokoro.

– Você *aposta*? – John não gostou de como isso soava.

Wallace olhou firme para ele.

– Olhe cara, nós dois sabemos que esse tipo de coisa nem sempre vem acompanhado de um manual de instruções.

Com um suspiro, John abrandou.

– É, está certo.

Levantando-se, o professor gesticulou na direção da porta.

– Vamos, a impressora fica no corredor.

John o seguiu do abarrotado escritório para o abarrotado corredor até uma mesa colocada junto a um conjunto de escaninhos de madeira com nomes escritos em pequenas etiquetas coladas na frente. Uma delas, John notou, tinha o nome de Wallace e havia um envelope enfiado na fenda, que o professor pegou enquanto passavam.

A impressora era uma engenhoca que funcionava muito lentamente, mas a cópia já estava pronta quando chegaram. A folha cuspida pela máquina continha apenas umas poucas palavras.

Wallace puxou uma alavanca para soltar o papel.

– Aqui vamos nós, sr. Winchester. Segure a espada perto de Doragon Kokoro, cante isso e recue.

John pegou o papel oferecido.

– E se não funcionar?

Wallace deu um sorriso torto.

– Que tal fugir como o diabo da cruz?

John revirou os olhos.

– Obrigado pela grande ajuda.

DEZESSETE

Tommy Shin odiava reconhecer que o Velho estava certo.

Mai-Lin havia seguido suas instruções e lhe fornecido um dossiê informativo sobre o Coração do Dragão. Tommy não ficou sabendo tanto como gostaria, mas já era o bastante para ver que precisava agir.

Para sua irritação, uma das ações era voltar a falar com o Velho. Quando o Velho havia sugerido que um espírito havia sido o responsável pelas mortes dos seus assistentes, Tommy mal fora capaz de sequer levar em conta a sugestão. Agora teria que engolir as próprias palavras.

Mas não podia negar o que havia observado com os próprios olhos. Havia *visto* o Coração do Dragão no restaurante, testemunhado o ataque dele sobre Lin, e o vira desaparecer como que por magia. Então tinha de aceitar que a criatura realmente existia. O que significava que mais uma vez tinha de pedir ajuda ao Velho.

O imprevisto na história toda era aquele homem branco com a espada. Tommy não tinha a menor ideia do que fazer com ele – e isso o incomodava. Em primeiro lugar, o *gaijin* havia trazido aquela estranha espada para o restaurante. Depois, havia arriscado a vida para defender Lin – um estranho total.

Por que ele iria fazer algo assim? pensou Tommy. *O que teria a ganhar?*

Ele também parecia ter *esperado* a aparição do Coração do Dragão. Por que traria uma espada para o restaurante, para início de conversa?

Ainda assim, até que descobrisse mais sobre o homem, não havia nada que Tommy pudesse fazer com ele. Outros preparativos, contudo, podiam ser feitos – e foram.

Tommy convocou Benny e Al a seu escritório. Os dois apareceram quase de imediato.

– Sentem-se – disse, indicando as duas cadeiras de visitas em frente à mesa. – Recebi um relatório sobre o Coração do Dragão, o guerreiro flamejante, já que ele apareceu no restaurante lá embaixo.

Al pareceu ficar agitado.

– Eu também – disse, sem esperar que algo lhe fosse perguntado –, e acho que foi o *gai*... hã, aquele estrangeiro quem o convocou.

Benny se voltou para ele.

– Por que acha isso? – perguntou. – Todo mundo com quem falei disse que ele parecia combater o espírito.

– É óbvio! – Al olhou para Benny, como se quisesse dizer que ele era um idiota. – O estrangeiro chegou aqui trazendo uma espada! As pessoas não carregam espadas por aí a não ser que pretendam usá-las. Aposto que ele invocou o demônio para que ele ajudasse a executar um plano sinistro qualquer que tivesse em mente.

– Então por que teria lutado com ele? – perguntou Benny.

Al deu de ombros.

– Quem sabe? Talvez a coisa estivesse saindo de controle. O que explicaria por que foi atrás de Lin. Embora Lin não seja ninguém importante, afinal. – Virou-se para encarar Tommy . – Não, eu acho que ele estava atrás de *você*. Foi por isso que o estrangeiro interveio, pra impedir que matasse a pessoa errada.

Ele pareceu muito presunçoso com seu raciocínio.

Tommy assentiu, avaliando o que fora dito.

– Até que não é má teoria, Al. – admitiu.

Houve uma batida na porta. Ela foi aberta e Mike Zhang, um dos guarda-costas, estava parado lá.

– Com licença, chefe. Conseguimos alguém.

Tommy acenou com a mão para indicar que ele podia entrar.

– Entre, entre – disse ansiosamente.

Mike entrou no escritório, seguido por Jack Wu e por um homem barbado, usando uma jaqueta de piloto. Jack tinha 1,85 m e ombros fortes.

Mike ergueu uma das mãos, revelando uma espada de gancho.

– Ora, ora – disse Tommy, contornando sua mesa para encarar o estrangeiro –, quer dizer que voltou à cena do crime, não é?

Jack tinha mãos enormes, com as quais segurava os ombros do estrangeiro num aperto esmagador. Apesar disso, o homem branco foi desafiador.

– Não sou o único que cometeu um crime aqui – disse, convicto.

– Quem é você? – indagou Tommy.

– O nome é John Winchester... e não vim aqui para prejudicar você de forma alguma.

Com isso Al se levantou e se postou junto ao chefe.

– Está mentindo! – disse numa voz que soou um tanto alta demais. – Você está tentando destruir as Tríades, começando com o Tommy, não é? Você pensa que ele é fraco, mas está enganado!

Winchester apenas sorriu para ele. Foi um sorriso perturbador, porque era ao mesmo tempo completamente selvagem e assustadoramente são. Isto, Tommy rapidamente percebeu, era típico de alguém que já havia visto o inferno.

Ele havia visto isso antes apenas uma vez – no Velho.

– Só há uma coisa que estou tentando destruir, filho, e não está aqui nessa sala.

Al virou-se para Tommy.

– Você deveria matar ele agora, antes que ele destrua você!

Então foi a vez de Tommy sorrir.

– Oh, eu posso muito bem matar ele, Al – disse ele calmamente. – Mas não porque ele invocou o Coração do Dragão.

– Do que é que está falando? – perguntou Al, o sangue drenado de seu rosto.

Tommy começou a andar de um lado para o outro entre os cartazes de cinema nas paredes.

– A pesquisa do Mai-Lin revelou muita coisa sobre o Coração do Dragão, incluindo algo que você deixou de fora do seu pequeno relatório – disse ele. – Veja só, a criatura é a alma penada de um antigo guerreiro, Yoshio Nakadai, e o nosso John Winchester aqui não pode possivelmente tê-lo trazido de volta ao mundo dos vivos. Não, isso só pode ser feito por um parente de sangue... um descendente do *ronin*.

Virou-se para olhar direto para Al.

– A informação dela foi muito abrangente. E uma vez que Yoshio Nakadai era japonês, só há uma pessoa em que posso pensar que estaria qualificada. Alguém que é meio japonês e que começou a chamar um estrangeiro de "*gaijin*", antes de se corrigir.

Alguém que tem ambições dentro das Tríades. Alguém que nunca se deu bem com o Lin.

Primeiro, Al fez uma expressão de pânico e olhou em volta, procurando uma rota de fuga.

Então deixou os ombros caírem e olhou de novo para o chefe.

– Muito bem, Tommy. Você me pegou.

Antes que alguém pudesse reagir, porém, ele murmurou alguma coisa à meia voz.

Tommy sentiu o calor aquecer seu rosto quase de imediato.

Ali, no meio da sala, estava o Coração do Dragão, com a mesma aparência que tivera lá embaixo.

– Como diabo... ? – disse Benny, erguendo-se e recuando instintivamente. Sacou sua Beretta.

Tommy e seus guarda-costas estavam congelados de medo. Winchester, ainda imobilizado pelo aperto de Jack, era o único que parecia ter mantido o sangue frio.

– Ele deve ter lançado o encantamento antes de chegar aqui – gritou. – O que ele acabou de dizer foi só a senha para que fosse desencadeado.

– Muito bem – sorriu Al, como um professor elogiando um aluno aplicado.

Benny apertou o gatilho três vezes, mas as balas se evaporam instantaneamente nas chamas.

O Coração do Dragão ergueu sua *katana*.

Benny estava a ponto de atirar em Al em vez de na criatura, mas antes que pudesse fazer alguma coisa, Winchester começou a murmurar algumas palavras em japonês.

Enquanto o fazia, a inscrição começou a reluzir na espada que Mike segurava.

Sem aviso, o espírito em chamas lançou a cabeça para trás e gritou, com a *katana* ainda erguida. Foi um som oco, agonizante – apenas vagamente humano. O fogo começou a arder de forma mais brilhante, e Tommy teve que proteger os olhos do clarão.

Então as chamas se reduziram a nada, e o espírito se foi.

Al, gritou, furioso.

Tommy fez um gesto para Benny, que entendeu de imediato e apontou a Beretta para Al.

Winchester se mexeu rapidamente, mas dando uma cotovelada no ventre de Jack, depois o atingindo no rosto com a parte de trás da mão. Um chute com o calcanhar da bota pegou Jack na virilha e, enquanto ele se vergava, Winchester golpeou Mike. Um soco resolveu a parada.

Ele sempre teve um queixo de vidro, pensou Tommy, ausente. Enquanto Mike caía ao chão, Winchester recuperou a espada.

Tommy nunca portava armas – para isso é que ele tinha gente como Mike e Jack. Como Benny estava mirando em Al, isso liberou Winchester para correr até a porta.

– Chefe? – perguntou Benny, sem tirar os olhos de Al.

– Deixe ele ir – disse Tommy, tendo recuperado plenamente o domínio de si. – Ele não é nosso inimigo. Se ele voltar, vou me entender com ele. – Passou a mão pelo cabelo espigado e se voltou para Al. – Você, porém, vai se entender comigo agora mesmo.

Desafiador até o fim, embora bem longe da convicção que Winchester havia demonstrado, Al respondeu:

– Vá em frente e faça o pior que puder, Tommy. Mande o Benny atirar em mim.

– Se você não calar a boca, *eu* vou atirar em você por conta própria, seu mestiço de merda – disse Benny.

– Como eu disse, vá em frente. Não tenho mais nada pra falar com você.

Tommy pensou a respeito.

– Você pode acreditar nisso, Al, mas eu não. Veja bem, você poderia ser muito valioso para mim. Afinal, você sabe como invocar o Coração do Dragão.

– Não mais – disse Al amargamente. – Aquele... aquele *gaijin* baniu o espírito. Ele se foi.

Dando de ombros, Tommy gesticulou para Benny.

– Tudo bem, então. Atire nele.

Com um sorriso, Benny comprimiu o gatilho três vezes, esvaziando o pente de balas no peito de Al. Ele caiu no chão, sangue escorrendo dos ferimentos.

Tommy voltou sua atenção para Jack e Mike.

– Vocês estão bem?

Jack assentiu, vermelho de vergonha, mas Mike continuava no chão, desacordado. Benny sacudiu a cabeça, enquanto ejetava o pente de sua Beretta e introduzia um novo, que deslizou para a coronha fazendo um estalo sólido.

Tommy estava pensando que precisava pôr Mai-Lin na cola desse tal Winchester – descobrir quem era ele e de onde havia vindo. Claramente, ele tinha conhecimentos e recursos consideráveis, um homem, quem sabe, que ele poderia utilizar.

Olhou para Jack, que estava ajoelhado perto de Mike. Este, por sua vez, começava a recobrar a consciência. Ele gemeu alto.

– Jack, levante-se e chame o Dr. Jiang. Precisaremos dele pra dar sumiço no corpo de Al.

– Owww!

Virando-se, Tommy congelou. Todos eles congelaram.

Al estava se levantando do chão.

O sangue ainda manchava a frente de sua camisa, circulando os buracos feitos pelas balas, mas através desses buracos Tommy viu apenas pele lisa e imaculada.

– Que diabo é isso?

Alisando sua roupa o melhor possível, Al se limitou a olhar para ele, um enorme sorriso surgindo em seu rosto.

– Você não vai precisar do Jiang para mim, Tommy. E vai me querer por perto, também. Lembra que eu disse que o Coração do Dragão foi banido? Bem, uma coisa que eu *não* disse é que seria pra *sempre*.

Mas, antes que pudesse continuar, Benny atirou nele de novo, desta vez no ombro.

Al cambaleou para trás contra a parede, depois fez uma carranca e tentou tomar a arma de Benny.

– Porra, Benny, isso *dói*!

No mesmo instante em que puxava a arma da mão de Benny, Jack levantou e meteu duas balas nas costas de Al, fazendo-o girar. As balas atravessaram seu ventre, salpicando de sangue todo o cartaz de *Arma letal 2*.

Mas desta vez Al não caiu. Embora estivesse vergado quando girou, apontou a Beretta de Benny e baleou Jack duas vezes no peito.

Jack caiu para nunca mais se levantar.

Benny pulou à frente, tentando recuperar a arma. Quatro mãos se entrelaçaram em torno da Beretta desesperadamente, numa tentativa de puxar a arma para os dois lados, os dedos procurando deslizar para alcançar o gatilho.

De início eles pareceram estar empatados. Tommy não ousava se mover por medo de ser baleado. À certa altura a arma apontou diretamente para ele, que se escondeu atrás da mesa.

Por fim, Benny conseguiu uma vantagem, empurrando o cano da arma contra o peito de Al.

Com um estrondo ensurdecedor, a arma disparou e Al deu um grito.

Benny sorriu. Achando-se vitorioso, ele segurou a Beretta com menos firmeza.

Tão logo ele fez isso, Al posicionou a arma sob o queixo de Benny e acionou o gatilho.

Massa encefálica e fragmentos de osso salpicaram o teto, e, enquanto o corpo atingia o chão, Al se voltou para Tommy. Sua camisa agora estava em frangalhos e completamente ensopada de sangue, mas, onde a pele fora rasgada, os ferimentos estavam sarando, no mesmo instante em que Tommy olhava.

O sorriso que cruzou o rosto dele assustou Tommy ainda mais do que havia feito aquele de Winchester. Havia uma loucura ali que não havia visto antes.

– Tudo que você precisava fazer era me dar mais autoridade – disse Al implacavelmente. – É por isso que matei aqueles três idiotas: Teng, Li e Lao. E esses dois. – Em seguida se voltou para Mike, que ainda estava meio atordoado no chão, e o baleou duas vezes nas costas. – E mais este. Nenhum deles ia ajudar você, Tommy. *Eu* poderia ter ajudado você. Agora só vou ajudar a mim mesmo. Quando eu puder invocar Coração do Dragão de novo, serei o homem mais poderoso de Chinatown.

Tommy escarneceu de Al do mesmo jeito que o Velho costumava fazer com ele:

– Você pensa que é melhor do que eu, mas é apenas um imbecil que teve sorte.

– E vou ter mais sorte ainda.

A última coisa que Tommy Shin ouviu foi a detonação que enfiou uma bala no seu cérebro.

DEZOITO

Quando Nakadai encontrou a morte nas mãos do demônio, experimentou uma agonia indescritível. Mesmo quando as chamas rugiam, queimando sua carne lentamente até os ossos, enquanto o fogo arrancava a vida de seu corpo, ele sabia que o demônio tinha um plano que ia muito além de transformar uma pacífica aldeia numa turba sedenta de sangue.

A intensidade da dor o fez finalmente perder a consciência – pela última vez, ele orou. E uma vez desaparecida a agonia, nada havia para substituí-la, apenas um nada, um vazio. Pelo mais breve dos momentos, Nakadai imaginou que havia encontrado a paz pela qual ansiara desde os dias sombrios em que seu suserano havia caído em desgraça.

Esse momento de esperança, todavia, foi fugaz.

O fogo que o matou havia voltado. Embora não sentisse o seu calor e seu poder destrutivo, de alguma forma foi transportado de volta à terra dos vivos.

Quando chegou, uma velha seca e enrugada estava diante dele.

– Sou Miko – disse ela. – Você é meu tio-avô. E vai fazer o que eu mandar.

Ela trazia nas mãos uma espada em gancho gravada com runas que formavam as palavras “Perfure o coração do dragão”.

Por mais que tentasse, Nakadai não podia falar – nem mesmo para verificar se esta velha murcha era de fato descendente do sobrinho gorducho de dois anos de idade que havia conhecido quando ainda era vivo. E nem podia controlar as próprias ações.

Visível através de uma névoa de fogo, a mulher que dizia se chamar Miko revelou que havia descoberto acerca do encantamento usado pelo demônio para o amaldiçoar, mas o poder de seu direito hereditário a havia capacitado a convocá-lo de volta ao mundo dos vivos.

Ela falou dos estrangeiros que haviam chegado às praias deles logo após a morte de Nakadai e de como o comportamento imundo destes havia corrompido o Japão. Contou-lhe sobre sua própria filha, que havia se casado com um chinês. Eles cruzaram o oceano rumo aos Estados Unidos e geraram um filho lá.

Essa havia sido a indignidade final, que havido impedido Miko a agir. Renegando a filha e privando-a de qualquer contato com a família, ela havia começado a busca pela história da família, esperando descobrir *alguma coisa* que lhe garantisse a influência necessária para virar a maré da corrupção. Procedendo assim, ela descobrira o encantamento que condenara Nakadai.

Ela então localizou mestres de magias arcanas e estudou suas artes. Eles a ajudaram a dominar um contraencantamento que o traria de volta ao mundo dos vivos como uma arma que ela pudesse manejar. Mas, sabendo que os perigos estavam à espreita onde quer que o mal estivesse envolvido, ela havia providenciado para que a espada de gancho fosse forjada.

Ela ficava reservada, para o caso de o demônio retornar e tentar assumir o controle.

– E agora você vai me ajudar a livrar nossa terra da maldita praga ocidental – disse a anciã, e foi então que ele percebeu que a mente dela há muito cedera lugar à insanidade. – Juntos, nós os destruiremos para restaurar a nobre glória do Japão.

Mas os anos haviam devastado seu corpo tanto como sua mente, e, antes que Nakadai pudesse realizar qualquer das tarefas que lhe foram designadas, a anciã sucumbiu aos anos e morreu.

Tudo ficou esquecido a partir do momento em que ela deu o último suspiro, e graças a Deus assim permaneceu até o dia em que o neto dela, Albert Chao, fez uso do mesmo encantamento. Ele foi o mestiço que tanto havia enfurecido Miko, e em suas mãos Nakadai foi usado para executar fantasias infantis de vingança até que, felizmente, foi banido de novo nas mãos de uma mulher ocidental.

Quando ele retornou, oitenta estações depois, estava outra vez nas mãos de Albert Chao. Seu descendente havia-se tornado menos infantil, mas o traço mau de seu caráter permanecia, e só a espada de Miko – de alguma forma manejada por um estrangeiro – impedia Nakadai de causar mais dano.

Novamente ele pairou no vazio, pelo que esperava que fosse uma eternidade. Mas, mesmo que assim quisesse, o demônio nunca permitiria que isso acontecesse.

DEZENOVE

Dean estava de pé entre o irrequieto Sammy e o paciente tio Bobby no setor de liberação de bagagem do aeroporto de Sioux Falls.

Cada vez que alguém novo atravessava a porta, seu coração de garoto de dez anos batia um pouco mais rápido. E cada vez que não era seu pai, ele murchava.

Ele só queria que o pai voltasse para casa a salvo. A parte "a salvo", pelo menos, ele sabia ser algo garantido.

John havia ligado para Bobby na noite passada, numa hora em que Dean já estaria na cama. Mas, ao contrário de Sammy, ele não havia conseguido dormir. Portanto, quando o telefone tocou, ele pulou da cama, deslizou sorrateiro até ao sopé da escada e ouviu a parte de Bobby da conversa vinda da cozinha.

– Bom... É, ok. – Bobby fez uma pausa, enquanto John falava do outro lado da linha. – É, imaginei que o Wallace estaria por dentro. O quê? Oh, claro. Isso faz sentido. Bem, mande a espada de volta, você não vai querer passar pela porra do detector de metal, e estou certo de não poder confiar ela àqueles idiotas que checam a bagagem. Vai ter muita sorte se ela não for parar na Mongólia por engano...

"Apenas ponha na conta do FedEx, meu Deus do céu... Tudo bem. Vou deixar ela hibernando quando chegar aqui, para o caso de precisarmos dela de novo daqui a vinte anos. Sim, vamos encontrar você quando o voo chegar... vou levar até o Impala. Está rodando às mil maravilhas agora, só precisava de uma calibragem e troca de óleo.

"O quê? Aham, eu disse 'nós'. Vou levar os garotos. Eles querem ver você... Por que não levaria eles?... Está legal... OK, tchau, John.

Depois de ouvir o clique de tio Bobby encerrando a ligação, Dean havia ficado feliz. Papai está vivo – e pelo modo como ele e tio Bobby estiveram discutindo, ele estava intratável como sempre.

Isso, Dean sabia, significava que seu pai estava ok.

À espera lá no aeroporto, ele entendeu como era importante para o pai viajar tanto – mais do que Sammy jamais entenderia. Sammy não havia conhecido realmente mamãe, já que era apenas um bebê quando ela morreu. Dean não podia imaginar que seu irmãozinho algum dia entenderia realmente o que havia acontecido com ela.

Para ser honesto consigo mesmo, ele tampouco entendia realmente. Havia alguns dias – embora ele não o admitisse para *ninguém* – em que não conseguia sequer lembrar da aparência dela.

Alguma espécie de monstro havia matado mamãe, e papai não descansaria até encontrar esse monstro e matá-lo. Ao longo do caminho, ele havia matado alguns monstros que tentaram matar outras mães de pessoas.

Porque papai era um herói, e era isso que os heróis faziam.

Finalmente, uma cabeça com um cabelo escuro familiar apareceu atrás de um casal que discutia. Papai passou por eles rapidamente, com um grande sorriso alargando-se em meio da barba por fazer.

Sammy não estivera prestando muita atenção a nada, mas tão logo papai atravessou a porta, ele pulou e correu.

– Papaaai!

– Que bebê – disse Dean, fingindo que não achava lá grande coisa que seu pai estivesse de volta.

– Vocês garotos estão bem?

– Estamos muito bem, papai! – Sammy estava praticamente quicando de tanto pular. – Eu ganhei de Dean no jogo de damas e ele ganhou no pique-esconde. Mas tudo bem, porque ganhei dele no General!

Dean já ia replicar que Sammy só havia ganhado *uma* partida no jogo de General, mas tio Bobby pôs a mão no ombro dele e sacudiu a cabeça.

Relutante, Dean se manteve calado. Sammy estava feliz em ver o pai, e tio Bobby não queria que Dean estragasse sua festa.

Portanto, Dean se limitou a dizer:

– Que bom ver você, pai.

– É um prazer ver vocês, garotos. Ah, eu trouxe uma coisa pra vocês! – Procurou no bolso da jaqueta e extraiu dois pequenos retângulos de plástico, entregando um para Sammy e o outro para Dean.

Eram miniaturas de placas de carro da Califórnia, com os nomes DEAN e SAM onde deveriam estar os números.

– Uau! Isso é um barato! – exclamou Sam, de olhos arregalados.

– Só dá pra encontrar em São Francisco – disse John com um sorriso. – Tinha que trazer algo especial pra vocês.

Já que Sam estava tão feliz com seu presente, Dean nada comentou. Mas ele sabia que aquelas plaquinhas podiam ser encontradas em toda a Califórnia. E também nas *free shops* dos aeroportos. Ele só havia viajado de avião uma vez, e *realmente* detestava isso, mas lembrava muito bem dessas lojas.

O que significava que John as comprara às pressas, enquanto corria para pegar o avião. E a julgar pela conversa ao telefone com Bobby na noite passada, ele nem esperava que seus filhos fossem ao aeroporto.

Então John afagou o cabelo de Sammy e caminhou até Dean. Pôs as mãos nos ombros do filho e lhe lançou uma de suas expressões mais sérias, que usava toda vez que dizia algo realmente importante.

– Você cuidou bem do Sammy, não é?

Dean engoliu em seco, de repente se sentindo incrivelmente culpado. Lembrava-se também das palavras do pai na noite em que sua mãe morreu. Elas nunca lhe saíram da mente, mas agora ecoavam muito alto:

– Leve seu irmão pra fora o mais rápido que puder... e não olhe pra trás. Agora, Dean, vá!

Ele endireitou os ombros e fitou seu pai nos olhos.

– Cuidei sim, papai!

John sorriu.

– Esse é o meu garotão!

Tio Bobby chamou:

– Vamos, temos que ir embora daqui.

Caminharam para o estacionamento. Dean ficou um pouco irritado, quando Sammy começou a falar sem parar sobre a primeira e única vez em que o havia vencido no jogo de General, mas então pensou nas palavras do pai e deixou passar.

Papai ainda enfrentava caras maus e salvava pessoas, mas também se preocupava com os filhos.

Porque papai era um herói, e era isso que os heróis faziam.

2009

VINTE

Myra Wu estava correndo através do Golden Gate Park sob a luz branda da lua crescente, desesperada para salvar sua vida.

Nunca antes havia vivenciado tamanho terror. A coisa agarrava seu peito e não a deixava escapar. Nem mesmo nos seus sonhos mais sombrios ela imaginava que pudesse existir um medo assim.

Não até o dia em que ouviu tiros pela primeira vez.

Myra era natural de São Francisco, filha de pai sino-americano e de mãe teuto-americana. Havia feito o primário e o ginásio em escolas públicas e entrado para a Universidade Estadual de São Francisco, onde cursou arte dramática e conseguiu notas medianas, nunca chegando a um nível de excelência, mas também não sendo um fiasco.

Alguns dos professores insistiam em chamar isso de "teatro", o que sempre a divertia.

No entanto, representar sempre havia sido uma paixão de Myra, e, enquanto não obtinha papéis de destaque, quase sempre atuava como coadjuvante. Quando não havia nada, ela ajudava na equipe técnica, o que a fazia se sentir como se pertencesse ao meio teatral.

Depois de formada, continuou morando com os pais, sempre dispostos a deixá-la fazer o que quisesse desde que não arranjasse problemas com a lei.

Essa advertência era desnecessária. Myra jamais havia ficado de castigo na escola, e seus amigos não eram do tipo de criar problemas com quem quer que fosse, muito menos com a lei. Os únicos policiais que Myra já havia visto eram os guardas que por acaso cruzavam com ela na rua.

Pelo menos até que arrumou um emprego no Shin's Delight.

Embora Myra fosse uma excelente intérprete e possuísse um talento genuíno, nunca sentiu o ímpeto de fazer disso uma *carreira*. Ela enviava currículos e comparecia aos testes, o que lhe garantia papéis em diversas peças no Tenderloin, mas nada que atraísse muita atenção.

Assim, na melhor tradição tespiana consagrada através dos séculos, ela aceitou um emprego como garçonete. Ao assumir o posto, ela recordou uma piada contada por um dos professores na faculdade.

Um homem encontra uma mulher num bar.

O que é que você faz?, pergunta o homem.

Sou uma atriz, diz a mulher.

O homem replica: Oh, é mesmo? Em que restaurante?

As feições de Myra exibiam apenas as que eram herança de seu pai chinês, com exceção dos olhos azuis que provinham da mãe. Sua aparência asiática contribuía para a dificuldade em conseguir bons papéis, mas melhorava a chance de arranjar emprego nos restaurantes de Chinatown.

Além do mais, Myra falava chinês e alemão fluentemente, sem contar o inglês, portanto estava mais do que qualificada para trabalhar num restaurante que – mesmo na alta temporada turística – atendia principalmente os locais.

O Shin's Delight, na Pacific Avenue, era um desses lugares. Melhor ainda: havia vagas para novos funcionários.

A princípio, tudo correu bem. Myra gostava de conversar com as pessoas, gostava de servir os fregueses e gostava dos colegas de trabalho. Verdade seja dita: Myra se dava bem com todo mundo.

Com uma possível exceção – o estranho homem mais velho que dirigia o restaurante.

Albert Chao era um sujeito reservado, de nariz pontudo, que raramente saía de seu escritório. Quando o fazia, geralmente era para gritar furiosamente com alguém – com ou sem razão. Ou então para falar com a polícia, que ali aparecia com regularidade. Vez por outra o visitante era um guarda uniformizado, mas era mais comum ela ver um detetive subindo as escadas.

Myra nunca entendeu por que a polícia continuava vindo ao restaurante. Tentou falar com Zhong, o gerente, mas ele logo a cortou:

– Isso não é da nossa conta – disse, olhando de relance pelo salão principal até que seus olhos se fixaram numa mesa. – A mesa quatro precisa de água... cuide disso. – E bateu palmas para mandá-la cumprir a ordem.

Ela fez como ele mandou, mas se recusava a ser iludida.

Tomando cuidado para que Zhong não soubesse o que estava fazendo, Myra indagou aqui e ali. Mas só descobriu rumores, e não gostou do que se tratava.

Mas decidiu deixar isso pra lá.

Uma pequena firma da vizinhança havia decidido celebrar os feriados de Natal que se aproximavam trazendo todos os seus quarenta funcionários para jantar no Shin's Delight. O que, além da multidão habitual, manteve toda a equipe aos pulos, e o que significava que as previsões acabaram antes do esperado. Logo estavam faltando guardanapos de pano, de modo que Zhong mandou Myra subir até o setor de suprimentos para trazer os que estavam lá estocados para uma eventualidade assim.

Seu caminho passava pelo escritório de Chao e ela caminhou no maior silêncio para não ser notada. Então ouviu algo que parecia um som de descarga de automóvel.

Só que o som vinha imediatamente de trás da porta fechada do escritório. Ela imaginou que poderia ter vindo através das janelas do escritório, mas então sentiu cheiro de fumaça.

Seguido de risos.

E depois outro estampido.

Myra congelou, apertando um braço cheio de guardanapos contra o peito. Então alguém gritou.

O grito cessou tão abruptamente como havia começado, só que foi substituído por um som lamuriento. Preocupada com que alguém pudesse estar ferido, ela superou o seu instinto natural – que gritou para que ela corresse o mais rápido que pudesse – e bateu na porta.

– Olá? Está tudo bem aí? Pensei ter ouvido alguma coisa!

A única resposta foi o som de outro estampido – e então o gemido parou.

Mais uma vez Myra descobriu que não podia se mover, e para ela o silêncio que se seguiu era ainda mais assustador que os sons que havia ouvido.

O assoalho estalou e a porta se abriu lentamente.

Albert Chao tinha um espesso emaranhado de cabelos brancos que se grudava alisado no topo da cabeça e caía até o meio das costas, fazendo com que parecesse um cientista louco asiático. Ele a fitou com olhos cruéis semicerrados que se assentavam ameaçadores sobre o nariz pontudo. Essa não era a parte assustadora, porém. Quase toda vez que o havia visto, ele estava com essa aparência.

Não, o que a apavorava era a mancha vermelha no peito dele. Myra já havia visto muitos acidentes no palco para saber *exatamente* como era uma mancha de sangue. E aquela era uma.

– O que você quer? – perguntou ele num tom de voz uniforme e assustador.

O coração de Myra batia tão rápido que ela podia ouvi-lo martelando contra as costelas.

– Eu... hã... estava subindo pra... pra buscar mais guardanapos e... hã... ouvi...

– Você não ouviu nada – disse com firmeza o sr. Chao. – Você não viu nada. Entendeu?

Ela fez que sim tão rapidamente que receou que sua cabeça fosse voar do pescoço.

– Tudo bem! Claro! Eu queria... – murmurou ela. – O senhor... precisa de alguma ajuda?

– Vá embora. Já.

A próxima coisa que Myra soube foi que desceu com os guardanapos na mão, enfiando-os nos braços de Zhong. Não se lembrava de ter descido correndo a escada.

Mas assim foi.

Zhong a fitou com preocupação.

– Você está bem? – perguntou. – Parece que viu um fantasma!

– Eu... ah... – Mas ela não encontrou palavras, portanto ficou ali parada. Esperando que ela falasse, Zhong finalmente perdeu a paciência.

– Bem, chega disso. Ainda temos que prosseguir com o almoço.

Sensibilidade nunca havia sido o forte dele.

Apesar da atitude "negócio em primeiro lugar" de Zhong, uma atmosfera tensa pairava sobre o restaurante. Myra não havia sido a única pessoa a ouvir disparos, embora ninguém comentasse a respeito. E mais: pessoas que ela conhecia haviam desaparecido – não da equipe do salão de jantar, mas gente que trabalhava nos escritórios acima, e ela presumia que haviam pedido demissão devido ao estresse.

Mas Myra não tinha tal opção – realmente precisava do emprego.

As coisas pioraram nos dois dias subsequentes, à medida que foram aparecendo mais policiais do que de hábito. E eles começavam falando com a equipe. Finalmente ela veio a saber que corpos haviam sido encontrados na Ghirardelli Square, e os defuntos foram identificados a princípio como funcionários do Shin's Delight. Mas isso era apenas uma suposição, porque haviam sido gravemente carbonizados.

Quando chegou sua vez de ser ouvida, Myra ficou tentada a contar aos detetives sobre o incidente com o sr. Chao. Mas, se o fizesse, teria de lhes contar também sobre os rumores. Rumores em que ela se recusava a acreditar até o dia em que precisaram de mais guardanapos.

Que o Shin's Delight era uma fachada para uma gangue.

Myra não sabia como é que se pareciam os gângsteres. É claro que havia visto uns tipos mal-encarados subindo e descendo as escadas, alguns deles entrando pela porta da frente, outros pelos fundos. Mas eles não eram mais mal-encarados que os técnicos de teatro que faziam o trabalho pesado. Ela nunca presumiu que *eles* fossem gângsteres, então por que pensaria isso do pessoal do restaurante?

Então, quando o detetive do distrito policial da região – um homem levemente atarracado num terno mal-ajustado – perguntou-lhe se ela havia notado alguma coisa incomum, Myra lhe disse que não sabia de nada.

De muitas maneiras, era a mais pura verdade, ela disse para si. Nada do que havia visto fazia sentido, portanto, como poderia alegar "saber" de *alguma coisa*?

Após ter falado com o detetive, a tensão só piorou e começou a envolvê-la diretamente.

Todo dia parecia que o sr. Chao descia ao restaurante só para observá-la. Entreouviu o patrão perguntando a Zhong acerca do trabalho dele, e se ela ficava falando desnecessariamente com os outros empregados.

Zhong, felizmente, só lhe fez elogios – ou o mais perto que podia chegar disso.

"Ainda não roubou nada", ele havia dito categoricamente.

Numa noite de dezembro, após o trabalho, ela fez planos de ir ao Golden Gate Park.

Um dramaturgo principiante conhecido seu queria fazer uma "leitura de mesa" do primeiro ato de sua nova peça, para ter certeza de que o diálogo soaria natural, e havia pedido a um grupo de atores para ajudá-lo. Como a maioria dos dramaturgos principiantes, ele não podia se dar ao luxo de alugar um lugar apropriado para isso, e nem morava num apartamento grande o bastante para acolher todos, então convidou seus voluntários para o Marx Meadow "para uma leitura de mesa sem mesa", como chamou isso.

Situado na beira do parque, o Marx Meadow tinha uma fartura de mesas de piquenique que eram perfeitas para o uso deles, e as luzes da rua próximas mantinham a área segura e bem movimentada, mesmo após a escuridão precoce do inverno.

Myra leu o papel de Gina, a melhor amiga da heroína – exatamente o tipo de papel que sempre lhe davam. Boa parte dos diálogos era bem primária, ela achou, mas o autor fez um monte de anotações.

Quando a leitura acabou, vários dos participantes anunciaram que iam tomar uns drinques e convidaram Myra, mas ela alegou que ia trabalhar cedo na manhã seguinte.

Sem contar que detestava bebedeiras.

Assim, ela se despediu e tomou seu caminho. Como havia muitas luzes, ela cortou caminho por entre as árvores rumo à Fulton Street, onde pegaria o ônibus.

De repente, surgiu um homem em chamas, bloqueando seu caminho.

– Oh, meu Deus – disse ela. – Não se mova... espere, não! Você tem que se deitar no chão e rolar... sim, é isso. Apagará o fogo. Deite e role!

Ela pegou seu celular na bolsa para chamar o 190.

Mas então percebeu que o homem não estava gritando.

De fato, não estava fazendo *nada*.

Apenas ficou ali *parado*.

– Pode me ouvir? – perguntou ela, um calafrio percorrendo a espinha. Olhou em volta rapidamente, mas não havia ninguém nas proximidades que pudesse ajudá-la. Então voltou sua atenção para o homem em chamas.

Ele permanecia em silêncio. Foi quando ela percebeu que, embora estivessem circundados por árvores e arbustos, nada mais pegava fogo. Nem mesmo a grama.

Ela abriu a boca para falar de novo, mas não saiu nada. Nisso, o homem ergueu os braços e foi nesse momento que ela notou a grande espada curva.

Foi também nesse momento que o homem finalmente falou. Sua voz parecia estar saindo de um sistema de som *realmente* desagradável – meio abafada e estática. Mas qualquer que fosse o significado das palavras guturais, ele não estava falando inglês, chinês nem alemão. Para Myra, soava como japonês, e ela achou ter reconhecido a palavra "dragão" em algum ponto da fala.

Doragon Kokoro. Foi o que ele disse.

Mas de alguma forma, embora não entendesse as palavras, Myra soube.

Movendo-se subitamente, ele se elevou sobre ela.

Ela correu.

Myra não tomou uma direção específica, ela simplesmente começou a se *mover*. Dois anos de trabalho como garçonete lhe deram pernas fortes, de modo que foi capaz de se mover com rapidez em meio às arvores.

Mas não importava para onde ela se voltasse, quão rápido se movesse, de alguma maneira Doragon Kokoro a acompanhava, as chamas sempre ardendo em direção ao céu, a espada erguida como se estivesse pronta a parti-la em dois.

Ela perdeu o rumo de onde estava. Acrescentou-se ao seu pânico o fato de que o parque – que mesmo numa noite fria de dezembro estaria pelo menos com alguns frequentadores – estava deserto. Até mesmo quando se viu correndo através do que reconheceu como sendo o Kennedy Place, não havia ninguém.

Ela tentou gritar por socorro, mas tudo que conseguiu emitir foi um coaxar rouco, que só serviu para deixar sua respiração ainda mais irregular. Ter pernas fortes era uma coisa, mas fazia anos que não praticava corrida. Seus pulmões estavam começando a arder e dores agudas disparavam através dos tornozelos.

Ainda assim ela continuou, esperando poder escapar do agressor.

Onde está todo mundo?

Tropeçando mais do que correndo, ela chegou à beira do lago Lloyd, onde teve que parar. E, ao olhar para trás, ela já sabia o que iria ver.

O homem em chamas estava lá, a espada erguida, a luz do fogo refletida na água escura.

Finalmente ela recuperou sua voz, mas em vez de um grito, emitiu um lamento:

–Oh, Deus, por favor, não quero morrer. Por favor, não me mate. *Eu não quero morrer*!

A altura da voz dela fez Doragon Kokoro hesitar. Myra parou, esperando em desespero que pudesse tê-lo convencido. Por um breve momento pensou ter visto tristeza nos seus olhos cobertos de fogo.

– Eu não quero morrer – repetiu.

– Nem eu quis – ele replicou, enquanto a espada golpeava para baixo.

Desta vez foi diferente.

Agora Nakadai podia se comunicar com os vivos. Suas ações ainda estavam sob o controle de outrem, mas ele se sentia mais forte, mais rápido, mais capaz.

Com essas mudanças, veio uma questão incômoda. Ele ainda podia sentir a presença de Albert Chao, mas desta vez não tinha certeza de estar seguindo a influência dele.

Ele apareceu numa floresta iluminada por tochas que queimavam sem chamas. Em um instante, uma mulher surgiu diante dele e uma coisa ficou clara: quem quer que fosse, ela precisava morrer.

Então a perseguiu, até que ela não teve mais para onde correr.

– Oh, Deus, por favor, eu não quero morrer. Por favor, não me mate. *Eu não quero morrer!* – disse ela suplicante.

Nakadai hesitou, as palavras dela o fazendo lembrar de como era ser humano. Fazendo-o recordar o que havia sentido no dia da própria morte. Há quanto tempo havia sido?

A espada golpeou para baixo.

Momentos depois, ele parou sobre o cadáver carbonizado e violado junto à água parada do lago, imaginando por quanto tempo ainda estaria condenado a suportar isso.

– Ora, ora – disse uma voz atrás dele. – Já faz um bom tempo, não é, Nakadai?

Voltando-se, ele viu um jovem de cabelo louro trajando *shorts* e uma camiseta regata.

– Com certeza é bom ver você de novo – disse o louro, com um sorriso brilhante. – Claro que isso não está *exatamente* de acordo com o plano, mas é um começo.

– Não sei do que você está falando – disse Nakadai para o estranho. – Mas isto não tem nenhuma consequência. Irei embora agora.

– Não tão depressa, idiota.

O homem fez um gesto e de repente Nakadai descobriu que não podia se mover.

Estreitando os olhos, ele fitou o estranho. Este era um ocidental, não era descendente de Nakadai. Então, como podia controlá-lo, a não ser...?

– É você.

– Sim. – Os olhos azuis e as íris brancas foram substituídos por um negro escuro. – Eu gosto desse cara muito mais do que de Chao, o mensageiro. Ele era um sujeito feio.

– O que você quer? – Embora pudesse falar, o *ronin* continuava sem se mover.

O demônio sorriu, revelando dentes brancos perfeitos.

– O que você *acha* que eu quero? – disse ele e desta vez houve um som gutural que ouvira na voz de Akemi. – Você não acha que queimei você vivo só por brincadeira, acha?

– Eu não me atreveria a entender como sua mente funciona.

O demônio riu estridentemente.

– Muito justo – respondeu ele. – Mas não, eu tinha um plano de longo prazo para você, Nakadai. Ou eu deveria dizer... "Coração do Dragão"? Tenho de admitir, me agrada pra caramba que você venha carregando esse apelido por mais de duzentos anos. Você odiou isso, claro.

– Um plano – cuspiu Nakadai.

– É lógico! E chegou finalmente a hora de esse plano dar frutos.

– O que há de tão especial agora?

O demônio jogou a cabeça para trás e riu de novo.

– Você não esteve prestando atenção? Entendo que não seja bem a sua praia, mas chegou o fim dos tempos! Você deveria saber... "a morte vem num cavalo amarelo"? Cães e gatos dormindo juntos? Histeria em massa? Esse é o fim do mundo como o conhecemos, e eu acho ótimo!

Não fazendo a menor ideia de sobre o que o demônio estava tagarelando, Nakadai simplesmente ficou olhando.

Sacudindo a cabeça, o demônio deu um suspiro dramático.

– Vocês, espíritos dos amaldiçoados, vocês não sabem apreciar os clássicos. Olhe – ele estendeu os braços como se estivesse indicando o mundo inteiro –, é do Apocalipse que estamos falando aqui. Demônios e anjos lutando, e que vença o melhor serafim. E você, Nakadai-san, você é meu grande trunfo.

Nakadai franziu o rosto.

– Não entendo.

– Certamente você notou que conseguiu mais *mojo* com o passar do tempo. Antes, você não podia fazer muito mais do que rodopiar sua espada como um tolo flamejante. Mas agora as coisas são diferentes. Os selos foram rompidos, Lúcifer está livre, Deus *não* está no seu céu, e tudo está errado no mundo. Portanto é hora de eu e você darmos porrada em algum anjo.

Outro suspiro.

– Infelizmente, não é tão simples. Aquela sua sobrinha-neta fez um bom trabalho ao piratear meu encantamento e ainda criar aquele contraencantamento. É uma pena que ela fosse uma tremenda porra-louca... ela poderia ter tido uma carreira *do cacete* como feiticeira. Mas seja lá como for, o que está feito, está feito, e o neto dela soube tirar bom proveito de você naquela parada dele.

Nakadai sacudiu a cabeça em desagrado.

– Eu sabia que havia o dedo dele nisso – disse ele. – Então ele me trouxe de volta outra vez para praticar o mal em seu nome.

– Nada disso... não dessa vez. Graças àquele desgraçado do John Winchester você ficou bem preso ao banco de reservas.

Nakadai quase se retraiu com o veneno das palavras do demônio. Imaginou o que o homem – este *John Winchester* – havia feito para ganhar o ódio do demônio.

– Mas quando a lua nova surgir – continuou a criatura –, esse escrotinho que é seu descendente nem vai se incomodar em chamar você de volta. Na verdade, é para *isso* que você foi construído... para o Apocalipse. Você é nossa arma secreta.

"Ainda assim, o Albert está decidido a chamar você mais cedo ou mais tarde, e graças à avó porra-louca dele, enquanto você estiver nas garras dele, o melhor que posso fazer é permitir que você execute tarefas em benefício *dele*. Mas, a fim de manter você por perto, precisamos manter o Albert vivo também. Se ele tirar a sorte grande, então, *puf*, você some num segundo."

Ele apontou para o cadáver que jazia aos pés de Nakadai.

– Essa garota viu alguma coisa que não deveria ter visto. Dá pra *acreditar* que o idiota ia deixar ela viver? Imbecil. E ele arranjou problemas maiores também.

O demônio olhou pensativo para Nakadai por um momento.

– O tempo está correndo. Estamos só levando porrada dos anjos e precisamos de você. Só mais um aviso, garotão: muito em breve você vai estar jogando pelo time da casa.

Com isso, a cabeça de cabelo louro balançou para trás e uma fumaça preta saiu de sua boca. Tão logo a fumaça desapareceu no céu noturno, o receptáculo caiu no chão de terra e grama.

Morto.

Então Nakadai começou a se desvanecer, para permanecer no limbo até que fosse novamente convocado.

Mas por quem?

VINTE E UM

Aos dez anos, Sam Winchester havia se tornado obcecado por mapas.

Tudo começou quando ele ficou insistindo em perguntar ao pai para onde iriam em seguida. Era uma pergunta razoável, uma vez que a resposta era sempre diferente, e Sam ainda era bastante jovem na época para achar excitante saber disso.

Todavia, nem John nem Dean, que na época tinha catorze anos tinham muito tempo para saciar a curiosidade de Sam. Assim, para mantê-lo de boca fechada, o pai comprou um atlas para ele.

Isto se provou benéfico para todos. John e Dean não eram mais importunados o tempo todo e Sam descobriu um *hobby*.

Por semanas após ter recebido o atlas, ele passava cada minuto de seu tempo livre estudando os mapas que continha, aprendendo como rodovias e desvios se interligavam e se entrecruzavam, a disposição das estradas vicinais, o modo como algumas cidades procuravam fazer o traçado de suas ruas em padrões organizados. Ele estudava os efeitos da topografia e a localização de divisas e fronteiras.

Mas a coisa que mais capturou o desejo de sua mente de dez anos foi o Sistema Interestadual de Rodovias dos EUA – ou, como explicou ofegante a seu pai e irmão após ir uma vez a uma biblioteca pública em Indiana, "o Sistema Nacional Dwight D. Eisenhower de Rodovidas Interestaduais e de Defesa". Ele deu uma aula ao pai indulgente e ao impaciente irmão sobre os 34 anos da aprovação da lei criada em 1956 pelo presidente, que iria incentivar o comércio e servir como rota de escape caso houvesse uma guerra nuclear.

Sam adorava especialmente a maneira como as interestaduais foram numeradas. Para as rodovias de dois dígitos, os números ímpares corriam de norte para o sul, enquanto os pares seguiam de leste para oeste. Quanto mais alto o número, mais para norte ou leste a estrada se localizava.

Dean se recusou a acreditar nele. Alegava que era ridículo e que Sam havia simplesmente inventado isso, mas o pai logo pulou em defesa do filho mais novo.

– Muitas daquelas rodovias estavam sendo construídas quando eu era jovem – disse John Winchester, para grande prazer de Sam. – Onde havia um morro, eles cortavam diretamente por dentro dele, e construíam pontes sobre os rios. Outras vezes seguiam as trilhas para estradas que já existiam. – Ele sorriu para os filhos. – Claro que no Kansas não havia muita necessidade disso. Lá não tinha muitos morros no caminho.

Dean apenas se recostou na cadeira, com uma expressão carrancuda, chamando-os de dupla CDF.

Como muitas das obsessões infantis, essa se extinguiu rapidamente. Mas Sam ainda reteve a facilidade para entender mapas que elas haviam gerado, e não passou muito tempo estava cuidando de toda a navegação para as caçadas da família Winchester.

O advento do *Mapquest* e do *Google Maps* havia reduzido enormemente a necessidade de mapas. Mas Sam não confiava inteiramente na internet, que com frequência os mandava na direção errada numa via de mão única ou indicava uma ponte que não existia mais – se é que um dia houvesse existido. Por isso, em cada viagem que faziam, Sam pegava um mapa tradicional e usava como apoio. Invariavelmente, ele era capaz de encontrar uma rota mais eficiente do que aquela sugerida pelo computador.

Dean e Sam conheciam todos os melhores caminhos para ir da Retífica Singer, na Dakota do Sul, a quase todas as rodovias importantes. A Interestadual 80, que agora estavam percorrendo, se estendia através do país de Nova York a São Francisco, sendo provavelmente a rodovia na qual o Impala passava a maior parte do tempo. Era uma reta direta para o oeste desde Omaha, Nebraska até a Bay Bridge de São Francisco.

Tão logo acabaram de consultar a biblioteca de Bobby, pesquisando tudo que havia sobre Doragon Kokoro, Sam e Dean pegaram a estrada. Era meio-dia e Sam foi o primeiro a dirigir, enquanto Dean – que havia passado a noite jogando pôquer – dormia no assento do passageiro. Depois, no início da noite, Dean assumiu a direção.

O que significava duas coisas.

Primeiro, que a música no toca-fitas ficou mais alta, começando com *...And Justice for All*, do Metallica.

Segundo, que Sam teve a oportunidade de reler o diário. Os livros e papéis de Bobby não haviam dado muitos frutos, nem mesmo a internet, mas já era um começo, e agora ele queria revisar o que John havia escrito.

A perspectiva do pai deles, vista à luz do material de Bobby, adicionava algumas dicas interessantes.

– Hum... – murmurou ele.

Dean baixou um pouco o som enquanto *The Shortest Straw* estava começando.

– O que foi?

Sam piscou. Ele achava que seu murmúrio não tivesse sido ouvido.

– Eu estava relendo as anotações de papai – explicou. – Ele anotou algo interessante sobre o Albert Chao, o cara que invocou o espírito nas duas últimas vezes. Papai via ele como o típico invocador. Você sabe, um sujeitinho desonesto que não é capaz de se distinguir no mundo... ou pelo menos do jeito que ele *acha* que o mundo deveria ser. Então ele recorre às artes ocultas, para compensar as próprias deficiências.

– Ele devia tentar Viagra em vez disso – falou Dean, com sarcasmo. – De qualquer modo, isso não importa. Pelo pouco que li, papai não achava que o Chao tivesse a menor chance de continuar vivo depois que o espírito fosse banido.

Sam sacudiu a cabeça.

– Não sei, Dean. Tudo que li do Bobby diz que esse tal de Chao tem de ser o cara que invocou o espírito. Ele é o único que tem o *ronin* como ancestral e, segundo os textos, o espírito permanece sob o domínio de quem quer que o invoque e torna essa pessoa invulnerável a qualquer dano.

– Quer dizer que não podemos atirar nesse cara?

Sam deu de ombros.

– Bem, podemos, mas não vai adiantar nada. A melhor aposta é fazer o que papai fez: lançar o encantamento na espada. Infelizmente, isso só vai banir o espírito por mais vinte anos.

A expressão de Dean ficou grave.

– Você está presumindo que o mundo ainda vai estar *existindo* daqui a vinte anos. Diabo, eu não apostaria dinheiro nenhum em mais vinte *dias*.

Isso trouxe à luz outro ponto de vista de Sam.

– É, você tem razão. Mas o Cass parece achar que esse Coração do Dragão é importante, de modo que temos que fazer o que pudermos.

Nenhum dos dois teve muito o que dizer depois disso e Dean aumentou o som do Metallica. A fita havia avançado para *Harvester of Sorrow* e Sam voltou a tentar decifrar os garranchos do pai.

Eventualmente, ele caiu no sono. Na hora em que acordou, o sol estava despontando a leste e o Impala estava deixando Sacramento para trás.

– E aí, temos um plano? – perguntou Dean, sem preâmbulo.

Sam esfregou os olhos sonolentos.

– Café?

Dean deu uma risadinha.

– Na próxima vez que pararmos pra descansar.

Abrindo o diário com capa de couro do pai na página certa, Sam procurou um nome.

– Podíamos seguir direto pro motel onde papai se hospedava, o Emperor Norton Lodge. Fica na Ellis Street, não muito longe de Chinatown. Então poderíamos tentar ir no restaurante onde ele baniu o espírito da última vez.

Dean lhe disparou um olhar.

– Emperor Norton?

Sam fez uma pausa antes de responder.

– Você não sabe sobre o Emperor Norton?

– Não, a menos que você esteja falando do personagem de Art Carney em *The Honeymooners* – replicou Dean. – E não acho que ele sequer tenha feito isso pro Grande Governante Místico Exaltado dos Raccoons.

Sam riu.

– Não consigo acreditar que você nunca ouviu a história. Joshua Norton foi um empresário fracassado que perdeu tudo. Em 1859 ele se declarou "Norton I, Imperador desses Estados Unidos e Protetor do México". Ele dissolveu o Congresso, criou sua própria moeda... Oh, ele também estabeleceu uma multa de vinte e cinco dólares para qualquer um que chamasse a cidade de "Frisco".

Dean suspirou.

– Bem, se cruzarmos com ele, eu vou dar pra ele uma nota de vinte e outra de cinco.

– Ninguém levava ele a sério, mas todos gostavam dele. E ele tinha boas ideias. Um dos seus decretos era de que deveriam construir a Bay Bridge e projetar o BART. De fato, creio que li há alguns anos que tentaram rebatizar a ponte em homenagem a ele.

– Ótimo, assim vamos ficar na suíte real e pedir comida chinesa. Enquanto isso, tem um restaurante na próxima saída.

Sam levantou a cabeça e viu um letreiro azul anunciando os restaurantes disponíveis na próxima saída da rodovia. Além do pé-sujo, havia três lanchonetes de *fast-food* e uma cafeteria Starbucks. Ele ficou tentado a sugerir a Starbucks – graças aos ganhos de Dean no pôquer eles poderiam se permitir isto –, mas decidiu não tocar neste assunto delicado. Eles já vinham caçando juntos por um bom tempo agora, e as coisas vinham correndo bem.

Mas as feridas ainda estavam mais ou menos frescas. Não era tanto por Sam ter deflagrado o Apocalipse.

Não, pensou Sam, *isso dói, mas o que realmente magoa Dean é que eu confiei mais em Ruby do que nele. Menti pra ele e traí ele.*

Ele deveria ter se tocado.

Se existe uma coisa de que devemos nos lembrar, é que estamos melhor juntos do que separados.

Então ele decidiu que não precisavam ir ao Starbucks.

Ele apenas assentiu, enquanto Dean tomava a pista da direita.

Albert acordou de bom humor naquela manhã.

Preferindo um local que só lhe exigisse descer um lance de escadas, mantinha um apartamento em cima do Shin's Delight. Quando estava saindo do banheiro, o celular tocou.

A princípio, Albert adorou a invenção do telefone celular. Com o celular ele falava com qualquer um da sua equipe sem mais delongas, e havia sido muito conveniente enquanto ele estivesse solidificando seu poder no ramo das Tríades de Tommy Shin. Assim como Tommy havia estado muito à frente do Velho na utilização da tecnologia, Albert havia se tornado ainda mais hábil em usá-lo.

Infelizmente, a lei também havia se tornado. Da mesma forma como ele havia usado os telefones fixos para manter um controle constante de suas atividades, também havia se tornado ridiculamente fácil para a polícia rastrear seu pessoal.

A disponibilidade do telefone celular havia aliviado o problema em alto grau – era fácil de comprar em qualquer loja de conveniência e impossível de ser grampeado pelos tiras.

Assim, Albert trocava de celular uma vez por mês, com regularidade e precisão. As contas estavam todas no nome de crianças que serviam de mensageiros para as Tríades – o pessoal do nível mais baixo na organização, que não sabia de absolutamente nada e não podia ser processado como os adultos.

O celular que estava tocando agora estava registrado em nome do filho do tintureiro, duas casas seguindo rua abaixo. Em troca do uso do nome do garoto, o pai recebia um leve desconto em seus pagamentos mensais.

Albert pegou o aparelho, viu que havia uma mensagem de Oscar Randolph, e o mostrador indicava que a ligação era de Han. Então ele atendeu.

– É sobre a garçonete Myra Wu – disse Han. – Encontraram o corpo dela no Golden Gate Park. Do mesmo jeito que Roy e Jack estavam.

Murmurando um palavrão em japonês, Albert desligou.

Como isso é possível?

Albert não quisera Myra morta mais do que quisera a morte de Roy e Jack. Claro, ela tinha sido um aborrecimento menor, mas ele havia checado e confirmado que ela não havia contado nada à polícia. De fato, ele gostava de empregados que mantinham a boca fechada sem necessidade de ameaças. Quanto a Roy e Jack, eles eram idiotas e estragaram o negócio de armas com a gangue da motocicleta, mas Albert nunca fora muito sanguinário para lidar com malfeitores, de qualquer modo.

Nenhum deles havia feito nada que exigisse que fossem mortos.

Mas o pior não era isso.

O Coração do Dragão está de volta, refletiu, sua mente em disparada. *Mas não pode ser. Não há ninguém mais que...*

Fora vinte anos atrás que um *gaijin* chamado John Winchester havia lançado um encantamento para banir o espírito por mais oitenta estações. O que havia forçado Albert a se virar sozinho, e ele havia encontrado meios de fazê-lo. Com a subsequente morte de Tommy

Shin, não houvera *necessidade* de ser ajudado por poderes ocultos. Já tinha tudo que queria.

Ele se deu conta de que Doragon Kokoro não era uma pistola para ser disparada a qualquer hora que bem entendesse. Tal arma precisava ser mantida na reserva. E seu momento não havia chegado.

Ainda praguejando baixinho, acabou de se vestir e se preparou para descer.

Zhong esperava por ele junto à porta do escritório.

– É verdade isso sobre a Myra? – perguntou Zhong.

– É – replicou Albert. Ele procurou no bolso da calça e tirou a chave do escritório.

– Droga – disse Zhong. – Agora tenho de contratar outra garçonete.

Sob outras circunstâncias, Albert teria sorrido. Zhong nunca era sentimental, o que fazia dele um bom gerente.

Ele abriu a porta e entrou, seguido por Zhong.

– O pessoal anda comentando – falou o gerente, hesitante.

Albert olhou para ele, surpreso, porque Zhong nunca hesitava.

– Comentando a respeito de quê?

– Do Coração do Dragão – replicou o gerente. – Olhe, eu não estava aqui na época, e não ligo a mínima para o que aconteceu com o Lin. Se você quis espalhar o boato de que controlava uma espécie de demônio, era problema seu... mas, porra, funcionou. Ninguém questiona sua autoridade. Mas o boato está se espalhando de novo, e está fugindo de controle. Desde que encontraram os corpos de Roy e Jack na Ghirardelli Square.

Sentando-se à mesa, Albert ligou o computador. Enquanto ele carregava, virou-se para encarar Zhong.

– E se for tudo verdade?

– Como disse?

– Nada – retrucou Albert e voltou-se para o computador. Pensando bem, não fazia sentido fazer Zhong de confidente. Além do mais, ele só acharia que o patrão tinha ficado maluco. O Coração do Dragão era apenas uma lenda, e Albert estava perfeitamente contente com que continuasse assim.

Mas então quem matou o Roy, a Jacy e a Mira? E por que fazer isso de uma maneira que denunciava o espírito?

– Pode ficar descansado, Zhong. Ultimamente não tenho invocado nenhum espírito pra matar pessoas que me incomodam.

– E por que não? – veio a resposta.

Albert piscou.

– O que foi que você disse?

– Se o espírito está livre – continuou Zhong –, por que não usar ele para algo proveitoso?

Albert piscou de novo.

– Do que você está falando?

Zhong sorriu, o que era estranho, em se tratando dele.

– Estou falando de Doragon Kokoro, Albert. Estou falando do espírito que você trouxe quarenta anos atrás, e que poderia ter trazido de novo, mas não trouxe. A pergunta é: *por quê?*

Enquanto ele falava, os olhos de Zhong mudaram para uma cor preta profunda que parecia penetrar no seu crânio.

Albert se levantou.

– O que você quer, demônio?

As feições de Zhong expressaram surpresa.

– Você realmente sabe o que eu sou?

– Desde que tive o Coração do Dragão arrebatado de mim uma segunda vez, tomei a decisão de aprender mais sobre as forças ocultas – disse Albert, tocando um talismã que usava envolta do pescoço. Ele tinha até um consultor na folha de pagamento: um velho *gaijin* chamado Oscar Randolph, embora ele não houvesse sido de grande utilidade por enquanto. – Sei o que você é, demônio. O que não sei é por que está aqui.

A criatura que havia se apossado do rosto de Zhong usou-o para escarnecer.

– Porque você tem algo que me pertence – disse ele, com a expressão zombeteira sumindo. – Doragon Kokoro é *meu*, Albert Chao. Eu o criei. E ainda tenho controle sobre ele. Mas, agora, apenas se o que ele fizer for de encontro aos seus desejos.

– Só que não desejei que ele matasse aquelas pessoas! – retrucou Albert.

– Claro que desejou – disse o demônio com a voz de Zhong. – Talvez não conscientemente, mas no fundo da sua mente... naquele lugar onde você mantém o garotinho que sempre foi rejeitado, que nunca obteve o que queria. Foi *ele* quem quis aquelas três pessoas mortas. Quanto ao que *eu* quero é simples: quero meu espírito de volta. Bancar o mestre de marionetes é bom pra dar algumas risadas, mas eu tenho alguns anjos que precisam ser mortos. Portanto, você vai devolver ele pra mim.

Albert sorriu. Com tal declaração, o demônio revelava que Albert tinha poder sobre ele.

Continuou a tocar no talismã, que havia comprado anos atrás de Bela Talbot, uma amiga de Oscar. Bela havia garantido que era um amuleto que o protegia de ser possuído e, obviamente, funcionava. Se o demônio queria controlar o Coração do Dragão, tudo que precisava fazer era possuir Albert.

A não ser quer não pudesse.

– Então você tem um problema, demônio, porque não vou renunciar ao controle do espírito do meu ancestral. Não pra alguém nem pra *coisa* alguma. Você vai ter de me matar... mas, oh sim, você não pode, pode? – Esta última frase foi seguida de um sorriso largo. – Não, a não ser que queira que Doragon Kokoro caia de novo no esquecimento.

– Não... e não posso possuir você enquanto estiver com essa *coisa* em volta do pescoço. – Agora, estranhamente, foi a vez do demônio sorrir. – Mas não fique pensando que não posso ferir você, Albert Chao. Eu já provei que posso.

– Matando três do meu pessoal? – Albert descartou a ideia com um aceno de mão. – Ora, pouco me importei com o fim que tiveram. Muitos tentaram me atingir ao longo dos anos, demônio, mas continuo aqui, firme e forte.

– Muitos *humanos* tentaram isso, mas não é realmente um padrão que vou ter que levar tão terrivelmente a sério. – O demônio suspirou. – Olhe, talvez a gente possa entrar num acordo.

Ele se inclinou sobre a mesa, e seus olhos cor de piche fizeram Albert tremer involuntariamente.

– Só preciso de Nakadai emprestado por um momento. Posso fazer com que valha a pena pra você.

Albert riu.

– O que você vai me garantir, demônio? Dar uma lição naqueles que me humilharam? Uma pequena vingança contra desfeitas, reais e imaginárias? Se tivesse feito essa oferta na primeira vez em que invoquei meu ancestral, eu teria aceitado de bom grado. Na minha juventude imatura, foi exatamente pra isso que usei o Coração do Dragão. Eu era uma criança patética, tratando todas as injustiças como se elas mudassem muita coisa.

Albert se inclinou à frente, apoiando as mãos no tampo da mesa.

– Não sou mais aquela criança. Foi a *falta* do espírito que realmente me garantiu o desejo do meu coração. Ganhei a atenção das Tríades através de *meu próprio* trabalho duro, usando *minhas* habilidades para superar a condição de mestiço. Mesmo sem o espírito, permaneci no poder vinte anos. Ter o Coração do Dragão tomado de mim foi a melhor coisa que já me aconteceu.

Zhong bufou como um animal.

– Habilidades. Certo. Que seria a invulnerabilidade garantida por Doragon Kokoro, não é? Sem ela você seria comida pros vermes.

– Talvez – respondeu Albert, determinado a permanecer resoluto. – Mas o espírito é meu, faço com ele o que quiser.

O demônio caminhou até a mesa e se inclinou junto ao rosto de Albert. No seu hálito Albert pôde sentir o molho de amendoim que Zhong despejava na comida.

– Então me ceda ele – sibilou.

Albert se levantou, ficando ereto.

– Pensarei na sua proposta, demônio. Volte amanhã para saber a resposta.

Os olhos negros o fitaram por vários segundos sem piscar.

Então a cabeça de Zhong pendeu para trás e um bafo de fumaça preta escapou de sua boca aberta, afunilando-se na direção do teto como um tornado de obsidiana.

Então ele se foi, e Zhong desabou no chão, inconsciente.

Albert chamou alguém lá de baixo para cuidar de Zhong, depois sacou o celular do bolso.

Ele não havia retornado a ligação de Oscar e sequer havia ouvido a mensagem, porque pensava que se relacionava com as forças ocultas. Ao longo da década de 90, ele havia ficado obcecado por aprender tudo que pudesse, mas nos anos recentes tivera pouco uso para isso. Havia até mesmo pensado em tirar Oscar da folha de pagamento. Agora, porém, parecia que as forças ocultas voltariam a ser úteis para ele.

Abrindo o celular, ele ouviu a mensagem:

– Oi, Albert, aqui é o Oscar. Escute, sei que você não vai ligar porra nenhuma pro que tenho a dizer, mas lembra daquele rastreamento que você me pediu tempos atrás pra localizar aquela espada de gancho? Bem, você não vai acreditar, mas o encantamento foi reativado. Quase pôs fogo também na porra da minha casa. Olhe, ligue de volta pra mim, ok?

Albert se amaldiçoou por ser um imbecil.

Quarenta anos atrás, um homem careca e sua esposa e filha o haviam impedido e arrancado dele a maior arma que já possuíra. Mas o que ele *não havia* possuído eram os recursos para descobrir de onde eles vieram.

Vinte anos atrás, havia voltado a acontecer – e, de novo, pelas mãos de um homem branco. Dessa vez ele havia conseguido pelo menos um nome: John Winchester.

Porém, nada além disso.

Em 1996, Albert descobriu Oscar Randolph, que possuía uma casa em Mill Valley herdada do pai, um médico que havia morrido na Guerra da Coreia.

Quando Albert foi pela primeira vez àquela casa velha no subúrbio de São Francisco, um homem velho com uma espessa barba branca e muito pouco cabelo grisalho o recebeu à porta. Ele estava vestindo uma camisa de flanela, *jeans* surrados e botas de *cowboy* sem polimento.

– Que porra *você* quer?

– Meu nome é Albert Chao e quero contratar você.

O homem riu a valer.

– Você quer *me* contratar? Esse terno que está usando vale mais que a minha casa, e essa sua tatuagem significa que pertence às Tríades. Pra que diabo precisa de mim?

– As ligações das Tríades não se estendem ao mundo espiritual – pressionou Albert. – As suas, sim. Essa informação é valiosa pra mim.

– Ah, é? – Oscar coçou o queixo debaixo da espessa barba. – Então você não me quer pra matar alguém?

– Não.

– Isso é muito ruim.

Albert franziu o rosto.

– Por que?

Oscar sorriu de novo.

– Porque eu estava esperando que pudesse matar alguma coisa. Diabo, é a única coisa de que sinto *falta* nas caçadas. – O sorriso sumiu. – Então, o que é que você quer?

– Informações.

– Me dê uma boa razão pra eu aceitar a proposta.

– Porque você não deseja morrer de fome. A herança do seu pai acabou. Seus investimentos fracassaram. Dentro de seis meses, você irá se juntar às fileiras dos sem-teto e virar mendigo. Eu posso salvar você disso.

Oscar olhou para Albert por vários segundos. Finalmente disse:

– Essas informações de que você precisa... envolveriam dedurar outros caçadores?

– Possivelmente.

Oscar deu outro sorriso.

– Por mim, tudo bem. Um bando de idiotas, todos eles. Pondo o cu na reta pra acabar com o mal, e o mal cada vez fica mais forte. Uma perda de tempo. Tenho nojo de todos eles, e fico mais que feliz em jogar isso na cara deles.

Ele estendeu a mão.

– Já conseguiu um empregado, sr. Chao.

Oscar chamava a si mesmo de "caçador" e, com base no que ele disse, era exatamente isso que John Winchester também havia sido.

O que impressionava Albert era que Oscar houvesse conseguido se aposentar. A informação que ele havia coletado em sete anos era precária, mas uma coisa que havia aprendido era que a maioria daqueles que optavam pela caça ao sobrenatural não viviam tempo o bastante para se aposentar.

Ao longo dos anos, Oscar fornecia cada vez mais informação, mesmo quando Albert ficava cada vez menos interessado em ouvi-la. Não era de todo confiável e em boa parte era contraditória, mas ainda fornecia alguma visão do mundo que cruzava com o seu cada vez que invocava o Coração do Dragão.

Fazia apenas um ano, Oscar havia confirmado da melhor maneira possível que John Winchester estava morto. As histórias iam desde o rumor de que havia sido morto por um vampiro à possessão por demônios, ou que havia sido baleado por uma arma antiga e devorado por *ghouls*. Uma história dava conta de ter sofrido uma morte prosaica ao ser atropelado por um caminhão.

No entanto, parece que Winchester tinha dois filhos que se tornaram caçadores de mão cheia por conta própria. Albert não acreditava em todas as histórias que Oscar contava – elas eram ridículas até mesmo pros padrões do sobrenatural.

Os lucros estavam subindo. Se o Apolicapse estava a caminho, então claramente isso era bom para os negócios.

A esta altura, porém, Oscar havia mencionado que podia lançar um encantamento que o alertaria se a espada de gancho algum dia retornasse para dentro dos limites da cidade de São Francisco. Uma vez que estava próxima a data em que Albert seria capaz mais uma vez de invocar Nakadai, bastava-lhe pedir ao velho caçador que o lançasse.

Então acabou esquecendo – até o dia de hoje.

Ele retornou a ligação de Oscar.

– Alô?

– Onde está a espada, Oscar?

O velho respondeu com sarcasmo.

– Bom saber de você, Oscar. Como tem passado Oscar? Sim, já faz um bom tempo que não nos falamos, Oscar.

Albert não estava com paciência para isso.

– Acabei de ser visitado por um demônio que está exercendo controle sobre o Coração do Dragão. Se a espada de gancho está em São Francisco, *preciso* dela. Onde está?

– Em algum lugar na Ellis Street – replicou o caçador, todos os indícios de sarcasmo desapareceram de sua voz. – Acabei de chegar hoje de manhã e fui direto até lá para localizar o ponto exato. Não pude localizar com exatidão, mas cheguei perto, tenho certeza. Estou mandando um e-mail com o endereço.

Albert imediatamente abriu seu e-mail, depois encaminhou a mensagem para a conta de Tiny.

– Obrigado, Oscar – disse. – E continue com o telefone à mão. Posso precisar dos seus serviços muito em breve.

– Não tem problema. Quer que eu prepare uma Armadilha do Demônio para você? Poderia vir a calhar, se tiver que sair na porrada com um demônio.

– O que seria excelente – replicou Albert. – Leve ela pro restaurante hoje.

– Vou levar.

Albert cortou Oscar e ligou para Tiny.

– Acabei de mandar um mapa pra você que indica um quarteirão. Nesse quarteirão fica um hotel. Quero que localize dois rapazes que se hospedaram neste hotel. Eles são irmãos e têm o mesmo sobrenome. Estão com uma espada de gancho que tem caracteres *kanji* gravados nela. Quero essa espada. Leve Jack com você e não fique constrangido se tiver que matar alguém que tentar impedir vocês.

– Ok, chefe.

Uma das razões por que Albert gostava de Tiny era que seu vocabulário consistia quase exclusivamente de duas palavras: "Ok, chefe". Pelo menos era tudo que dizia quando estava falando com Albert, que era o que importava.

Embora não tivesse nenhum uso para o espírito no presente momento, o Coração do Dragão lhe pertencia.

Ele *não* deixaria que nenhum demônio metido a besta o tomasse.

VINTE E DOIS

– Você disse que esse tal de Imperador Norton era louco, certo?

Sam assentiu, enquanto examinava o quarto de hotel que lhes fora designado. Era de fato melhor do que muitas espeluncas nas quais costumavam se hospedar, mas isto não queria dizer grande coisa. O papel de parede parecia não ter sido trocado desde que o pai deles havia se hospedado. O telefone ainda era de discar. E, quando sentou na cama mais perto da porta, Sam sentiu as molas do colchão espetando a bunda.

– É – disse Sam em resposta à pergunta do irmão –, louco de pedra.

– Bem, ele tinha um decorador de merda também – disse Dean enquanto largava sua mochila ao pé da outra cama e depois se deitava nela. – Imagino que aquele restaurante chinês não abra pro almoço, né? – disse, olhando para o teto.

– Vou descobrir.

Sam tirou o *laptop* da mochila e foi se sentar na escrivaninha minúscula. Ele o abriu e procurou embaixo por uma tomada. Só havia duas, uma para a luminária e outra para a TV, ambas ocupadas. Então ele desligou a luminária.

Sabia que era melhor não se meter com a TV, pois Dean já havia agarrado o controle remoto e clicava impaciente percorrendo os canais.

Levou mais de um minuto para o *laptop* de Sam carregar. Ele suspirou, sabendo que era só questão de tempo até que precisasse de um novo – este já tinha alguns anos de uso e sua memória estava tão cheia que era um milagre que ainda funcionasse.

Infelizmente, suas únicas fontes de renda eram ganhos no pôquer, trapaças na sinuca e a caridade de Bobby. Mas Bobby não estava sendo tão caridoso desde que havia ficado aleijado. Além disso, uma coisa era ele bancar a gasolina para o Impala e alimentá-los. Ele não estava disposto a pagar mil paus – ou mais – por um *laptop* decente.

Quando o computador finalmente acabou de carregar, o WiFi encontrou uma rede sem senha pertencente ao hotel. Uma vantagem de ficar em hotéis baratos era que a maioria deles atualmente dispunha de suas próprias redes de WiFi grátis. Os hotéis sofisticados cobravam um absurso pelo acesso à internet.

Em primeiro lugar, Sam verificou o horário do restaurante e confirmou que ele abria ao meio-dia. Em seguida ele fez o *download* do próprio *e-mail* e também fez uma busca na internet, impelido por algo que havia lido no diário de seu pai.

Bingo.

– Ei, Dean – disse ele. – Achei uma coisa que pode ser útil. Lembra que o papai mencionou aquele professor de Berkeley?

– Hã, acho que sim – replicou Dean. – Por quê?

– Bem, ele continua lá. Agora é diretor-assistente do Departamento de Estudos Asiáticos. Poderia ser uma boa ideia falar com ele.

Pulando da cama, Dean deu de ombros.

– Pode ajudar – disse. – Aí, se tivermos sorte, aparecemos no restaurante, lançamos o encantamento certo, pegamos um rango chinês esperto e caímos fora.

Sam se limitou a olhar para ele.

– Cara... teve *algum dia* que tivemos uma sorte assim?

Dean enfiou a mão na mochila e tirou a espada de gancho.

– Acho que não. – Ele pôs a espada de lado e se acomodou de novo na cama. – É melhor você ligar pro cara.

Assim, enquanto Dean mergulhava no episódio da semana anterior de *Dr. Sexy M. D.*, Sam entrou em contato com a Universidade de Berkeley, navegou por uma série irritante de mensagens automáticas – o telefone ser de discar tornava isso ainda mais irritante – e finalmente conseguiu chegar ao correio de voz de Marcus Wallace.

– Olá, professor, aqui é o Sam Winchester... estou falando em meu nome e do meu irmão Dean. Você conheceu nosso pai, o John Winschester, há vinte anos, e acho que conhece também o Bobby Singer. Estamos em São Francisco porque o Coração do Dragão está de volta e precisamos da sua ajuda. Se puder ligar de volta, eu ficaria grato.

Sam deu o número do próprio celular e desligou o telefone.

Em seguida, ele ligou para Bobby.

– O anjo passou por aqui e disse que ele está chegando a qualquer momento – disse Bobby, com amargura na voz. Devido à sua deficiência, ele se ressentia seriamente do fato de Castiel não ter mais a capacidade de curá-lo. De sua parte, Cass não parecia se importar tanto – o que deixava Bobby mais puto ainda. – Vou avisar ao sacana que vocês já chegaram e onde estão, pra caso precisem de uma tropa celestial.

– OK, Bobby, obrigado. – Ele não estava certo de que Castiel precisasse ser avisado, mas dizer isto seria o mesmo que esfregar sal nos ferimentos do homem aleijado. Logo, ele simplesmente desligou.

Depois fez mais buscas na internet, tentando ver se houvera alguma coisa registrada nos últimos dois dias. Como esperava, o *San Francisco Chronicle* daquela manhã tinha uma reportagem sobre dois corpos ainda não identificados – um homem e uma mulher – que foram encontrados perto do lago Lloyd, no Golden Gate Park. A mulher havia sido queimada até torrar, com extensos cortes sobre uma grande parte de seu corpo. Estranhamente, o homem foi encontrado sem nenhum trauma evidente.

– Temos outra vítima queimada – disse Sam. – E os ferimentos combinam com...

Sam se interrompeu ao ouvir um ronco familiar. Virando-se, viu que Dean havia adormecido. Olhando por cima do ombro para a tela, viu o Dr. Sexy sendo esbofeteado por uma das enfermeiras e sorriu com aprovação.

Foi até a cama e gentilmente tirou o controle remoto da mão frouxa e adormecida de Dean, apertando o botão de desligar de modo que pudesse usar o computador em paz.

Isto fez Dean pular.

– Ei, eu estava assistindo! – protestou.

– Desculpe – disse Sam baixinho, ligando a TV de novo e devolvendo o controle. Dean tinha de percorrer os canais até encontrar de novo o seriado.

Antes de chegar nele, porém, alguém chutou a porta.

– Então uma das garotas simplesmente agarrou a outra e começou a puxar o cabelo dela. A primeira coisa que pensei foi: "Ei, isso aqui é uma festa!", mas é claro que eu sabia que elas iam perder o controle de vez, então saquei que ia ter que me meter.

James "Meio-quilo" Deng grunhiu enquanto manobrava uma das SUVs de Albert Chao para entrar na Ellis Street e procurar uma vaga para estacionar. Ele realmente detestava trabalhar em dupla com Jake Leung, porque o cara nunca parava de falar.

– Aí eu tentei afastar as duas e uma delas, a de cabelo comprido, foi e arranhou o meu braço! Olha só o que ela fez comigo! – Jake ergueu um braço para mostrar os arranhões, mas Meio-quilo nem prestou atenção.

Não havia nenhuma vaga na Ellis Street, mas Meio-quilo finalmente achou uma em frente a um hidrante, deu de ombros, e estacionou ali mesmo. Pegou um pedaço de papel no porta-luvas e o colocou no painel. Estava escrito "Departamento de Polícia de São Francisco – Oficial" em letras de fôrma grandes. Meio-quilo não fazia ideia de como o chefe os conseguia, mas eles eram uma mão na roda quando não havia onde estacionar.

Pelo que Meio-quilo lembrava, o carro só havia sido rebocado uma vez, e o chefe teve o veículo devolvido sem pagar um mísero centavo. Bem, era *assim* que se dirigia um negócio.

– De qualquer modo, eu tinha que dar uma lição naquela puta, por isso...

A esta altura, Meio-quilo já havia tirado da SUV o seu corpanzil de 1,90 m e estava simplesmente olhando para seu parceiro, ainda preso no cinto do assento do passageiro.

– Ei, Jake? Chegamos.

– Hã? – Jack olhou em torno, subitamente notando que o carro havia parado. – Certo. – Ele abriu a porta e saltou para a calçada, simplesmente ignorando o hidrante. – O que é que estamos procurando agora?

Meio-quilo grunhiu de novo. Ele já havia explicado, mas Jake gostava tanto do som da própria voz que não havia prestado atenção.

– Precisamos achar dois caras num hotel – disse ele. – Eles têm algum tipo de espada, e temos que pegar ela pro chefe. Ele disse pra gente matar quem se meter no caminho.

– OK, vamos fazer isso. Só espero que não tenham putas com eles, porém. Não quero mais arranhões do que já tenho. – Ele olhou pesaroso para o próprio braço, o qual, até onde Meio-quilo podia ver, não apresentava nenhuma marca.

Meio-quilo olhou em torno. Localizou uma fachada de três andares com uma loja no térreo e um letreiro junto à porta que levava para cima.

– Parece que é esse o lugar. Vamos verificar.

Meio-quilo se encaminhou para a porta, seguido por Jake. Subindo as escadas estreitas, chegaram a um saguão com sofás de couro rachado e papel de parede descascado. Mais além, havia dois corredores com carpetes em frangalhos. Sentado atrás do surrado balcão de madeira da recepção estava um jovem coberto de acne lendo a *Entertainment Weekly*. No crachá em seu peito lia-se ELMER.

Sem sequer erguer os olhos da revista, Elmer disse, com voz entediada:

– Posso ajudá-los?

Trocando um rápido olhar com Jake, Meio-quilo sacou sua .45. Jake fez o mesmo. Meio-quilo empunhava uma Kimber Ultra Refined Carry Pistol II, enquanto Jake, como de hábito, apontava uma Para-Ordnance Nite-Tac ACP. Na maior parte do tempo as armas eram só para exibição. Quando olhavam para os canos de canhões portáteis como esses, as pessoas geralmente obedeciam sem pestanejar.

Quando não recebeu uma resposta, Elmer deixou cair a revista e pulou da cadeira, derrubando-a para trás.

– Oh, Deus, não me mate, por favor, não...

– Cale a boca! – gritou Jake. – Você parece até uma puta! Eu detesto putas!

– Só uma pergunta – disse Meio-quilo, ignorando o parceiro. – Alguém se registrou hoje de manhã? Talvez dois rapazes, de vinte e poucos anos?

Elmer não conseguia desviar os olhos do cano da Kimber de Meio-quilo.

– Teve... teve... hã, esses dois caras. Estão... hã, no quarto 102.

– Obrigado – disse Meio-quilo. Ele acenou na direção das escadas. – Agora caia fora daqui e só volte daqui a no mínimo uma hora. E, se disser uma palavra a alguém, nós vamos encontrar você e dar um tiro na sua cara.

Elmer desceu as escadas de dois em dois degraus e correu para fora pela porta de entrada.

Meio-quilo se voltou e seguiu por um dos corredores com Jake, seguindo o letreiro que indicava os quartos 100-150. Com sua altura e ombros largos, ele ocupava toda a estreita passagem.

Diante do quarto 102, Meio-quilo ergueu três dedos grossos.

Depois dois.

Depois um.

E chutou a porta.

Com toda certeza, havia dois homens brancos e pequenos no quarto. Claro que, do ponto de vista dele, todo mundo era pequeno...

Um deles tinha cabelo castanho desgrenhado e estava sentado à escrivaninha. O outro estava empoleirado na beirada de uma das camas, a que ficava mais perto da janela. Estava segurando uma espada – quase certamente a que o chefe os havia mandado buscar.

Meio-quilo empunhou sua .45.

– Não se movam.

– Não estamos nos movendo – disse rapidamente o que estava na escrivaninha, levantando e pondo as mãos para o alto.

– Ninguém quer se machucar, certo? – disse Jake. – Só estamos aqui para levar esse espetinho de churrasco de vocês. Isso poderia arrancar um olho, sabiam?

O cara sentado na cama tinha cabelo curto. Ele olhou para Jake atentamente.

– Você quer essa espada?

– Isso mesmo. Portanto, cale a porra da boca e me dê ela!

Jake percorreu a distância entre eles.

Meio-quilo mantinha a arma apontada para aquele que estava de pé.

Avançando para o cara com a espada, Jake pressionou o cano da arma contra a têmpora dele, depois estendeu a mão livre.

– Me dê ela. – Tentou parecer ameaçador. – Não tente porra nenhuma, seu idiota, ou atiro em você, juro por Deus!

Meio-quilo sabia das coisas, e desejava que seu parceiro *parasse de falar*. Daquela distância, se Jake realmente disparasse a arma, o coice o arremessaria ao chão, além do que o tiro erraria o alvo. A única vez em que Jake havia disparado sua arma fora num estande de tiro em Presidio, onde o alvo não se mexia.

De repente, o cara empurrou a mão de Jake para o lado, agarrando o cano e atingindo Jake no rosto com o punho na espada.

Por um segundo, Meio-quilo não reagiu. Fazia anos que era um pistoleiro e nunca havia visto *ninguém* fazer outra coisa senão se mijar diante de uma .45.

Tinha certeza de que, se Jake houvesse parado de falar por meio segundo, isto nunca teria acontecido.

O cara junto à escrivaninha pulou sobre ele e Meio-quilo disparou, mas o tiro saiu sem direção, cravando-se no teto. Choveu gesso barato sobre os dois, enquanto o cara o agarrava.

Ou pelos menos tentava. Meio-quilo pesava quase 150 quilos, e a maior parte disso era composta de músculos.

O cara socou Meio-quilo várias vezes no peito.

Meio-quilo apenas sorriu.

Então ele golpeou o oponente com toda força no rosto, fazendo--o voar através do quarto e colidir com a mesa, caindo como um saco de batata. Ele ficou ali caído, desacordado.

Virando-se, Meio-quilo viu que o outro rapaz tinha se apossado da arma e a estava apontando para Jake agora – embora estivesse a uma distância segura, de modo que Jake nada podia fazer senão suar em bicas. Jake se sentou na cama perto da porta.

Merda.

O cara de cabelo curto pôs a espada sobre a cama e segurou a .45 com as duas mãos.

Apontando a própria .45 para o cara, Meio-quilo adotou sua voz mais ameaçadora:

– Largue a arma.

– Você primeiro, Charlie Chan. Faça um movimento e eu atiro no seu parceiro aqui.

Meio-quilo deu de ombros.

– Vá em frente. Isso vai fazer ele finalmente calar a boca.

– Ei! – gritou Jake. – Que porra é essa, Meio-quilo? Por que você não pode...?

Apontando para baixo, Meio-quilo disparou quatro tiros no peito de Jake. Seria fácil convencer o chefe de que isso havia sido feito por aqueles dois. *O que ele pode fazer? Um exame de balística?*

Mas ele ouviu cinco detonações, e cambaleou para trás. Uma dor aguda percorreu seu braço, vindo do ombro.

Enquanto Meio-quilo estava matando Jake, o cara tinha atirado *nele*.

O que *realmente* o deixou puto.

Ficando de pé, levatou a arma. Mas antes que pudesse disparar, alguma coisa o golpeou na cabeça.

Levando a mão à testa, ele sentiu sangue escorrendo sobre os olhos. Sua visão ficou embaçada, mas ele percebeu o irmão de cabelo comprido se agarrando aos seus pés. Meio-quilo não sabia ao certo o que o havia golpeado, mas *doía*.

O cara cruzou o quarto num pulo, agarrou o braço de Meio-quilo e lhe deu um corte firme de cima para baixo. Não doeu tanto, mas por reflexo, Meio-quilo deixou cair sua pistola.

Usando o braço livre, Meio-quilo o socou de novo no rosto. Era o braço que havia recebido a bala, e doía para cacete.

Enquanto o cara caía para trás de novo, Meio-quilo caiu para a frente perto da cama junto à porta. Embora ainda estivesse consciente, ele não se mexeu.

– Fique em pé e não tente pegar sua arma – ordenou o que estava com a pistola de Jake.

Mas Meio-quilo não tinha nem certeza de onde sua arma havia caído. De qualquer modo, teve uma ideia melhor.

Inserindo os dedos na fenda entre o colchão e o estrado de molas da cama, ele arrancou o colchão, jogando-o sobre o cara com a pistola. Enquanto o fazia, ele se pôs de pé a duras penas.

O estampido da pistola de Jake ecoou pelo quarto, a bala abrindo um buraco no colchão.

– Dean! – gritou o outro cara.

Meio-quilo passou por cima do cadáver de Jake e agarrou a espada na outra cama. O mais alto também tentou pegá-la, mas Meio-quilo o atingiu com o punho da espada do mesmo jeito como Dean havia acertado Jake.

De início, Meio-quilo pretendia matar aqueles dois, então se decidiu pelo contrário. Não havia sido uma ordem direta, apenas uma instrução para não hesitar em matar, se fosse preciso. A esta altura, porém, ele tinha sangue escorrendo por cima dos olhos, não podia mover o braço esquerdo – doía pra cacete – e tinha o que havia vindo procurar.

Era melhor deixar por isso mesmo.

Não se sentia bem em deixar sua pistola para trás – era um procedimento operacional padrão se livrar de quaisquer armas utilizadas num crime. De alguma forma, porém, ele não achava que aqueles dois dariam parte à polícia.

Assim, enquanto eles brigavam com o colchão, ele escapuliu do quarto do hotel.

A princípio, Dean nem imaginava quem eram os dois caras que irromperam no quarto, mas, como exigiram a espada, só podiam ter vindo a mando de Albert Chao. Especialmente aquele sem pescoço que tinha quase o tamanho de um campo de futebol. Ele tinha a palavra "pistoleiro" escrita por todo o corpo.

Como diabo eles descobriram onde a gente estava?

Por enquanto, o maior problema era conseguirem permanecer vivos.

Felizmente para ele, o cara menor estava tão concentrado em falar que nem havia se incomodado de observar o que ele estava fazendo. Um dos primeiros ensinamentos de John para ele e Sam, tão logo tiveram idade suficiente, foi como se defender contra alguém portando uma arma.

– A melhor coisa – disse John à época – é se ele chegar realmente perto. Se ele se mantiver à distância, você está ferrado, porque não há nada que possa fazer. Mas, se chegar perto, o macete é agarrar o cano. Mesmo que ele consiga disparar, sua mão vai prender o ferrolho. Bem, isso vai doer pra cacete, mas ele não vai poder disparar outra vez.

Dean e Sam haviam feito isso milhares de vezes, com ou sem a companhia do pai, de modo que, quando o sujeito pôs a arma na cara de Dean, ele quase agradeceu.

Três segundos depois,havia tomado a arma do cara.

O que Dean *não* havia esperado era que o sujeito de pescoço largo atirasse no parceiro. Enquanto o fazia, porém, Dean acertou um tiro no grandalhão.

Mas isso mal o abalou e, quando menos esperava, Dean estava comendo colchão.

Então o grandalhão se foi, levando consigo a espada.

Filho da puta.

Dean correu atrás dele, enfiando a pistola na cintura, e botando a camisa para fora da calça para escondê-la. Não teria muito tempo se alguém chamasse a polícia e precisava recuperar a espada.

No momento em que chegou à rua, o grandalhão estava num carro estacionado em frente a um hidrante. O Impala estava no outro quarteirão e não daria tempo de ir buscá-lo a pé.

E abrir fogo no meio da Ellis Street também estava fora de questão.

Quando voltou para dentro, Sam estava no corredor, mas não vinha atrás de Dean. Em vez disso, seguia de volta ao quarto carregando um balde de gelo.

Olhando mais de perto, viu que o rosto de Sam estava todo vermelho.

– Pô, o Hulk asiático pegou você de jeito, hein?

Sam assentiu sem falar, entrando no quarto. Logo começou a embrulhar cubos de gelo numa toalha. Gemeu ao colocá-la no rosto.

Dean falou:

– Você, eu não sei, mas esses caras me pareceram capangas de alguém.

Sam assentiu de novo e, quando falou, a dor transpareceu em sua voz:

– É, parece que o Chao está pronto pra nós... ou pelo menos pronto pra espada. Ele talvez não seja o babaca que papai pensava que era.

– Ou talvez tenha ficado esperto nesses vinte anos. Seja como for, temos que ser mais cautelosos. E vamos tentar pegar a espada de volta.

– O que acha que devemos fazer agora?

– Primeiro, temos que nos livrar do Charlie Chan aqui. Depois quero dar uma olhada no cadáver de ontem à noite, antes de irmos pro Shin's Delight. As anotações de papai são boas e tal, mas ele realmente não viu nenhum dos corpos.

– É melhor você cuidar disso sozinho – disse Sam. – Agentes federais não costumam sair às ruas com a cara parecendo um hambúrguer.

Dean riu.

– É. Pelo menos marcamos alguns pontos por nossa conta. – Dean olhou para o cadáver. – Enquanto vou lá, você poderia cuidar desse cara?

Sam assentiu, depois se retraiu.

– Tudo bem, mas vou precisar que me ajude a colocar ele no carro.

– É, posso fazer isso.

Dean entregou as chaves a Sam, que as colocou no bolso. Depois começou a enrolar o cadáver numa colcha.

Enquanto isso, Dean começou a trocar de roupa.

VINTE E TRÊS

Albert Chao estava verificando as contas no computador, certificando-se de que todos os seus negócios – legítimos ou não – estavam correndo bem. Ele sabia que, se não verificasse regularmente, um de seus contadores começaria a fazer "caixa dois".

Já havia acontecido uma vez e Meio-quilo cuidara do caso.

Desde então, não havia tido mais problemas. De fato, isso provavelmente havia sido o ponto de ruptura para Chao, quando percebeu que não *precisava* do Coração do Dragão para realizar o trabalho sujo para ele.

Ele sentou e pensou a respeito.

Por que então não devolver Doragon Kokoro ao demônio?

Porque era coisa de *família*. Nakadai era da sua própria carne e sangue. Isso não contava para *alguma coisa*?

Gary interrompeu seus pensamentos ao entrar inopinadamente no escritório.

– Chefe!

– O que é?

– O Meio-quilo está de volta. Ele foi ferido!

Albert se levantou.

– Onde ele está?

Gary levou Albert para o térreo, nos fundos da área da cozinha. Os cozinheiros estavam todos se preparando para o corre-corre na hora do almoço, mas havia uma pequena área onde Zhong mantinha um escritório.

Meio-quilo estava sentado lá. Ronnie estava colocando uma atadura na testa dele, e o próprio Meio-quilo estava usando a mão direita para segurar uma grande toalha ensanguentada no ombro esquerdo.

– O que aconteceu?

Rapidamente, Meio-quilo contou a Albert.

– Aqueles dois caras tomaram a arma de Jake. Mataram ele e atiraram em mim. Tive sorte de escapar vivo de lá.

Albert sentiu a raiva brotando nele. Afinal, Jake havia sido um competente quebra-galho. Porém, estava mais preocupado com os dois homens.

– Conseguiu saber os nomes deles?

– O mais baixo se chamava Dean. – Meio-quilo fez um aceno de cabeça para um canto do escritório e Albert se virou. – Mas consegui a espada.

– Excelente! – Albert sempre manteve a esperança de se encontrar de novo com John Winchester, e torceu fervorosamente para que esses dois – um dos quais agora sabia se chamar Dean – fossem a prole amaldiçoada do *gaijin*. Essa era a única ponta solta que queria atar.

O próprio Winchester podia estar morto agora, mas Albert poderia destruir os filhos dele. Família era *tudo*.

Mas isso era para depois. Sem dúvida os rapazes viriam procurar pela espada, mas no momento ele estava mais preocupado com seu novo poder de barganha. Isso mudaria tudo quando chegasse a hora de negociar com o demônio.

– Aqui estão os corpos, agente Seeger.

Dean observou enquanto o médico-legista se esforçava para puxar uma gaveta da parede. Ele chegou a sentir pena quando o legista forçou a alça pela terceira vez, mas enfim conseguiu.

É claro, que havia dois corpos, portanto ele tinha que passar por tudo de novo. Desta vez Dean interveio.

– Deixe eu ajudar você.

O legista, que se chamava Friedrich, soltou um longo suspiro.

– Oh, obrigado. Desculpe, já não sou tão jovem como costumava ser.

– Bem, nenhum de nós é – disse Dean sério, relembrando intimamente como havia se sentido quando tivera aquela idade. Seus joelhos ainda estalavam ocasionalmente, dando cada susto nele...

Dean abriu a gaveta e foi imediatamente atingido pelo cheiro de carne queimada.

– *Argh.*

– É isso aí. E *depois* de ter ficado no frigorífico todo este tempo! – Friedrich sacudiu a cabeça. – Não posso acreditar que esteja acontecendo de novo.

Dean encarou o legista.

– De novo?

Friedrick disparou um olhar de volta para Dean.

– É, de novo. Não é por isso que está aqui?

Com a facilidade da longa prática, Dean embromou.

– Bem, sim, mas nós temos mantido a boca fechada, sabe?

– Oh, então vocês, caras, já estão por dentro. Faz sentido. – O legista se virou para examinar o corpo carbonizado. – Veja, quando o primeiro corpo queimado chegou, duas semanas atrás, eu falei aos tiras que já havia acontecido antes. Os babacas não ouviram uma palavra do que eu disse, como de hábito. Há quarenta e cinco anos que venho fazendo esse serviço, e ainda não encontrei quem me levasse a sério.

Contendo um bocejo, que sabia que não lhe ajudaria em nada, Dean alcançou o lençol que cobria a vítima feminina.

– É, bem, vamos ver o que conseguimos. – Ele puxou o lençol e viu a carne enegrecida, carbonizada.

– Veja – disse o legista. – É a mesma coisa de quarenta anos atrás. Foi em 1969... eu lembro, porque ficou perdido no meio de toda aquela merda do assassino do Zodíaco. Está lembrado? Não, você é muito novo... devia ainda ser um bebê.

Dean ficou tentado a dizer que até um cego veria que ele era jovem demais por uma década inteira. Mas se conteve.

– Dá pra presumir que é o mesmo cara que está fazendo isso? – perguntou.

– Dá, mas não é isso que torna o caso interessante. Olhe isso aqui. – O legista apontou para o torso. Enquanto a pele estava irregular, com pústulas e carbonizada, havia também vários cortes retos. – Foi isso que aconteceu quarenta anos atrás. Veio também um federal na época. Um careca... não lembro do nome dele. Ele disse que ficaria acompanhando o caso, mas nunca mais deu as caras.

Desta vez foi um sorriso que Dean teve que esconder. Um careca alegando ser um federal? *Tinha* de ser o seu avô. Obviamente essas coisas são um mal de família...

– Também não foi solucionado em 89 – continuou Friedrich. – Claro que temos ferramentas melhores atualmente. Dessa vez, posso dizer com certeza pra você que há vestígio de metal nesses ferimentos. E isso tinha de ser *antemortem*.

Isso surpreendeu Dean, em especial porque o *modus operandi* do Coração do Dragão era queimar e cortar ao mesmo tempo.

– Por que diz isso? – perguntou.

– O corpo está frágil demais. Se eu enfiar uma lâmina neste ponto do corpo exatamente agora, a pobre garota vai se desfazer em pedaços.

Dean assentiu.

– E depois há outros problemas – acrescentou o legista, apontando para os ferimentos de espada. – Cortes assim deveriam sangrar pra caramba, não acha? Mas, segundo os gênios da cena do crime, não havia *nenhum* sangue no local, exceto o que estava saindo do nariz daquele cara. – Ele apontou para o outro cadáver. – E isso não faz sentido.

– Talvez as duas coisas tenham acontecido ao mesmo tempo – sugeriu Dean, apontando para o corpo queimado. – Se a mulher estava sendo queimada enquanto era cortada, isso poderia ter fervido o sangue até evaporar.

– Hum, até que não é uma má teoria, realmente. Bem, ok, não é uma teoria, é uma hipótese... sempre me deixa puto o modo como as pessoas chamam hipóteses de teoria e depois dizem "Oh, é apenas uma teoria", como se não significasse nada. Mas teorias têm dados por trás delas e... – Friedrich perdeu o rumo. – Onde é que eu estava mesmo?

– Fervendo o sangue – lembrou Dean prestimosamente.

– Certo, é, ok, talvez. Mas isso ainda não responde *como* isso aconteceu. Quer dizer, esse tipo de combustão instantânea só poderia acontecer se ela estivesse, não sei, de pé em algumas faixas de magnésio ou algo parecido. Mas aqueles mesmos gênios checaram isso e todos os outros tipos de substâncias inflamáveis. Não deu em nada. O que isso diz pra você?

Dizia muito para Dean, mas não era algo que estivesse disposto a partilhar com um velho rabugento.

– Ainda não sei ao certo – disse Dean. – Mas isso *é* uma investigação em andamento.

– É, bem... da primeira vez todo mundo estava quebrando a cabeça com aquele negócio do Zodíaco. E da última vez... porra, aquele foi o ano do terremoto. Provavelmente manteve todo mundo distraído ou algo assim. Não sei, isso não era realmente minha praia na época. Mas tem *alguma coisa* esquisita aqui.

– Da minha parte não há qualquer discussão quanto a isso. – Dean puxou o lençol do outro cadáver.

– Isso é outra coisa estranha – disse Friedrich, apontando para os cantos dos lábios do homem. – Olhe isso aqui. Sabe o que é?

– Enxofre – disse Dean com um suspiro.

– É, enxofre – confirmou o legista, parecendo impressionado. – Tinha um pouco no outro cadáver também... quase passou despercebido em meio a todas as queimaduras. É um negócio meio louco, não acha?

Dean se limitou a assentir. De repente, este segundo cadáver fazia muito mais sentido.

– Foi a hemorragia cerebral mais estranha que já vi, também. Em geral é apenas um vaso sanguíneo. Este cara teve a metade deles explodida no cérebro. É como se alguém tivesse acionado um detonador, embora não haja *nenhum* outro dano.

É, isso significava que o pobre infeliz havia sido possuído por um demônio – e seja lá o que foi que o demônio fez, acabou fazendo o cérebro dele explodir. Dean voltou a pensar nas palavras de Castiel: "*Um espírito está retornando pra esse plano – uma das hordas do demônio será capaz de usar ele na guerra com os anjos*". Portanto, talvez houvesse o dedo de um demônio naquilo tudo.

Dean e Sam precisavam ficar atentos.

VINTE E QUATRO

O anjo Ramiel sabia que Tyler Magowan havia passado boa parte da sua vida adulta acreditando em três coisas.

Que Deus o amava.

Que os anjos zelavam por ele.

Que algum dia os Pirates de Pittsburgh iriam parar de perder.

Como muitos exemplos de fé, eram coisas que Tyler nunca esperou ver ou vivenciar. Ele teria ficado satisfeito com uma temporada de vitórias do seu time – algo que não havia acontecido, pelo que se lembrava.

Portanto, quando Ramiel apareceu a Tyler e pediu ao jovem para ser o receptáculo do anjo na Terra, isto o surpreendeu, para dizer o mínimo.

Mas não tanto quanto poderia ter surpreendido. Ao contrário de muitos humanos, que viviam em abençoada e obstinada ignorância, Tyler havia notado os sinais de que o Apocalipse estava chegando. Ele tinha visto tais coisas antes e considerava-as presságios genuínos, mas acabou que eram apenas incidentes aleatórios.

Nos últimos seis meses, porém, tinha visto um padrão emergir.

Ramiel apareceu a Tyler, num sonho, e falou com ele.

– O Senhor quer que você dê tudo de si na batalha pela probidade.

Claro que Tyler estava cético. Mas Ramiel foi muito convincente.

– Este é o desejo do Senhor – disse Ramiel, persuasivo. – A batalha é iminente, e Rafael se juntou a nós. E também se juntará Miguel, cuja espada será encontrada.

Até que a espada de Miguel fosse localizada, porém, os anjos tiveram que se manter firmes contra os demônios. E isso significava que precisavam fazer sacrifícios.

Tyler era perfeito. Ele era jovem, fiel e solteiro. Também estava desempregado, outra vítima do inevitável deslizar da Terra para o esquecimento da Revelação. Dada a oportunidade para colaborar na batalha iminente, ele provavelmente o faria com grande ardor e convicção.

Haviam dito a Ramiel que havia demônios se reunindo em São Francisco, ao mesmo tempo em que uma conferência inter-religiosa estava sendo realizada no Moscone Convention Center. Esta coincidência era boa demais para que os demônios deixassem escapar – a intenção deles era possuir muitos dos participantes e matar o resto.

A fé dos devotos era uma das principais armas dos anjos, e o efeito desmoralizante de tal ataque seria devastador em muitos níveis. Assim, Ramiel recebeu ordem de reunir um batalhão de anjos liderado por Uziel para parar os demônios.

Ironicamente, antes de Ramiel ter-se revelado, Tyler estivera planejando assistir à conferência com vários outros membros de sua igreja. Sem hesitar, ele concordou.

O vasto complexo do Moscone Center ocupava um quarteirão inteiro, com ruas dos quatro lados. Quando Tyler/Ramiel chegou, conduzido por Uziel e acompanhado por uma dúzia de outros seguidores, não sentiu nenhuma presença demoníaca – era decepcionante, mas não inesperado. Os demônios viviam descobrindo meios de se esconder. E desde o início lhe fora dito que era possível que a informação deles não fosse boa.

De todo modo, os anjos se infiltraram com facilidade na conferência, fingindo-se de recepcionistas. Tudo isso que se chamava de "inter-religião", Ramiel logo percebeu que se tratava de fato de um encontro judaico-cristão. Ainda assim, as duas religiões – embora já estivessem rompidas nesta idade moderna – mantinham uma considerável base comum, bem como um desejo de exercer maior influência sobre a humanidade. Elas ansiavam manter o tipo de influência de que seus ancestrais haviam usufruído.

Ramiel achava que era perda de tempo. Na verdade, todos na Europa medieval haviam acreditado em Deus, e venerado e jurado fidelidade à igreja, mas só o fizeram porque sabiam que não havia outro jeito. Era fé por força do hábito. É cada vez menor o número de pessoas, na assim chamada "Civilização Ocidental" atual, que se consideram religiosas.

Porém na América moderna, aqueles que acreditavam *de verdade* o faziam não porque eram obrigados, mas porque queriam. *Essa* era a verdadeira fé, pensava Ramiel. Tyler Magowan não se considerava um cristão por causa da tradição familiar ou por medo de ser renegado por sua comunidade se não o fosse. Ele simplesmente se considerava um cristão e se comportava de acordo.

Melhor ter um seguidor devoto do que cem que o eram por hábito, decidiu Ramiel.

Nem todos concordavam, porém. Ele havia cometido o erro de mencionar esta preferência a Uriel, o que havia resultado numa extensa discussão acerca de ingratidão humana. Uriel descreveu a furiosa falta de fé como "macacos de imitação abusando de seu próprio livre-arbítrio".

Mas Ramiel conteve a língua. Ele sempre achou que toda a questão de ser um anjo se resumia a ver o melhor nas coisas. E, quando Uriel se revelou um traidor, isto apenas reforçou esta convicção.

Uma coisa com que Ramiel não podia se resignar era com tantas mortes. Muitos de seus irmãos e irmãs não estavam aqui agora porque haviam morrido – quer a serviço do Senhor, como vítimas da traição de Uriel e seus aliados, ou nas mãos dos demônios.

Ele esperava que este dia não aumentasse as fileiras dos caídos.

Com Uziel, Jofiel e Salatiel ao seu lado, Ramiel foi a uma sessão que estava sendo realizada no Salão 105, um dos locais de conferência bem do lado de fora do *hall* de exposições no térreo do centro de convenções. O próprio *hall* estava vazio – ao contrário dos muitos que usavam as instalações do Moscone, a conferência se gabava por não permitir que expositores vendessem seus artigos ou promovessem seus serviços. O único propósito desta conferência era permitir que pessoas de fé conversassem umas com as outras.

O Salão 105 contava com uma dúzia de indivíduos reunidos num círculo. A maioria deles estava bem vestida. Um era da seita Lubavitch e usava roupa preta e branca, barba comprida e uma cabeça repleta de cabelo encaracolado que se alongava por debaixo do seu chapéu. Outro estava vestido com a camisa preta e colarinho romano de um padre católico.

Os demais estavam vestindo ternos.

Como todos os outros salões em que eles entraram no centro de convenções, este também estava livre de qualquer presença demoníaca.

No assento defronte à porta estava sentada uma mulher de terninho verde-limão. Estava usando um broche que era estranhamente familiar.

– Olá – disse ela. – Vieram participar do nosso debate?

Uziel sorriu e falou numa voz profunda e ressonante. Seu hospedeiro era um pediatra chamado Pierce – um corpulento afro-americano que usava essa voz para convencer seus pacientes de que só iria doer por um minuto.

– Não, obrigado – replicou ele. – Só viemos assistir, se não for incômodo.

– De modo algum – disse a mulher.

De repente, Ramiel reconheceu o broche – ou melhor, reconheceu a pedra que havia no centro dele.

Só existiam quatro dessas pedras, e três delas estavam escondidas com segurança numa igreja em Córdoba. O próprio Ramiel as havia depositado lá no século IV e, se os guardas que havia colocado para vigiá-las houvessem sido invadidos em algum momento nos 1.700 anos que se seguiram, ele teria sabido.

Elas haviam sido criadas pelo bispo Higino de Córdoba em 381 d.C., um ano após o bispo ter conspirado para executarem um asceta chamado Prisciliano por heresia. Prisciliano havia descoberto que Higino estava se relacionando com demônios e Higino havia usado seus aliados demoníacos para ajudar a convencer o papa Damasco I de que Prisciliano precisava ser condenado.

Higino havia criado as quatro pedras para esconder uma essência do demônio no interior de um corpo possuído, até mesmo de um anjo. Ramiel havia recebido a ordem de confiscar as pedras. Fora bem-sucedido em reaver três delas e expulsar o demônio que havia afastado Higino do Senhor. Ironicamente, a história iria registrar Higino como um cristão devoto, que havia livrado a Igreja de um herege, e Prisciliano como um desses primeiros hereges.

E Ramiel nunca havia sido capaz de localizar a quarta pedra.

Agora, de pé no Salão 105 do Moscone Center, Ramiel não hesitou, não deu aos demônios uma chance de botar em prática os planos deles. Nem os deixou saber que havam sido descobertos.

Em vez disso, sem uma palavra, ele atacou.

Com um simples gesto, derrubou ao solo a mulher de terninho.

Todos os outros anjos o olharam como se ele estivesse louco, e só então ele falou:

– Ela está usando a pedra desaparecida de Higino!

O padre pulou de pé.

– Que diabo vocês estão *fazendo*?

Junto a ele, um homem de terno risca de giz e uma gravata inglesa censurou o padre:

– Cale-se já, ouviu? – ele rosnou.

Várias cadeiras começaram a voar pelos ares e a ricochetear nas paredes. Ramiel se esquivou de uma que havia sido mirada na sua cabeça e ela foi tombar longe.

– Ora, ora – disse o demônio com a pedra, enquanto seu receptáculo estava se levantando. – Aqui estamos, cara a cara com o *único* dos de auréola que sabe reconhecer uma pedra antiga.

Ramiel pulou na direção daquele demônio, agarrando a mulher com firmeza pelo peito e a chutando para o outro salão. Ele se deixou empolgar pelo momento e depois parou acima dela, sacudindo a cabeça.

– Somente um demônio consideraria "antigo" um mero período de 1.700 anos. – Seu desprezo se refletia no olhar. – Vocês são umas criaturinhas patéticas.

– Blá blá blá – disse o demônio, erguendo-se lentamente, enquanto os olhos da mulher adquiriam um preto retinto. – Ponha suas asas e dê o fora, anjinho.

De repente, ela desferiu um pontapé que fez o anjo se estatelar contra a mesa com um impacto capaz de quebrar ossos. Foi a vez de Ramiel se erguer cambaleante e, enquanto estava se preparando para uma nova investida do demônio, olhou rapidamente em torno do salão.

Uziel havia agarrado um dos demônios pela cabeça. Fumaça saiu da boca, olhos, nariz e ouvidos do receptáculo, dissipando-se no nada, mesmo enquanto o homem gritava em agonia.

O demônio com a pedra investiu de novo sobre Ramiel. Não oferecendo resistência com o corpo de seu receptáculo, Ramiel deixou o impulso do pulo da mulher carregá-los através da fina parede que separava o Salão 105 do *hall* de exposições, de um nível mais baixo.

Batendo no piso duro, rolando e se levantando, Ramiel encarou o demônio, de pé no concreto nu.

– Isto é realmente o melhor que pode fazer? – ele perguntou, suas palavras ecoando no *hall* cavernosamente vazio.

Sorrindo, o demônio também se levantou.

– Não se preocupe, estou apenas começando.

Ela procurou no bolso do terninho e sacou uma faca. Ramiel a reconheceu como similar àquela que Castiel havia carregado, e não estava a fim de deixar o demônio fazer alguma coisa com ela. Ele esticou o braço e lhe arrebatou a faca.

Surpreendentemente, ela ofereceu pouca resistência.

E então Ramiel descobriu que não podia erguer os braços. Nem permanecer de pé.

Seus joelhos pareciam estar se esfarelando.

Sua visão começou a falhar, mas deixando os olhos entreabertos ele conseguiu distinguir o sorriso malévolo na face do receptáculo do demônio.

– Não se sente mais com aquela corda toda, não é, anjinho? Veja, estive fazendo uma coleção. Aquela joiazinha de Higino foi só um de meus bibelôs, e eu e meus camaradas estamos...

O resto de sua frase foi cortado pela mão que apareceu em sua cabeça.

– Não! Não! *Iaaaaarrrrrghhh*!

Cada orifício dele expeliu fumaça. Momentos depois, o receptáculo desabou no chão de concreto, morto.

Só quando a mulher caiu é que Ramiel pôde ver – mal – que tinha sido Uziel, reconhecível pelo tamanho imponente de seu receptáculo.

Ainda assim, sua vida estava sendo sugada.

Ramiel deixou a faca cair no piso de concreto.

– Destrua isso, rápido, Uziel, antes que...

Uziel estremeceu enquanto o *angelus iuguolo* reclamava Ramiel. Ele observou o corpo de Tyler Magowan morrer, e com ele o anjo que o havia possuído.

Uziel sempre havia gostado de Ramiel. Ele tinha um bom coração – mesmo dentre os altos padrões dos anjos – e havia sido um valoroso guerreiro pela causa do Senhor.

Mesmo se o próprio Senhor não estivesse muito em evidência ultimamente.

Como tantos dos anjos superiores, Uziel estava cansado disso. Cansado de servir de guia a uma humanidade que nem queria e nem apreciava a sua ajuda. Após séculos de guerra, epidemias, tiranias, pecado, o Apocalipse era mais ou menos como um alívio.

Ele havia achado que o século XX, com tantos genocídios, havia sido o pior de todos. Então o século XXI havia começado com lunáticos se matando uns aos outros aos milhares em cada canto do mundo, e Uziel sabia que não iria haver qualquer melhora.

Quando Zacarias o abordou com um plano para pôr em execução o fim dos tempos – e logo, em vez de ficarem esperando por ele – Uziel embarcou nessa no ato.

A única parte que não o agradou foi iludir seus companheiros anjos. Nem mesmo quando a meta era atrair Doragon Kokoro. Os anjos haviam tido certeza de que este ataque ia ser a festa de apresentação do espírito, após a qual ele iria servir como uma poderosa arma nas mãos da comunidade demoníaca.

Poucos perceberam que tipo de arma poderosa seria o samurai amaldiçoado, se viesse parar nas mãos certas – ou erradas. Numa disputa tão equilibrada, seu papel poderia representar o ponto de desempate. Zacarias sabia disso, e havia convencido Uziel.

Quando o contragolpe dos anjos foi anunciado, ninguém questionou as ordens. Por que deveriam? A hoste tinha uma cadeia de comando muito rígida, e as opiniões eram desencorajadas. Afinal, elas geralmente levavam à traição, como havia sido mostrado por Castiel.

E Uriel.

E Lúcifer.

Desse modo, os anjos haviam cortejado o desastre. A presença de Ramiel havia se mostrado ser uma bênção, uma vez que Uziel jamais teria reconhecido a pedra de Higino. Infelizmente, Ramiel havia pago o preço final através do *angelus iuguolo* – mas também morreram seis dos sete demônios, graças a Uziel, Jofiel e Salatiel. Só uma das criaturas havia conseguido escapar.

O sacrifício de Ramiel havia servido para provar uma verdade ainda maior – uma de que Uziel havia suspeitado o tempo todo.

O Pai os havia abandonado. Eles estavam por sua própria conta.

Com um gesto, ele pulverizou a faca. Nunca mais ela iria reclamar um semelhante.

A seguir ele retirou o broche do cadáver da mulher de terninho verde. Planejava colocar junto com as outras em Córdoba. Sabia que Ramiel assim teria desejado.

Deixando para trás os cadáveres humanos – eles agora eram problema da humanidade e não dos anjos –, Uziel voltou ao Salão 105 para reunir os anjos que haviam sobrevivido.

E a guerra se intensificou.

VINTE E CINCO

Marcus Wallace estava morrendo.

O ataque cardíaco havia surgido do nada. Mas era desse modo que o ataque cardíaco agia, o mais imprevisível dos assassinos. Marcus sempre havia rido dos relatos de "um ataque cardíaco súbito".

Como se houvesse outro tipo.

Ele estivera sentado em seu escritório, arrumando a papelada, quando o braço esquerdo havia começado a doer. Depois sentiu dificuldade para respirar, uma fadiga esmagadora, seu corpo ficando rígido mesmo enquanto perdia o controle dos membros.

De alguma forma, foi parar no chão.

A nova secretária – cujo nome ele não conseguia lembrar – chegou correndo, gritou em choque, depois pegou o telefone na mesa de Marcus e ligou para o 190.

E depois disso Marcus devia ter sofrido de alucinação, pois a secretária o olhava de cima.

E sorria malevolamente.

Ele acordou na Emergência do Centro Médico Alta Bates Summit, na Ashby Avenue, rodeado por um médico e cinco enfermeiras que lhe contaram que tinha sorte por estar vivo.

Desde sua internação, o plano de saúde de Berkeley vinha sendo mais do que suficiente para pagar por uma estadia num quarto para quatro pessoas e que no momento só estava ocupado por três.

As enfermeiras o monitoravam 24 horas por dia, coletavam material para exame, apalpavam-no e aplicavam injeções. Nenhuma delas respondeu a qualquer pergunta de Marcus além das trivialidades que ele ouviu ao acordar na Emergência.

Marcus estava chegando aos setenta. Estava acostumado com médicos sendo parcimoniosos com informações úteis. Tudo era "preventivo", eles não queriam "antecipar conclusões" e sempre era "cedo demais para dizer".

Finalmente chegou um médico. Era um asiático de aparência familiar, com cabelo rente e bochechas redondas.

– Olá, sr. Wallace. Sou o dr....

– Takashi Iwamura.

O médico sorriu encabulado, enquanto pegava a prancheta que pendia de um gancho ao pé da cama.

– Eu meio que esperava que não se lembrasse de mim, professor.

Marcus riu, ação que lhe causou dores agudas em toda a sua caixa torácica.

– Não, eu, hã... *ai.*

O sorriso sumiu.

– Vamos com calma, professor.

Marcus acenou.

– Estou bem... só que não devia ter rido – disse ele e tomou fôlego. – Não, é bom ver você. Passaram alguns anos desde que você esteve a três passos de levar pau na minha turma de folclore, Hash. Ainda chamam você de "Hash"?

Isso provocou outro sorriso encabulado.

– Bem que tentei não ter esse apelido.

– Bem, enquanto meu coração estiver em suas mãos, vou optar por "Dr. Iwamura".

– Se preferir Hash, tudo bem, professor. E por falar no seu coração...

– É. – Marcus puxou os lençóis que o cobriam a partir do peito. – Qual é o veredito? E por favor, sem frescura, ok? Prefiro Gregory House a Marcus Welby.

Iwamura deu de ombros, enquanto pendurava a prancheta de volta no gancho.

– Muito justo. Você teve um infarto e chegou a um milímetro de morrer. – Ele fez uma breve pausa antes de continuar. – Bem, agora é a parte em que eu daria todos os tipos de encorajamento pra você, dizer que existem tratamentos e remédios, dietas e todas essas coisas. Mas você quis que eu fosse direto, portanto vou ser.

"Você tem um coração que não gosta muito de você. É como uma briga de marido e mulher, de namorados, ou lá o que seja. Você pode comprar todas as flores que quiser e pedir mil desculpas, mas não há garantia de ser aceito de volta.

Marcus pensou um pouco a respeito.

– Quer dizer que vou ter de tomar remédios que me fazem mal, comer alimentos que não suporto e ainda ficar caidaço em seis meses?

Iwamura assentiu.

– Mas as chances se reduzem *significativamente*, se você seguir as prescrições.

– Que bom. – Marcus soltou um longo suspiro. – Ok, obrigado por ter sido tão direto, Hash.

Pondo a mão no ombro de Marcus, Iwamura disse gentilmente:

– Descanse um pouco, professor. Você tem alunos pra aterrorizar, afinal.

Isto provocou um sorriso.

– Eu só aterrorizo os alunos que não respeitam a matéria. Tenho certeza de que seus professores da escola de medicina eram bem mais complacentes com você.

Iwamura deu uma risada.

– Bem, não sei se eu iria tão longe... – disse.

Depois que Iwamura saiu, Marcus olhou para o telefone pousado na mesinha junto à cama. O sinal de chamada do correio de voz o importunava.

Ele olhou em torno. Viu que os outros pacientes no quarto estavam inconscientes. Com plena certeza de que não os incomodaria, esticou o braço em direção ao receptor. Quando começou a lecionar, 45 anos atrás, mal usava o telefone no seu escritório. Ele se comunicava com seus alunos pessoalmente, durante as horas de expediente – que eram fixadas num pedaço de papel preso num quadro de avisos – e antes e depois das aulas.

Agora, raramente ficava cara a cara com seus alunos, com quem se comunicava por *e-mails*, mensagens instantâneas ou celulares. Ele até tinha o telefone do escritório automaticamente conectado com o seu Treo. Aliás, ultimamente ele passava pouco tempo no escritório.

Na sua idade, e já tendo estabilidade há anos, sua carga horária era mais leve do que havia sido, e ele preferia passar o tempo vago relaxando. Às vezes cruzava a Bay Bridge para São Francisco e perambulava através da City Lights, ou então vagueava pelos sebos ali mesmo em Berkeley.

Se um aluno precisasse falar com ele, a chamada ia direto para seu bolso.

Ao contrário de muitos dos seus contemporâneos – que resmungavam e reclamavam disso –, Marcus realmente preferia desta maneira.

Seu colega que mais se queixava era o dr. Wang.

– Agora eles me ligam toda hora. E se eu não quiser falar com eles?

A resposta de Marcus era sempre a mesma:

– O celular tem um botão *off*. Use ele... eu faço isso. Se eu não quiser ser encontrado, fecho a porra toda e eles que se virem com o correio de voz.

Ele não gostava de se submeter – ou submeter seus alunos – à tirania do horário de expediente. Muitas questões que teriam sido desastrosas vinte anos atrás nunca mais surgiram, exatamente porque os estudantes têm um melhor acesso aos professores.

O Treo de Marcus estava no bolso do paletó quando ele havia sofrido o ataque cardíaco, o que significava que ainda estaria pendurado na cadeira de couro rachado onde o havia depositado. Seu *laptop* ainda estaria sobre a mesa. Sem nenhum dos dois era impossível checar os *emails*, apesar de a enfermeira ter garantido que o hospital dispunha de WiFi.

Todavia, o aparelho junto ao leito iria, pelo menos, permitir-lhe acessar remotamente o correio de voz. Portanto, ele cedeu à tentação e discou os números.

Havia seis mensagens, então ele pegou caneta e papel.

As três primeiras eram de alunos com preocupações variadas, nenhuma que exigisse resposta até que recebesse alta do hospital. No entanto, copiou os números deles para informá-los de que ainda levaria um dia ou dois para voltar, e por uma boa razão. Conhecendo a boataria do *campus*, ele esperava que já soubessem o que havia acontecido, porém Marcus preferia o contato pessoal.

A mensagem seguinte era de seu sobrinho, e ele ficou tentado a deletar sem sequer ouvir.

– Oi, tio, um cara branco esteve procurando por você. Disse que conheceu um amigo seu em Chinatown ou algo assim. Ele me pagou uma cerva e eu disse a ele que você trabalhava na escola *hippie*. Eu só queria deixar você por dentro. Paz.

Marcus suspirou. Pelo menos ele não estava pedindo dinheiro dessa vez. A mensagem final veio de uma voz que não reconheceu.

– Oi, professor, aqui é Sam Winchester. Estou ligando em meu nome e do meu irmão Dean. Vinte anos atrás você conheceu nosso pai, o John Winchester, e acho que também conheceu o Bobby Singer. Estamos em São Francisco porque o Coração do Dragão está de volta e precisamos de sua ajuda. Se puder ligar de volta, por favor, seria ótimo. – Depois ele deu o número de seu celular. A ligação se encerrou e Marcus ficou simplesmente olhando para o telefone.

– Filho da puta.

Ele achava difícil acreditar que já se haviam passado vinte anos desde que um John Winchester assustadoramente agressivo havia vindo ao seu escritório se queixando de uma espada que ele havia dado a Jack Bartow. Marcus havia pensado que o homem ia cortar sua cabeça fora. Pelo som da voz, seu filho era bem mais agradável. No mínimo, era mais educado.

Mas esse pensamento foi substituído por outro – por um muito mais sinistro.

Se Doragon Kokoro estava de volta, todo o inferno iria rolar solto. Assim, lendo o número no caderninho de notas, ele retornou a ligação de Sam Winchester.

– Alô? – Era a mesma voz, levemente ofegante.

– Sam Winchester? Aqui é o Marcus Wallace.

– Oh, tudo bem, professor? Você tem um segundo?

Hã, claro– disse Marcus e soou como se o jovem houvesse colocado o telefone de lado, seguido pelo que parecia ser uma pá cavando na terra.

Apos alguns segundos, Sam Winchester retornou à linha.

– Desculpe por isso... precisava terminar uma coisa.

Enquanto ele falava, Marcus ouviu o som de um carro dando partida.

– Está tudo bem, filho – replicou Marcus. – E como está seu velho pai?

– Hã, lamento dizer que ele se foi alguns anos atrás.

Marcus estremeceu.

– Droga. É uma pena. Ele me pareceu um cara legal.

– Obrigado. – Sam soava desajeitado. Ao fundo, os ruídos do tráfego aumentaram, como se ele houvesse acabado de entrar numa via expressa. Qualquer que fosse o caso, ele rapidamente voltou ao assunto. – Estou contente que tenha ligado, professor. Temos um pequeno problema.

– Sua mensagem dizia algo sobre a volta de Doragon Kokoro.

– Hã, sim, mas agora ficou pior – disse Sam. – Dois caras foram ao nosso hotel e nos tomaram a espada. Imagino que a mando de Albert Chao.

– Provavelmente. – Marcus soltou um longo suspiro. – Bem, eu diria então que vocês estão ferrados... tal como o resto de nós. Vocês precisam pegar aquela coisa de volta.

– Eu estava com a esperança de que pudesse nos ajudar nessa parada. Precisamos encontrar de novo a espada. O Chao provavelmente está com ela no restaurante dele, mas seria bom termos certeza, antes de tentarmos recuperar ela.

– Merda. – Marcus fechou os olhos e pensou por um momento. Ele nunca havia *precisado* localizar a espada antes, porque sempre sabia onde estava. Ou pelo menos que se encontrava nas mãos certas.

Melhor ainda, ele havia posto todas as anotações sobre Doragon Kokoro num arquivo no *laptop*. O qual, é claro, estava lá no seu escritório.

Por que isso nunca é fácil?

– Tudo bem – disse –, mas vou precisar que você e seu irmão me façam um favor.

– É só dizer.

– Vocês precisam passar no meu escritório. Fica na Fulton Street 2223, em Berkeley. Tem um *laptop* em minha mesa. Peguem ele e tragam pra mim no hospital.

– Hospital? – Sam pareceu confuso.

Marcus sacudiu a cabeça. *Ele talvez não tivesse ficado sabendo.*

– É, tive um ataque cardíaco ontem. Estou no quarto 209 no Centro Médico na Ashby Avenue.

– Em que ponto da Ashby?

– Hã, não sei o número... fica logo depois da Telegraph.

– Ok, nós vamos achar. – Sam hesitou, depois prosseguiu: – Ah, professor, lamento muito.

Marcus descartou as condolências com um aceno – não que houvesse alguém que pudesse vê-lo.

– Esqueça isso... você não sabia – disse ele. – E trate de se apressar... não podemos ficar perdendo tempo.

– Ok. Estou seguindo para Berkeley exatamente agora. Estarei lá em dez ou quinze minutos.

– Ótimo. Ah, Sam?

– Sim?

– Não há nada garantido aqui. Nunca precisei procurar a espada antes, de modo que não sei se minhas anotações darão alguma dica para conseguir fazer isso.

– É, eu meio que imaginava isso. Ainda assim, acho que vale uma tentativa.

– Oh, claro. Só não quero que exagerem nas suas esperanças.

Marcus recordava quão metódico o pai de Sam havia sido, e não queria correr o risco de que o filho houvesse herdado essa característica.

– Parei de exagerar nas minhas esperanças há muito tempo, professor – replicou Sam, sua voz soando incrivelmente cansada.

– É, agradeço por isso. Ligue pra mim quando chegar no escritório. – Ele deu a Sam o número do hospital e desligaram.

Deitado ali em silêncio, Marcus pensou em John Winchester. O homem irradiava intensidade, tinha um único propósito. Jack Bartow havia sido um bocado mais tranquilo. Ele sabia o que estava fazendo e não ficava dando mole, mas levava as coisas com mais calma.

Winchester, porém, era diferente – ele se portava como se toda a sua existência dependesse de destruir o espírito.

Claro que nenhum deles fora bem-sucedido em fazer isto.

Se o Sam Winchester é um pouquinho igual ao pai, então não é de admirar que soasse daquele jeito.

A próxima coisa que Marcus soube foi que havia acordado com o barulho do telefone tocando. Caíra no sono sem sequer se dar conta.

– Alô?

Uma voz grave falou.

– É o Marcus Wallace?

– Hã, é sim. *Quem diabo...?*

– Dean Winchester, irmão do Sam. Pegamos o *laptop* e estamos indo ao seu encontro neste momento.

– Ótimo... estou esperando vocês. – Ele já ia desligar, mas puxou o fone de volta. – Ah, escute, como falei com seu irmão, não posso prometer nada. Talvez eu não seja capaz de encontrar a coisa pra vocês.

– É, nós sabemos disso. – Dean soava pelo menos tão cansado quanto seu irmão. – Daqui a pouco a gente se vê.

Marcus pôs o fone no gancho e depois esfregou os olhos sonolentos. Suas ligações com o estranho mundo em que Bartow, Singer e a família Winchester viviam eram no máximo tênues. Esses caras *viviam* nele.

Isso tinha que cobrar um preço.

Ele olhou em volta e descobriu que seus colegas de quarto haviam ido embora. Uma das camas ainda tinha uma tabela sobre ela, de modo que o paciente devia estar fazendo testes ou algo assim.

Na outra não havia tabela – talvez ele houvesse recebido alta.

É um caminho ou o outro, pensou com frieza.

Houve uma batida na porta.

– Oi, professor!

Levantando a cabeça, Marcus viu a secretária cujo nome ele *ainda* não conseguia lembrar. Apesar disso, lembrou que havia sido ela quem o havia encontrado e chamado o 190.

– Ei! – replicou ele com entusiasmo.

Ela era um nipo-americana retraída e baixinha com o cabelo preto preso num rabo de cavalo. Tinha um sorriso muito radiante e estava usando uma capa impermeável cinza.

Enquanto caminhava até o leito, ela parecia estar agarrada à sua bolsa, como se estivesse segurando a própria vida.

– Eu só queria ver como você está, professor – disse ela. – Fiquei muito assustada quando vi você cair daquele jeito.

– É, eu também – admitiu Marcus pesarosamente. – Mas foi você quem chamou o 190, portanto, muito obrigado por isso.

– Oh, claro! Seria terrível se o senhor morresse! – Então ela se inclinou mais perto e sussurrou: – Ataques cardíacos são tão... tão horríveis, não são?

Marcus não se incomodou em sussurrar de volta, já que eram os únicos no quarto.

– Definitivamente. E não estou com pressa de sofrer outro.

Então alguma coisa nela mudou – e abruptamente. Seu sorriso brilhante assumiu um aspecto diferente, embora ele não pudesse dizer exatamente *qual*. Com um sobressalto, ele lembrou o estranho olhar que ela lhe havia lançado lá no escritório, pouco antes de apagar.

Seu tom de voz mudou junto com sua expressão:

– Então é melhor me dizer o que quero ouvir.

O sorriso desapareceu e os olhos dela ficaram completamente negros.

Marcus achava que não podia haver uma sensação pior do que sofrer um ataque cardíaco, mas ver os olhos da secretária enegrecerem de repente lhe causou uma dor horrível na boca do estômago.

– Você vai me ajudar, professor – disse ela com um murmúrio ruidoso. – Segundo o que tenho ouvido, você é o cara que está apto a falar sobre o espírito de Yoshio Nakadai. Preciso tomar conta daquele espírito. Como vê, há uma guerra em andamento e meu lado só tem levado porrada. Eu apanhei muito e vi seis de meus parceiros sofrerem uma morte horrível só porque não me saí bem. Estou puta da vida com isso, estou cansada de apanhar por aí e quero o Coração do Dragão de volta. E isso me leva a ser tão gentil com você.

Enquanto ela cuspia essas últimas palavras, o sorriso retornou.

Marcus não disse nada. Quem quer que fosse esta criatura, ela não estava do lado dos anjos.

O rosto dela se elevou sobre ele. Os olhos negros profundos pareciam piscinas hipnotizantes.

– A espada que pode ser usada para trazer o espírito de volta à disciplina – continuou ela. – Preciso dessa espada. E você vai me dizer onde ela está.

Marcus olhou de volta para a criatura.

– Sinto muito, mas não posso dizer pra você – respondeu ele, esforçando-se para não deixar o medo transparecer na voz.

A criatura rosnou, um ruído que era tanto assustador quanto repulsivo vindo de uma aparência tão delicada.

– Ah, você pensa assim?

– Pensar não tem nada a ver com isso – replicou Marcus. – Não sei onde ela está e não sei como encontrar ela. – Ele presumia que estivesse com Chao, mas nem mesmo os rapazes Winchester tinham plena certeza disso.

Por vários e longos momentos aqueles olhos de obsidiana o fitaram. Era como se este monstro estivesse olhando diretamente para a sua alma.

– Hum – disse a criatura finalmente. – Parece que você está dizendo a verdade. Bem, é lamentável. – Então o sorriso mau retornou. – Pra você, de qualquer modo.

O braço esquerdo de Marcus começou a doer.

VINTE E SEIS

Sam e Dean estavam prestes a entrar no quarto do professor Wallace quando várias pessoas apavoradas correram à frente deles, gritando umas com as outras.

– Parece a porra do final de um episódio do Plantão Médico – resmungou Dean.

Sam havia ligado para Dean logo após ter telefonado para o professor e enterrado o corpo do gângster perto de Richmond Inner Harbor.

Em vez de percorrer todo o caminho de volta a São Francisco e depois retornar para Berkeley, Dean havia pegado o ônibus na saída do necrotério até a estação de trem no Centro Cívico e depois a linha vermelha para Berkeley. Sam o havia encontrado na estação, de onde seguiram direto para o Departamento de Estudos Asiáticos a fim de pegar o *laptop* de Wallace. Depois foram para o hospital.

Uma asiática baixinha estava saindo do quarto do professor, conduzida por uma enfermeira. Estava chorando.

– Professor Wallace! Professor Wallace! – gemia.

– Por favor, moça, você precisa sair – dizia a enfermeira, com um tom de voz vagamente tranquilizador. – Nós vamos tentar salvar ele.

Dean se aproximou da mulher.

– Me desculpe... o que aconteceu com o professor Wallace?

Ela olhou para ele, com lágrimas escorrendo pelo rosto. Ele achou que a moça tinha uma linda vibração tipo Lucy Liu das Panteras no modo de andar.

– Não sei! A gente estava só conversando e aí ele começou a agir de modo estranho, os monitores deram o alarme e... e foi *horrível*!

Levantando a cabeça, Dean viu que Sam estava espiando no quarto.

– Estão trabalhando nele – revelou Sam, virando-se enquanto falava.

– Merda – bufou Dean entre dentes. Mesmo que os médicos tirassem Wallace do sufoco de novo, levaria horas até que ele ficasse consciente e capaz de receber visitas.

Voltando-se para a jovem, ele tentou imaginar um modo educado para se afastar dela. Se a moça conhecia Wallace, provavelmente não gostaria de vê-los carregando o *laptop* do professor.

Mas antes que pudesse dizer qualquer coisa, ela cambaleou contra ele, agarrando seu bíceps com uma das mãos. Ela não era pesada, mas ele não ousava se mover, por receio de que ela caísse no chão.

– Hum... – Dean olhou desamparado para o irmão.

Sam encolheu os ombros.

– Sinto muito – disse a mulher, sem fôlego. – Preciso de ar.

– Nós vamos... hã, levar você lá pra fora, ok? Podemos ver como está o professor daqui a pouco?

– Sim – murmurou ela. – Obrigada.

Sam olhou para Dean, que apenas olhou de volta.

O que mais eu deveria fazer?

Tão logo saíram para o estacionamento, a mulher se recompôs e falou com a voz mais forte.

– Muito obrigada, Dean.

– Claro, não...

Então ele recuou rapidamente, sua mão se movendo para o bolso da jaqueta. Seus dedos se fecharam em torno do cabo de chifre de cervo da faca de matar demônio de Ruby.

– Pare de fingir, maninha.

A mulher assumiu uma expressão maldosa e os olhos negros de um demônio.

– Ah, bem, isso merece um brinde. Imaginei que um cara como você iria querer socorrer a gatinha asiática *sexy*. Que tal aquele suingue tipo Lucy Liu? Gostou?

Ah, merda. Mas Dean não mordeu a isca.

– Você tem três segundos para sumir, demônio.

– Não é tão fácil assim, rapazes – disse ela, olhando para Sam, que os havia seguido até lá fora. – Sabem, vocês dois são muito mais valiosos do que aquela espada em gancho. Talvez até valham mais do que o espírito de Nakadai.

Anos de experiência em pôquer mantiveram a expressão de Dean impenetrável.

O demônio continuou, dirigindo-se ao irmão mais novo:

– Você está com uma péssima aparência, Sam. Realmente, devia cuidar melhor de si mesmo – provocou a criatura. – Afinal, você é o receptáculo de Lúcifer. Não fica bem pra você aparecer todo machucado. – Ela sacudiu a cabeça. – Caraca, a espada de Miguel *e* o receptáculo de Lúcifer! Eu realmente tirei a sorte grande!

Dean tirou a faca do bolso.

– Nós também.

A expressão dela mudou.

– Ahhh, foda-se!

A cabeça da mulher pendeu para trás e fumaça jorrou de sua boca, subindo em cascata para o céu.

Ela desabou no solo.

– Vamos – disse Dean, seguindo direto para o Impala. – Isso é maior do que eu pensava. Temos que cair fora.

– Dean... – começou Sam, mas o irmão o cortou.

– Estamos no estacionamento de um hospital – disse, enquanto tirava as chaves do bolso da calça. – Alguém vai ajudar ela, e precisamos dar no pé antes que o demônio diga a seus parceiros onde estamos. O Castiel pode nos manter escondidos deles, mas porra, Sam, nós fomos feitos para isso!

– É – resmungou Sam, enquanto corria para alcançar o irmão. – Você está certo.

Minutos mais tarde, o Impala seguia na direção da Interestadual 80 e da Bay Bridge.

– Bem, essa foi foda – comentou Dean.

– Pelo menos pegamos o *laptop* – disse Sam. – Quando chegarmos no hotel, vamos ver se descobrimos alguma coisa.

– Se houver alguma coisa a descobrir. – Dean estava segurando o volante com uma mão só. – Ele nem tinha certeza. E estou propenso a crer que o ataque cardíaco do Wallace foi provocado pela gatinha *sexy* asiática.

– É, provavelmente foi.

– Você tem uma hora – anunciou Dean.

– Como disse?

– Nós voltamos, eu visto uma roupa decente e você tem uma hora para tentar descobrir algo. Depois seguimos pro Shin's Delight, não importa o que você descobrir. Lá fica o quartel-general do Chao, portanto é onde deve estar o samurai morto. Se houver um demônio acompanhando esse espírito, também...

Sam assentiu.

– É, as apostas são mais altas do que pensávamos.

– Isso certamente explica por que era o Cass era quem nos dava os avisos. Talvez os demônios imaginem que um cara assim viria a calhar numa luta.

– Ou os anjos – sugeriu Sam.

– É, ou os anjos. – Dean imaginava que a maioria da hoste angelical não era melhor do que os demônios que eles combatiam. Às vezes eles eram até piores – tendo estado no Inferno, Dean compreendia como as almas amaldiçoadas seguiam esse caminho.

Anjos *não* tinham desculpas.

Após cruzar a ponte, Dean percorreu as ruas de São Francisco. Na primeira vez em que havia dirigido ali, isto o deixara bolado. Ele passava a maior parte do tempo em rodovias e, mesmo quando percorriam áreas escarpadas ou montanhosas, elas tendiam a ser principalmente planas. Mas enquanto as rodovias eram construídas com a demolição de trechos de terra para tornar a estrada tão plana quanto possível, as ruas de São Francisco simplesmente se penduravam sobre as colinas.

Naquela primeira visita, Dean estava com vinte anos e Sam ainda cursava o ensino secundário. John ia adormecido no assento do passageiro e Dean não queria acordá-lo.

Na hora em que chegaram a seu destino na Mission, ele achou que os nós de seus dedos iam ficar permanentemente brancos. E ele deixou seu pai dirigir, uma vez que eles cuidavam dos negócios.

Mas ele havia se acostumado ao longo dos anos até o ponto de não se incomodar quando o Impala parecia descer em ângulo reto para o chão.

Entraram no saguão do hotel e encontraram Castiel sentado num dos sofás pessimamente estofados, olhando fixamente para o espaço à frente dele.

– Cass? – disse Dean.

Castiel se ergueu do sofá e o encarou.

– Precisamos conversar.

– E quando é que *não* precisamos? – Dean então sacudiu a cabeça e encolheu os ombros na direção das escadas. – Vamos.

Quando chegaram ao quarto, Sam se posicionou na escrivaninha e abriu o laptop de Wallace, enquanto Dean se sentava na própria cama. Castiel ficou de pé no meio do quarto.

– Houve uma batalha no Centro de Convenções – informou Castiel. – O Ramiel foi morto, bem como meia dúzia de demônios. O Coração do Dragão não entrou em cena ainda, mas é só uma questão de tempo.

– É – suspirou Dean –, sentimos o gostinho disso. – Ele contou a Castiel acerca do encontro que tiveram no hospital. O anjo apenas o fitou com o rosto impassível.

– O Coração do Dragão deve ser parado. Seu poder tem sido cultivado por mais de um século. Sob a influência dos demônios, ele poderia muito bem desequilibrar a balança.

– Bem, estou aberto a sugestões – disse Dean. – Sem a espada...

De repente, o quarto pareceu ficar incrivelmente quente – principalmente na direção do banheiro.

Rodopiando e se levantando de um salto, Dean viu um homem circundado por fogo.

Era uma visão impressionante, teve de admitir. Sua experiência com samurais havia se limitado aos filmes de Toshiro Mifune e paródias de John Belushi, de modo que ver um na vida real foi o máximo.

O espírito não se movia nem as chamas se espalhavam. Mesmo assim, Dean sacou a faca de matar demônios.

A voz de Castiel soou mais forte que de hábito.

– Não... funciona...

Dean olhou por cima do ombro e viu que Castiel estava se concentrando furiosamente – parecia que estava mantendo o Coração do Dragão sob controle.

Então o espírito perguntou:

– Vocês não estão com a espada?

Dean foi pego desprevenido – a figura estava falando em japonês, mas de algum modo ele realmente entendeu as palavras, se não o significado.

– O que disse? – respondeu ele.

– Estou seguindo as instruções do meu descendente pra matar vocês, mas essa criatura está me mantendo acuado – entoou o espírito numa voz profunda e oca. – Isso é bom, pois vocês podem ser capazes de me libertar, mas só se empunharem a espada.

Erguendo-se de sua posição na mesa, Sam se dirigiu à figura:

– A espada foi tomada de nós. Achamos que foi o Albert Chao. Estamos tentando localizar ela...

– Ah, o Albert Chao – disse a figura. – Meu descendente planejou as coisas dessa vez, parece. Porém, ele não é uma alma confiável. Se mandou que tomassem a espada de vocês, então está mantendo ela próxima. Vocês precisam encontrar ela... e quando fizerem isso, finalmente vão poder me libertar.

– Não entendo – disse Sam. – Como isso vai libertar você? Lançar o encantamento na espada vai só banir você por outros vinte anos, não é?

– Vocês devem lançar o encantamento sobre mim enquanto perfuram meu coração com o gume da espada. Só *então* posso ficar livre.

Dean sacudiu a cabeça. Às vezes esse negócio de tentativa e erro era realmente desgastante. Se papai houvesse sabido disso vinte anos atrás, um monte de pessoas ainda estariam vivas.

Então o espírito ergueu a espada.

– Cass! – gritou Dean.

Suor gotejava da testa de Castiel.

– Estou tentando...

– Sinto muito – disse o Coração do Dragão mesmo enquanto avançava sobre Dean.

Um estampido ressoou nos ouvidos de Dean e o espírito desapareceu num clarão de luz, as chamas diminuindo e então desaparecendo.

Olhando para trás, ele viu Sam empunhando uma espingarda fumegante, que, como sempre, estava carregada com cartuchos de sal-gema.

– Belo tiro – comentou Dean.

Sam sorriu melancolicamente.

– É bom saber que os clássicos ainda funcionam.

– É, mais pessoas deveriam manter essas coisas à mão... pouparia um monte de sofrimento – concordou Dean. Ele começou a desatar a gravata. – Precisamos nos mexer. O sal-gema só vai manter o Yojimbo na geladeira por um instante, e o Chao vai ficar puto quando descobrir que seu espírito de estimação se ferrou. – Tirando a gravata do pescoço, ele olhou para Sam. – Você tem dez minutos pra encontrar alguma coisa que a gente possa usar. Depois seguimos pra Chinatown.

Sam assentiu e se sentou, inclinando-se sobre o *laptop*.

VINTE E SETE

Albert Chao ficou tentando convocar o espírito do seu ancestral por quase uma hora, mas em vão.

Quando era jovem, a paciência nunca fora uma de suas virtudes. De fato, em retrospecto, era difícil encontrar quaisquer virtudes reconhecíveis como um todo. Ele tinha sido um assassino, uma fraude e um tolo. Em todos esses anos sendo inadequado, ele havia culpado todo mundo menos a si mesmo. Sem querer aceitar as próprias falhas, ele em vez disso castigou seus pais por o haverem gerado, a sociedade chinesa por discriminar os mestiços, os racistas brancos pela forma como tratavam os asiáticos...

Ainda assim, ele não era o único mestiço, não era a única pessoa a sofrer infortúnios. Mas, na ocasião, ele achava que seus problemas eram tão especiais que ele precisava da intervenção das forças ocultas. Achava que isso resolveria tudo.

Havia sido uma decisão extremamente tola, ele se dava conta agora, permitir-se fazer uso de um brinquedo do demônio.

Mas o estrago estava feito. Tudo que podia fazer era seguir em frente.

Finalmente foi capaz de invocar o espírito. Quando a criatura em chamas apareceu no centro do escritório, Albert se viu supreendentemente impassível. Quarenta anos atrás, num minúsculo apartamento na Mission, ele nunca havia visto nada tão glorioso. As possibilidades pareciam infinitas, então, e ele havia sentido o poder do espírito como se fosse uma coisa tangível.

Agora, ele só via um samurai morto envolto em chamas.

Albert tinha poder – ele não *precisava* do espírito.

– O que aconteceu? – perguntou.

– Fui incapaz de cumprir suas ordens, meu descendente. Um ser de grande poder estava junto com os dois homens, e ele conseguiu me manter impotente até que um deles usou uma arma de fogo. De alguma forma, isso me baniu.

– Que coisa banal. – Pelo que Oscar lhe havia contado, era provavelmente uma espingarda carregada com sal-gema. Arma padrão dos caçadores.

– Então era adequada pra uma tarefa tão banal – disse o espírito.

Albert ergueu a cabeça e fitou os olhos em chamas do seu ancestral.

– O que quer dizer?

– Você me mandou matar aqueles dois homens... aqueles Winchester... numa exibição infantil de vingança. Não é diferente das tarefas sujas que me designou quando me invocou pela primeira vez.

Albert deu de ombros.

– Uma indulgência – disse. – Não posso me vingar do pai deles, então... – Ele se interrompeu.

Por que tinha de mandar o espírito de seu ancestral atrás dos filhos de John Winchester? Ele já tinha a espada, portanto não precisava mais lidar com eles. Mas na verdade eles provavelmente viriam atrás dele, e um ataque preventivo até que era justificável.

Mas este não foi o motivo que o levou a fazê-lo.

– Você está resistindo às súplicas do demônio – disse o Coração do Dragão. – Por quê?

– Como pode você perguntar isso? – replicou Albert.

– O demônio deseja ajudar na destruição do mundo. Ele age como uma criança fazendo pirraça contra os pais que decepcionaram ele. Ele não é diferente de você.

Albert descartou a declaração com um gesto com a mão.

– Isso é ridículo.

Mas mesmo dizendo estas palavras, ele não acreditava nisso.

Então baniu o espírito.

Enquanto as chamas se extinguiam, ele pensou nas palavras de seu ancestral.

Houve uma batida à porta.

– Entre.

Ronnie enfiou a cabeça no escritório.

– Oi, chefe. Conseguimos o dinheiro de Lady Shiva. Você me pediu pra avisar você.

– Ótimo, Ronnie. – Ele fez uma pausa e continuou: – Por favor, entre.

– Ah, sim, claro. – Ronnie entrou no escritório e ficou esperando, de pé.

– O que há?

Albert se permitiu um pequeno sorriso.

– Nada, Ronnie. Eu só queria ver você por um momento. Agora pode ir.

O subalterno lhe lançou um olhar estranho.

– Está se sentindo bem, chefe?

– Estou ótimo, Ronnie. Vá.

– Ok. – Ronnie deu de ombros, virou-se e saiu do escritório.

O que disse a Albert tudo que ele precisava saber.

Ele olhou para as paredes, recordando sua chegada ali quando ainda era o santuário de Tommy Shin. Tommy havia pintado as paredes de preto a fim de intimidar as pessoas, embora também as houvesse decorado com cartazes de filmes contemporâneos, o que de algum modo reduzia o efeito intimidador. Albert os havia retirado e deixado as paredes negras nuas.

Para sua tristeza ele não podia mais lembrar que cartazes de filmes haviam estado ali.

Recostando-se na cadeira, tentou recordar, mas não conseguiu.

Isso o irritou por alguma razão.

Outra batida.

– Hã, chefe? Voltei do jantar. – Era Zhong, que parecia mais controlado desde que fora possuído pelo demônio. – Desculpe, mas tem alguns assuntos do restaurante que precisamos discutir.

– Claro, Zhong. Entre.

O homem assentiu e entrou no escritório.

– Tem um problema com...

Albert levantou a mão.

– Não quero saber. Honestamente, não tenho tempo para isso. Simplesmente gostaria que você voltasse pro salão. Pode me deixar agora.

– Como disse? – Zhong hesitou, de pé junto à mesa. – Chefe, é importante. Precisamos...

– Não me interessa – disse Albert num sussurro baixo. – Nada disso me interessa mais. Saia do meu escritório *agora*.

– Eu... – Zhong sacudiu a cabeça, depois olhou para cima.

Seus olhos estavam negros.

– Até que enfim. Estava imaginando quando você iria retornar, demônio.

– Bela jogada. – Os olhos enegrecidos de Zhong fitavam o teto. – Direto da Chave de Salomão.

Albert acompanhou aquele olhar para a Armadilha do Demônio que Oscar Randolph havia desenhado lá a giz. O círculo era largo o bastante para que qualquer um de pé junto à mesa tivesse que passar debaixo dele. E, enquanto o selo permanecesse intacto, o demônio seria incapaz de ultrapassar aqueles limites.

– Eu tenho mais jogadas – disse Albert, apertando o botão do intercomunicador. – Você pode entrar agora.

Segundos depois, Oscar entrou, segurando um caderno de anotações. Estava usando a habitual camisa de flanela e um chapéu de *cowboy* para cobrir a cabeça calva.

– Ah, você trouxe consigo um xerife do Velho Oeste – disse o demônio com a voz de Zhong. – Bem esperto. Mas isso não vai fazer nenhum bem pra você, sabe disso. Eu quero o Coração do Dragão, quero a espada, e esse pequeno desenho de giz não vai me parar.

– Você acha? – perguntou Albert, tranquilo.

– Eu *sei* disso – replicou o demônio, soturno.

Oscar começou a ler as anotações do caderninho.

– *Regna terrae, cantate Deo, psallite Domino qui fertis super caelum caeli ad Orientem Ecce dabit voci Suae vocem virtutis, tribuite virtutem Deo.*

– Sua pronúncia é uma merda – disse o demônio.

Albert franziu o rosto. Pelo que Oscar lhe havia dito, o demônio já deveria estar se contorcendo em agonia.

– *Exorcizamus te, omnis immundus spiritus omnis satanica potestas, omnis incursio infernalis adversarii, omnis legio, omnis congregatio et secta diabolica. Ergo draco maledicte et omnis...*

Zhong fez como se suas mãos fossem fantoches falantes.

– Blá-blá-blá. Está perdendo seu tempo. Veja, Zhong não passou o intervalo do jantar jantando.

– *...legio diabolica adjuramus te cessa decipere humanas creaturas, eisque aeternae Perditionis venenum propinare.*

Desabotoando a camisa, o demônio revelou uma tatuagem na clavícula de Zhong feita recentemente.

– Que diabo é isso? – perguntou Albert, olhando para o caçador cantante.

Mas Oscar não parou.

– *Vade, Satana, inventor et magister omnis fallaciae, hostis humanae salutis. Humiliare sub potenti manu dei, contremisce et effuge, invocato a nobis santo et terribili nomine, quem inferi tremunt.*

– É um vínculo – disse o demônio, ignorando o encantamento cada vez mais desesperado de Oscar. – Zhong não vai se livrar de mim até a hora que *eu* quiser. Esse cantor caipira pode *cantate* para *Deo* tudo que quiser, mas não vai adiantar nada.

Ele rosnou para Oscar, mas o homem persistiu com teimosia, chegando mais perto e praticamente cuspindo as palavras em latim.

– *Ab insidiis diaboli, libera nos, Domine. Ut Ecclesiam tuam secura tibi facias libertate servire, te rogamos, audi nos. Ut inimicos sanctae Ecclesiae humiliare digneris, te rogamus, audi nos.*

O demônio disse por cima das palavras dele:

– Algo mais sobre uma Armadilha de Demônio? Isso só serve pra me prender dentro dos limites do desenho. Isso não vai me impedir de fazer nada.

– Não é o que me disseram – retrucou Albert. – Desconfio que esteja mentindo, demônio.

– Não, você simplesmente recebeu informações ultrapassadas. Os tempos mudaram. O portão está aberto.

A esta altura, Oscar estava praticamente em cima de Zhong.

– *Ut inimicos sanctae Ecclesiae te rogamus, audi nos. Terribilis Deus de sanctuario suo. Deus Israhel ipse truderit virtutem et fortitudinem plebi Suae. Benedictus Deus. Gloria Patri.*

Ele praticamente gritou as últimas palavras do exorcismo, mas isto não havia feito nenhum bem, qualquer que fosse.

– E nada! – disse Zhong com uma risada. – Glória, aleluia e *aaaaamém*! E sabe o que mais?

Zhong estalou os dedos. Um terrível estalido ecoou através do escritório enquanto a cabeça de Oscar virava num ângulo impossível e o velho caía no solo.

– Você caminhou dentro do círculo, seu idiota – disse o demônio em resposta à própria pergunta.

Voltou-se para fitar Albert, com uma expressão cheia de desprezo. Albert olhou com firmeza de volta para ele e, ao mesmo tempo, começou a entoar o encantamento para trazer o Coração do Dragão. Já havia falado as palavras tantas vezes que podia fazê-lo sem nem pensar.

Um momento depois, o espírito do ancestral apareceu.

– Agora você morre – disse Albert calmamente, sustentando o olhar do demônio.

O Coração do Dragão ergueu sua *katana* flamejante e entrou na Armadilha do Demônio.

Ainda assim o demônio parecia totalmente imperturbado.

– Você cometeu outro erro, Al, meu velho – disse em tom casual.

– É mesmo? – replicou Albert.

Zhong assentiu.

– Veja, seu escritório é pequeno demais. O limite externo da armadilha não se estende até sua cadeira, por isso você está seguro... mas ele cobre sua mesa. O que significa que posso pegar o que está *nela*.

Com um gesto o demônio consumiu a mesa em um fogo estranho que ardia de forma mais brilhante e mais quente do que as chamas que cercavam o Coração do Dragão.

Albert pulou para trás do inferno, sentindo o coração pesar enquanto percebia o plano do demônio.

Tudo que a mesa continha foi destruído, com uma exceção – a espada de gancho. Ela foi revelada e, a um gesto, voou para as mãos de Zhong.

Voltando-se, o demônio olhou para o Coração do Dragão e riu.

– Estive esperando por esse momento por um tempo *muito* longo – disse. – Como vê, é verdade: todas as coisas dão certo para aquele que tem paciência. E com a ajuda de meu velho parceiro, Doragon Kokoro, vou ser o vencedor no fim do dia.

– Rapaz, você é um babaca.

Albert olhou para cima, surpreso. De pé no vão da porta, havia dois homens jovens. Ele não os reconheceu, mas combinavam com a descrição que Meio-quilo havia feito dos irmãos Winchester.

Era o mais baixo dos dois que havia falado, e ele continuou:

– Você realmente se deixou pegar na Armadilha do Demônio. Isso prova que é mais burro do que uma porta.

– Cuidado com o que fala, rapaz – disse o demônio. – Ou então cheguem um pouco mais perto... qualquer um dos dois serve pra mim.

– Ele não pode – disse o mais alto –, mas eu posso. – E ele entrou na sala. – Sou o receptáculo de Lúcifer. Se você me causar qualquer dano, se é que pode, isso poderia deixar seus colegas demônios putos da vida.

Albert observou, enquanto a criatura olhava para os Winchester e depois para o Coração do Dragão. O antigo guerreiro girou a *katana* flamejante, mas o demônio a bloqueou com a espada de gancho. O samurai atacou de novo.

– Se vocês dois trapalhões tinham alguma jogada – disse o demônio, a voz de Zhong agora ofegante com o esforço de combater o ancestral de Albert –, deviam ter executado ela agora, em vez de ficarem tagarelando como idiotas.

– Não – disse o mais baixo –, você pode ver que só estamos ganhando tempo. Na verdade, eu *tenho* um plano, e ele inclui um parceiro nosso que está fazendo algo nesse exato momento. De fato, exatamente...

De repente, Albert sentiu como se o seu estômago estivesse sendo sugado através do nariz. A dor estava martelando sua cabeça, e ele perdeu toda a sensibilidade das pernas.

A sensação passou quase instantaneamente, mas quando aconteceu ele não estava no escritório – estava de pé no beco junto ao restaurante, entre uma das caçambas de lixo e um carro preto *vintage* de um tipo que ele não via há décadas.

– O quê... ?

– Olá – disse uma voz profunda e arranhada. Girando, Albert viu um homem branco com a barba por fazer. Estava usando uma capa impermeável e lhe lançando o olhar mais intenso que já havia visto – e isto depois de muitos encontros com o Velho.

– O que você... ?

– Meu nome é Castiel – respondeu a figura, interrompendo-o como se ele fosse totalmente insignificante. – Você ficará aqui, e não vai interferir com o que o Dean e o Sam estão fazendo.

Sem querer ouvi-lo, Albert começou a caminhar na direção da Ellis Street...

... apenas para descobrir que não podia se mover.

O tom de Castiel nunca mudava enquanto ele falava.

– Como eu disse, você irá permanecer aqui. Tentar fazer outra coisa só vai causar dificuldades pra você.

Albert fervilhou.

E então, de repente, lembrou-se de tudo.

Batman e *Arma letal 2*. Eram esses os cartazes de filmes que Tommy tinha no escritório.

Ele especulou por que estava se lembrando disso *agora*...

A primeira coisa que Sam Winchester fez depois de Albert Chao desaparecer foi agarrar a faca de matar demônio.

Pulando dentro da Armadilha do Demônio, lançou a faca contra o homem que estava possuído pelo demônio.

O homem aparou o golpe com a espada em gancho, e o impacto causou vibrações dolorosas no braço de Sam.

Ele tinha de ser o único a usar a faca – sua posição de receptáculo que Lúcifer pretendia usar significava que demônios não podiam lhe causar danos. Este aqui, porém, não parecia ter recebido o memorando. Ou não se importava, porque girou a espada bem na direção da cabeça de Sam.

Sam se esquivou e se lançou para cima com a faca, mas o demônio saltou para trás contraindo o estômago, de modo que Sam só esfaqueou o ar.

O Coração do Dragão então girou a *katana*, as chamas rastejando por trás dele, mas o demônio também aparou o golpe com habilidade.

A criatura recuou até a beira da Armadilha do Demônio, olhando de Sam para o samurai, mantendo a espada a postos.

– Nenhum de vocês vai me derrubar – rosnou a criatura. – Levou um século e meio pra isso acontecer, e vocês *não* vão tirar isso de mim.

Simultaneamente, Sam e o espírito de Nakadai atacaram.

O demônio aparou ambos os golpes, usando a base da espada para bloquear a *katana* enquanto capturava a faca de Ruby no gancho curvado na ponta.

Então um tiro ecoou.

A bala penetrou no ombro do corpo que o demônio havia possuído. Ele mal cambaleou e olhou de relance para Dean.

– Que porra você pensa que está...

A distração, contudo, era tudo de que Sam precisava para deslizar a lâmina entre duas costelas.

Congelado onde estava, o demônio reluziu com uma luz que parecia vir de dentro de seu corpo, mesmo enquanto ele gritava e caía no chão, largando a espada em gancho.

Sam se apoderou dela, olhou direto para o Coração do Dragão, *focou* nele, e encheu sua mente só com pensamentos sobre o espírito flamejante. Enquanto o fazia, recitou o mesmo encantamento proferido por seu pai vinte anos antes.

Doragon Kokoro olhou para ele com expectativa.

Quando chegou à parte final do encantamento, Sam ergueu a lâmina sobre a cabeça e a girou para baixo. O gancho curvo penetrou no peito do espírito onde antes havia batido seu coração.

As chamas em volta do espírito queimaram de forma tão brilhante que Sam precisou proteger os olhos. Era uma chama branca e pura – uma dádiva de beleza.

Enquanto o espírito sumia de vista, Sam ouviu uma palavra ecoar através do escritório.

– *Arigatô.*

Então o escritório ficou vazio, exceto pelos dois irmãos e o corpo morto no chão.

Sam olhou para Dean.

– Acho que conseguimos.

– Parece que sim – disse Dean concordando com a cabeça. Olhando em torno, ele acenou na direção da porta. – Vamos nessa.

Saíram pelos fundos – pelo mesmo caminho pelo qual chegaram, tal como John havia feito vinte anos antes – e foram dar no beco onde Castiel os estava esperando, de pé do outro lado do Impala. Estranhamente, o anjo parecia estar sozinho.

– Onde está o Chao? – perguntou Sam.

– Temos que ir – disse Castiel.

Dean se aproximou da porta do motorista, que estava do lado da rua.

– Sim, mas o que aconteceu com...

– Hã, Dean?

Sam havia contornado o carro para ocupar o assento do passageiro. Vendo o rosto do irmão, Dean foi se juntar a ele.

O que restava de Albert Chao era uma bagunça. Havia ferimentos abertos e sangrentos por todo o corpo, da cabeça aos pés.

Castiel voltou a falar:

– Precisamos ir. As autoridades logo estarão aqui.

– É – concordou Dean, e os dois entraram no carro.

Um momento depois, Castiel apareceu no banco traseiro atrás deles. Sam *ainda* não havia se acostumado com isso.

Dean deu a partida, saiu do beco e entrou no tráfego da Ellis Street.

– Que porra aconteceu com ele? – perguntou Dean ao anjo.

– O Coração do Dragão mantinha Albert Chao vivo e o protegia de todos os ferimentos. Quando vocês lançaram o encantamento que liberava o espírito...

Sam assentiu.

– Ele não estava mais protegido e tudo voltou. Meu Deus, deve ter sido como se todos os ferimentos que recebeu na vida o atingissem de uma vez só.

Castiel replicou sem emoção:

– Ele gritava alto demais, por isso achei que era mais importante sairmos de cena. Eu podia simplesmente ter teletranspor...

– Não! – gritou Dean. – Não, nada disso.

Sam sorriu, o que fez doer seu rosto ainda machucado. Ele não via motivo para reagir assim, mas tinha quase certeza de que era porque Dean detestava qualquer meio de transporte que não fosse o Impala.

– Vocês agiram bem – disse Castiel, embora seu rosto não demonstrasse qualquer traço de emoção. – Se o demônio conseguisse controlar o Coração do Dragão, teria sido catastrófico.

Sam se virou para fazer mais perguntas a Castiel, porém o anjo havia ido embora. Ele olhou para Dean, mas o irmão apenas deu de ombros.

Eles haviam resolvido um problema que assolava seus pais e avós, e com isso afastado um espírito perigoso das mãos dos vilões na guerra entre anjos e demônios. Sam estava convencido de que não havia *mocinhos* naquele conflito, mas também sabia que não desejava a vitória dos demônios.

O Coração do Dragão era uma vantagem que ele não queria que os demônios tivessem.

Dean dirigiu de volta ao Emperor Norton Lodge, onde arrumaram as malas e se dirigiram ao saguão para fechar a conta.

Dean colocou dois cartões no balcão.

– A conta do 102 – falou ao atendente.

– Agora mesmo. – O funcionário digitou no computador e deu o preço.

Dean pagou em dinheiro, proveniente dos ganhos no pôquer, e deu uma quantia extra.

O funcionário conferiu cuidadosamente o dinheiro. Sam notou que ele fez isso duas vezes.

Ninguém paga mais nada em dinheiro.

– Hã, senhor? Tem vinte e cinco dólares a mais.

– Sei disso – respondeu Dean. – Chamei a cidade de "Frisco" duas vezes. Esta é a minha multa para o imperador.

O funcionário franziu o rosto.

– Imperador?

– Você não sabe sobre o Imperador Norton? – Dean parecia incrédulo. – Cara, você não *trabalha* aqui?

– Oh, sim, *aquele* cara – disse o funcionário, sacudindo a cabeça. – É, bem, eu não tinha... ele não era...

Dean revirou os olhos e depois se virou para sair, Sam seguindo atrás dele.

– Essa garotada de hoje não tem a menor noção de história – grunhiu.

Apesar de doer, Sam riu de novo.

EPÍLOGO

Zacarias adorava a vista de Nova York.

De vez em quando, quando havia algum tempo sobrando – o que não acontecia com muita frequência, em especial ultimamente – ele ia a algum lugar que o lembrava do que os bons humanos podiam realizar, caso se dedicassem a isso.

Nova York não era a cidade preferida de Zacarias, mas provavelmente era a única de que gostava daquelas que restavam.

Claro que nada superava Edo em seus dias de glória.

Ou Roma.

Ou a Constantinopla...

Zacarias suspirou. Sentia saudades dos bons e velhos dias.

Ainda assim, Nova York tinha seus encantos. Certamente era a encruzilhada perfeita de todas as coisas que a humanidade fez certo: arte, arquitetura, cultura.

Ela também era um exemplo de tudo que fizeram de errado. Especialmente agora – mas nesse exato momento Zacarias não podia culpá-los por isso.

Afinal, se você não pode ficar louco durante o Apocalipse, então quando é que pode ficar louco?

Ele estava sentado no Top of the Rock, bebericando um *espresso*. O restaurante ficava no último andar do Rockefeller Plaza, 30, no centro simbólico – se não geográfico – de Manhattan, no coração de Nova York. Ele simbolizava à perfeição o melhor e o pior daquelas tolas criaturinhas, com seu livre-arbítrio e suas loucuras que o pai de Zacarias tanto adorava.

Era como se ele estivesse no topo do mundo.

Lá em cima, naquela manhã fria, clara e sem nuvens de dezembro, Zacarias podia ver toda a metade ao sul de Manhattan e mais além da baía de Nova York, Brooklyn, Queens, a Estátua da Liberdade, Staten Island, Nova Jersey e o oceano Atlântico. Os picos da cidade se esticavam em direção ao céu com várias alturas diferentes, criando um padrão adorável.

Ele não podia realmente ver as pessoas, e tampouco havia qualquer tráfego aéreo, portanto nada tirava de ordem a perfeição dos edifícios.

Mas isso levava também para o lado ruim. Ainda existia um buraco aberto no extremo sul da ilha, onde haviam erguido as duas construções que mais orgulhavam a cidade. E o evento que as havia destruído era o motivo de haver menos tráfego aéreo sobre Manhattan. Quanto a isso, o Top of the Rock só havia sido aberto porque a destruição do World Trade Center em 2001 havia custado à cidade o seu *Windows of the World*.

Era apenas outro exemplo de como a humanidade havia desperdiçado o que possuía. Os anjos já estavam cheios.

A humanidade havia desprezado as dádivas que Deus lhe havia concedido e a hoste não ia mais se segurar.

Zacarias havia esperado que a guerra progredisse de modo mais suave. Ele não havia contado com tantas traições por parte de seus irmãos – Uriel, Castiel – nem que a espada de Miguel iria se tornar um pé no saco.

Tão logo a sua xícara de *espresso* pousou no pires com um tilintar, Uziel estava diante dele. Nenhum dos humanos no restaurante notou – e, mesmo que tivessem notado, só se lembrariam que o corpulento homem negro havia estado sempre sentado em frente ao homem branco calvo e de ombros largos.

– Como é que foi? – perguntou Zacarias.

– Bem o bastante – disse Uziel. – Destruí o *angelus iuguolo* e a Pedra de Higino que faltava está junto com as outras em Córdoba. Perdemos Ramiel, porém.

– Uma pena. E o resto da operação?

Uziel sorriu.

– O Coração do Dragão foi banido, como você previu.

– Claro. – Zacarias assentiu, enquanto levantava a xícara outra vez. – Eu sabia que se vazasse pra Castiel o boato sobre a volta do espírito e o interesse do demônio, ele avisaria aqueles dois idiotas. –

Ele bebeu o resto de seu café. – Os Winchester podem se recusar a representar seus papéis como deveriam, mas o mínimo que podem fazer é nos ajudar de outras maneiras.

A resposta de Uziel ecoou sua frustação.

– Não existe outro modo? – perguntou ele. – Não podemos simplesmente matar eles e irmos embora?

Fechando os olhos e se recostando, Zacarias suspirou.

– Ah, como eu gostaria que pudéssemos. Mas não, eles são os escolhidos. Ninguém mais pode ser o receptáculo de Miguel... nem de Lúcifer. Ninguém mais seria capaz de lidar com isso.

Zacarias reabriu os olhos e encarou Uziel.

– A última coisa que precisamos fazer é ferrar com o Apocalipse.

AGRADECIMENTOS

Em primeiro lugar muito obrigado ao meu editor da DC Comics, Christopher Cerasi, que gostou de minhas outras duas histórias o suficiente para me contratar para escrever uma terceira e que também me forneceu toneladas de material de referência útil (como os roteiros da quinta temporada que me disseram como grafar o apelido de Castiel). Obrigado também à minha editora da Titan Books, Cath Trechman, que manteve as coisas funcionando suavemente – ou pelo menos tão suavemente quanto seu exausto escritor permitiria. Cath, Christopher e Rebecca Dessertine, de *Supernatural*, deram um monte de brilhantes sugestões que tornaram este livro muito melhor, e sou extremamente grato a todos eles.

Eric Kripke e seu alegre grupo de doidos (em particular Sera Gamble e Ben Edlund) por nos darem *Supernatural* em primeiro lugar e continuarem escrevendo essas excelentes histórias envolvendo Sam, Dean e os demais.

A Jensen Ackles (Dean Winchester), Jim Beaver (Bobby Singer), Ridge Canipe (joven Dean), Misha Collins (Castiel), Alex Ferris e Colin Ford (jovem Sam), Kurt Fuller (Zacarias), Amy Gumenick (Mary Campbell), Allison Hossack (Deanna Campbell), Jeffrey Dean Morgan (John Winchester), Jared Padalecki (Sam Winchester), e Mitch Pileggi (Samuel Campbell) que, na tela, deram voz, rosto e vida a vários dos personagens que aparecem na história.

Ao meu sempre excelente grupo de leitores beta: Constance Cochran, Kara Cox, GraceAnne Andreassi DeCandido, Heidi Ellis, Marina Frants, Natalie Jumper e Nicholas Knight.

Por falar no Sr. Knight, seus muitos volumes de *Supernatural: the Official Companion* foram fontes de referência imensamente úteis. Também o foram dois livros de Alex Irvine: *Supernatural: o livro dos monstros, demônios, espíritos e ghouls* e *O diário de John Winchester*. Bem como as duas minisséries em quadrinhos *Supernatural: Origins*, de Peter Johnson e Matthew Dow Smith e *Supernatural: Rising Son*, de Peter Johnson, Rebecca Dessertine e Diego Olmos. Agradecimentos também devem ser dados a Jeff Mariotte, autor da outra história existente sobre a série, *Witch's Canyon*, e a Joe Schreiber e Rebecca Dessertine & David Reed, autores de duas histórias *Supernatural* que vão sair em breve.

A Deborah e Nic Grabien por me hospedarem (ou se hospedarem comigo) em São Francisco em março de 2009 e responderem a muitas perguntas sobre a cidade.

À New York Public Library (Research) – o grande prédio com os leões –, que foi, como sempre, um magnífico local para pesquisa; ao site SFPL.org e à boa alma que estava trabalhando nos telefones do International Center of the San Francisco Public Library's Main Library, no dia em que liguei com várias outras perguntas.

Ao *shihan* Paul e aos demais companheiros no *dojo*, por enriquecerem constantemente meu corpo e espírito.

Finalmente aos amigos, família e felinos, por tudo.

#LIT44256

Supernatural: coração do dragão

Este livro foi composto nas tipologias Minion Pro e Eraser Dust
em corpo 11/12,8, e impresso pela Gráfica Edelbra,
em papel offset 75g/m^2 e a capa em papel cartão supremo 250g/m^2.